U0639886

纸满云烟

汪家弘　主编

陕西新华出版
太白文艺出版社·西安

图书在版编目（CIP）数据

纸满云烟 / 汪家弘主编 . -- 西安 : 太白文艺出版社，2024.7. -- ISBN 978-7-5513-2659-9

Ⅰ. I217.1

中国国家版本馆 CIP 数据核字第 2024LK6203 号

纸满云烟

ZHI MAN YUNYAN

主　　编　汪家弘
副 主 编　李菁菁　夏金峣
责任编辑　黄　洁
封面设计　青年作家网
版式设计　朵云文化
出版发行　太白文艺出版社
经　　销　新华书店
印　　刷　三河市华东印刷有限公司
开　　本　787mm × 1092mm　1/16
字　　数　302 千字
印　　张　20.75
版　　次　2024 年 7 月第 1 版
印　　次　2024 年 7 月第 1 次印刷
书　　号　ISBN 978-7-5513-2659-9
定　　价　79.00 元

联系电话：029-81206800
出版社地址：西安市曲江新区登高路 1388 号（邮编：710061）
营销中心电话：029-87277748　029-87217872

目录

散文家园

诗歌天地

小说世界

散文家园

外婆的泥桥头

妙　瓜

儿时的记忆里，外婆家村头有一条宽阔的河，拐弯处的弧度就像是一条丝带随风飘出来的，自然而优美。我不知道它的源头在哪里，也不知道它要流到哪里去。我只知道它从村南很远的地方流来，又绕到村东向北流去。村里的大人都说那是泥河。

我去外婆家时还很小。当时，爸爸被下放到农场接受劳动改造，妈妈在纺织厂里做工，要早中晚三班倒，厂规不允许带着孩子上班，送幼儿园妈妈又交不起学费。奶奶要去姑姑家，姑姑家有五个孩子需要照看，奶奶虽舍不得我，但也分身乏术。于是，妈妈决定送我去外婆家，外婆住在乡下。

那天，舅舅来接我，他领着我先坐公交车，再坐轮渡，然后坐长途汽车。我第一次出这么远的门，路上很兴奋。在临浦镇（这个地名是长大后才知道的）下车后，舅舅推出提前寄放在那里的独轮车，那车除了车轮，其余部位都是木质的。舅舅在车的一侧绑上一把小竹椅，另一侧压上一块大石头，让我坐在那把小竹椅上。舅舅推着独轮车，在一条比较平坦的沙石路上走了好长时间，又拐进一条乡间小路。

舅舅的脸和脖颈因长期被太阳晒，显得黑红，一身褪了色的蓝衣裳，袖子和裤脚都挽得很高。推车前，他把脚上的布鞋脱掉，换上草鞋，将两根辕木间系着的一条宽而旧的有点脏兮兮的布带子搭在颈肩上，借此把控车的平衡。舅舅推起车来好像有用不完的力气，小腿上棱角分明的肌腱传递给我强烈的安全感。

外婆家很远，每路过一个村子，我都以为到了，但舅舅却推着车嘎吱嘎

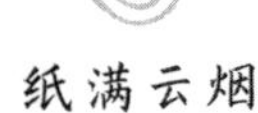

吱地穿村而过。走了很久，舅舅说要歇歇脚，顺便去方便一下，问我需不需要，我摇摇头。他小心翼翼地把车停在路边，嘱咐我千万不要乱动，我点了点头。

那时正是五月时节，田畈里齐刷刷的秧苗鲜绿鲜绿的，田埂上还长着许多粉红和淡黄色的小花朵，小鸟在四周叽叽喳喳地飞来飞去。好奇心驱使我忍不住下车去玩耍，刚下车两脚还没站稳，那辆独轮车就在身后轰的一声侧翻，随即滚进路边水沟里。

舅舅闻声跑回来，一把抱住惊恐未定的我，在我身上左看右看确认没有受伤，哄了我几句后，就下到水沟里去捞独轮车。舅舅果然力气很大，一个人就把车子捞上来了，又把那块石头也捞了上来。他把上衣脱下，垫在弄湿了的竹椅上，用力把住车，要我坐上去。然后，我们继续赶路。

白色的跨栏背心紧裹着舅舅健硕的身体，露出他古铜色的肩膀。背心上已被汗水浸成暗红色的字我也认识几个，那是奶奶用戒尺调教的结果。那时候我已经会背诵多首古诗，诸如“锄禾日当午”之类的，但多数会背不会写。不过，舅舅背心上的“奖”字我是非常熟悉的，妈妈的大搪瓷缸上也有一个，据妈妈说，那是厂里奖励给她的，她曾一度视为珍宝，生怕我不小心碰掉了瓷。所以当时我想，舅舅也一定是个劳模。还有，舅舅背心上“一九五六年”那几个小字我不仅认识而且会写，但我从未告诉过别人我认得很多字。

穿过几个村子后，舅舅推着车上了泥河大堤，沿右岸南行，舅舅说，到前面泥桥头那里就到家了。泥桥头这个地名就这样第一次钻进我的耳蜗。

我是个记性很差的孩子，常被奶奶和妈妈数落，说我听什么话都是这个耳朵进，那个耳朵出，不长记性。但这一次不知道为什么，似乎有一个耳朵眼被堵住了，所以泥桥头这个地名一钻进这边的耳朵眼便再也没有从另一边的耳朵眼溜出去，就存储在那里，至今还在。

那天舅舅说，村子西边还有一条路更近，但最近在修路，有一段挖开了，独轮车过不了，所以要绕道从泥河边过来。

泥河两岸有高高的土堤，临河一面的斜坡上长满了高高低低的蒲草和各种颜色的酢浆草，堤脚散落着一些大大小小的石块，堤上一排整齐的水杉树，碧绿的树冠像锥子一样高耸入云。远处有一个长长的脚手架跨过河面，与两岸堤坝高度齐平。到了跟前才看清，那脚手架原来是一座独木桥，长长的木杆在河面上间隔一段距离就搭起一个独立的人字架，架顶端木杆的交叉部位上铺着并不宽的木板，连接成一条呈不规则状的桥面。舅舅说，泥桥头到了。

幸好外婆家在桥的这头，我幸免了过桥的恐惧，下堤后走了不长时间就到外婆家了。外婆家的门开在一面古朴而陈旧的山墙一侧，山墙很高，显得门很小。斑驳的山墙顶端有一组三级台阶状错落的角檐，檐下稍矮处向前延伸出一截很长的围墙，爬满了藤藤蔓蔓。正值晌午，炊烟在黛瓦青墙间依依缭绕。我想，外婆家的院子一定很大。

舅舅还在拾掇车子，我就带着遐想推开了那两扇不大却有些沉重的木门，门轴在石枕窝里“咕嘎”一声，像是通报有人来了。

外婆踩着细碎的步子迎了出来，笑着将我搂进怀里，摸完我的头又端详我的脸，对舅舅说：“你看这相貌，跟你姐姐就像是一个模子里倒出来的。”

这是我第一次看见外婆。

外婆腰间也跟奶奶一样系着一条围裙，也是蓝色的，但奶奶的围裙上面有深蓝色的花纹，外婆的围裙是没有花纹的土布做的。当外婆挽着我的手跨过堂屋门槛的时候，我惊奇地发现，外婆裹着小脚。

那天中午，我吃到了外婆做的汤年糕，上面放了一大勺姜黄色的义乌糖，甜得我心里美滋滋的。

外婆家的房子并没有我想象的那么大，墙的那边还有许多人家。外婆家有四间屋子，分楼上楼下，楼下有一间是客堂连着灶房，另一间堆满了农具与杂物。楼上两间有一间是舅舅的卧室，另一间外婆住着。令我不解的是，窗户都是木板的，没有玻璃，只有将窗户打开，光线才能漫进来。晚上，我和外婆睡一张床，我睡里侧，外婆睡外侧，我喜欢在外婆的摇篮曲中进入梦乡。

舅舅很忙，除了回家吃饭，其他时间很少见到他。见别人跟他打招呼

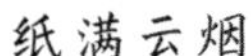

时都叫他支书，我那时还不知道支书是干什么的，但看到舅舅扛着农具出门时胸前总别着一支钢笔，口袋里还揣着一个小本子，我就猜想舅舅不是一般人。

舅舅没有时间陪我，我自然就成了外婆身后的“小尾巴”，整天形影不离地跟着。慢慢地，我成了外婆打理家务的小帮手。外婆做饭的时候，我帮着往灶门里填柴烧火，而且学会了掌握火候。外婆喂猪的时候，我学会了拌饲料，知道哪种可以多放，哪种要节约一点放。我还会模仿外婆喂鸡时的呼叫声：“喔——啰啰啰……”散放的鸡循声而来，争啄我撒下的谷粒。外婆还在小天井里圈养了两只小鹅崽，毛茸茸的非常可爱。外婆每天都领着我去路边、田间或树林里挖野菜，回来把野菜剁碎，拌上谷糠便成了小鹅崽的美食。我跟着她也学会了辨认各种野菜，经常会独自采一篮子回来。

外婆一个劲儿地夸我能干。我也越来越喜欢外婆了，外婆不仅慈祥，而且没有戒尺，即使我做错了什么事，也从不训斥，特别宠爱我。

外婆家门口不远处也有一条小河，只有两丈宽，清澈的水四季都潺潺地流着，可以清晰地看见河底的卵石，河道两壁是石砌的，像两面墙，上面坐落着许多高低不一的房子，河埠头的石阶隔着路正对着外婆家的门。因为河水很浅，外婆去河埠头洗洗涮涮的时候也领着我。夏天的时候，我会在外婆的默许下蹚进水里去玩，凉爽的感觉从双膝间缓缓流过。因为经常与周围的孩子在一起戏水，我逐渐结识了许多玩伴。

一天，与我年龄相仿的三娃子考我，大概也是为了炫耀，当时他拥有两张一分面值纸币的财富。三娃子摊开手掌指着那两张被他攥得皱巴巴的财富得意地问我：“你知道这是多少钱吗？”

我说这是两分钱，他说不对，这是三分，任我如何争辩，他都坚持说这明明是三分嘛。他见我“不开窍”，略一思索，拿走一张，问我剩下的是多少，我说是一分，他随即将拿走的一张放回去，对我说，这不就是三分了嘛。我极力反驳，两个一分加一起是两分，不是三分。我虽然还没上学，但这么简单的算术还是会的。但我们俩谁也无法说服谁，三娃子便提议去找阿牛哥评判。

阿牛哥是个放牛郎，已经十多岁了还没有上学，但他是我们这一群孩子心目中的王者，他会许多令我们仰慕的功夫。譬如，他会用两只光脚丫子蹬着弯弯的牛角，骑在水牛背上驭牛入水，当水快要漫到牛背时，他就在牛背上站起来，一手牵着缰绳，嘴里吆喝着，水牛竟会乖乖地听从他的指挥游动。阿牛哥不仅会放牛，会上树，会浮水，还会玩弹弓。找他评判当然最具权威性了。

阿牛哥对我俩的陈述并不急于做结论，而是挠了挠他新剃的瓦块头说，去小卖部问一下不就清楚了。三娃子对阿牛哥的提议佩服得五体投地，路上不停地抱怨自己的智商，这么好的办法自己怎么就没想到呢。而我忽然察觉出了阿牛哥心里的小九九。

小卖部就设在经营者家的厅堂里，一架陈旧的木柜台，下半截已经霉迹斑斑，货架上虽空空如也，但屋里还是显得有点局促。那时除了烟酒酱醋盐及针头线脑之类的小东西外，要购买其他东西均须预约。经营者将各家所需密密麻麻地记在本子上，三天两头挑着担子去二十余里外的镇上进货，回来再挨家送上门去。说是小卖部，其实与货郎担差不多。

货郎担有一个漂亮的女儿，在大桥公社小学读三年级，离外婆家所在的胡家大队有三里地，每天放学回家，她都要从外婆家门口那条小河的石桥上路过。那石桥是平的，虽然不宽，但两侧都有长条石凳兼做护栏，我们一群小伙伴常坐在那里玩耍。那女孩过桥时，阿牛哥不敢用正脸看她，但眼光会被她的背影牵住，连脖颈也会被牵引得扭转过去，半天回不过神来。

我当时猜想，阿牛哥肯定是想借这个由头去看一眼货郎担家的小姐姐，今天是礼拜天，她不上学，很有可能在家里。我们进屋的时候，小姐姐正趴在柜台上写作业。询问结果可想而知，小姐姐还给了我一个赞许的笑脸，阿牛哥和三娃子都很失落。

不过这并不影响我对阿牛哥的崇拜，我的胆量就是他赋予的。我第一次过那座独木桥，就是他连哄带骗地把我拉上桥，不顾我惊恐万状的喊叫，拽

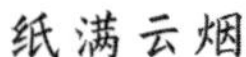

着我的手一步一步移过去，当时他眉头紧锁。回来时，我赖在地上撒泼，说什么也不肯上桥。没办法，他只好背起我过桥，我在他背上心惊胆战，他却疾步如飞，稳健而洒脱。我的鼻息随着桥面的颤动在他头顶那一块瓦片状的发丛中吹拂。

说来也怪，自从那次经历后，我的胆子突然大了起来，敢跟在阿牛哥身后小心翼翼地过桥了，次数多了，一个人也敢走了。我还跟着阿牛哥学会了在水里搂狗刨。阿牛哥的水性很好，他搂狗刨的时候，双脚击打水面有一种悦耳的节奏感，溅起的水花比画上的鲸喷出的水柱好看多了。他敢一个人游过泥河，再游回来。我们一群小伙伴都不会浮水，只能趴在泥河边的浅水处，双手抓住可以稳住身体的石头等物，双脚击打水面，比谁溅起的水花高。所有人都怕玩水的事情被家里大人知道，我也怕被外婆知道，所以都脱得精光泡在水里。唯独阿牛哥不脱裤子，只脱上衣，他是放牛郎，弄湿裤子很正常，家里大人也不会责怪。

阿牛哥从不教别人浮水，却对我破例，恨不得把他搂狗刨的全部诀窍都传授给我。很快，我也能搂出两米远了。这技艺在上学以后的游泳课上，成了我在同学面前骄傲的资本。不过，当时三娃子他们对阿牛哥的偏心颇有微词。

这样快乐的日子过得很快，一晃两年多过去了。

有一天，妈妈来接我回去，说再过一年就该上学了，不能让我继续在乡下野了。走的时候，我看见外婆撩起围裙在擦眼泪，良久，外婆摘下围裙说要送送我们，但被妈妈制止了。我理解妈妈的用意，外婆小脚走路不方便，怕外婆累着。舅舅默默地送我们到公社汽车站，那里有新开通的一趟直达镇上的班车。那天，阿牛哥和三娃子他们都没来，也许他们并不知道我今天要走。而我沉浸在回家的憧憬中，也并未生出离别的伤感。

我上学后，经常帮妈妈给外婆写信。妈妈上过厂里的扫盲班，认得一些字但不会写，每次写信都是到代写书信的摊位上，妈妈口述，他人代笔。后来，代笔人的角色渐渐落到我头上。虽然我写的错别字很多，但舅舅还是能看懂，从他每次来城里都要夸我会写信这一点就可以证明。我也因此比别的同学提前学会了书信格式及一些如“见字如面”之类的用语。

有一次，我在信的落款日期后加了“晚灯”两个字，妈妈问这有什么讲究，我说这表示是晚上写的意思。妈妈又问我是从哪儿学来的，我说那是爸爸来信上写的呀。妈妈听了马上陷入沉默。我当时有点后悔，害得妈妈在思念外婆的同时又想起了爸爸。

我读四年级的时候，有一天外婆来了。妈妈说外婆要去灵隐寺烧香，正好第二天是星期日，妈妈要我陪外婆去。记得以前和外婆在一起的日子里，没见过外婆有烧香念佛之类的举动，什么时候外婆开始讲迷信了呢？但她是我心爱的外婆，我还是兴高采烈地陪着去了。我像一个小导游，领着外婆坐公交，排队买门票，一路滔滔不绝地讲解，外婆听得高兴时，依然会像小时候一样把我搂进怀里。

来到大雄宝殿后，外婆从她斜挎着的土黄色香袋里拿出香和一对蜡烛，虔诚地点燃供上。当外婆要拉着我跪下时，我默默走开了，转身看见外婆疑惑的神色，我赶忙用手指指胸前的红领巾，意思是说，我是少先队员，怎么可以信神拜佛呢？当时周围人很多，我觉得不宜说出口。也不知道外婆是否理解了我的意思，只见她回头面向佛祖，庄重地跪下，磕头许愿。

当天下午外婆就要赶回去，她说家里很忙。妈妈还没下班，我便自作主张送外婆到武林门长途汽车站，买好票把外婆送上车。车启动了，我一直不停地挥手，但外婆可能看不见，那时外婆的视力已大不如前。

后来我长大了，“好男儿志在四方”，我去了黑龙江，再也没有机会去外婆家看望外婆和舅舅。如今，外婆和舅舅早已不在人世，胡家大队也已改名为紫东村，从网络上的图片和视频看，早已旧貌换新颜。那些曾经的黛瓦青墙、独木桥、泥桥头、河埠头、小石桥、小卖部，都已消失在历史的云烟中。泥河还在，而且有了一个好听的名字。

最近，常梦见那座像脚手架一样长长的独木桥和泥桥头，很想去看看现在的新变化却一直犹豫着未敢成行。因为在我心里，再好的景致也抵不过儿时美好的记忆，那种美好是永恒的，我不想冲淡或忘却它。

（本文荣获第四届中国青年作家杯征文大赛散文组一等奖）

作者简介：妙瓜，本名缪东荣，生于杭州。长期从事文字工作，喜欢读书写字。中国网络作家协会会员，中国诗歌学会、散文学会、小说学会会员，湖南省网络作家协会会员，青年作家网签约作家。著有纪实文学《青春富锦》，诗集《我的故乡是天堂》《我还有一个故乡是北大荒》。

岁月悠悠古樟群

梁路峰

一个古老的村落，一片参天古樟群，一段辉煌的历史。千年古樟群，成为一颗独居井冈绿色胜地的耀眼明珠。

这就是江西省遂川县衙前镇的上镜村，一个人文与自然生态完美结合，令世人惊叹的古村。古樟群给上镜古村披上了一层神秘的面纱，吸引了一代又一代文人墨客去探索、去书写，给这座人杰地灵的古村赋予了浓郁的书香韵味。

上镜村地处罗霄山脉南端东麓，井冈山东侧，这里有一条河叫蜀水河，河道蜿蜒，蜀水河中下游的上镜村，因镜石而得名。上镜“镜石”之名胜，让人心旷神怡，叹为观止，凡到此观光的游客，都仿佛置身于美妙的仙境，感受到一种别样的绿色生态之美。

上镜村七十九岁的彭述抗老师带我们走进了这片神奇的古樟群。彭老师说，据《遂川县志》记载，古樟树的这块山坳，彭氏先祖们称之为“象山”，山坳里一棵棵高耸挺拔的樟树植于元朝，屈指数来，一棵棵樟树都差不多已经是“千岁爷”了。

据彭述抗老师介绍说：“现世先祖彭彦微自小苦读勤耕，聪明好学，但由于父母常年患病在身，他十六岁便毅然挑起家庭重担，出外做苦力活，赚钱维持家庭生活。忽一日，他从龙泉城南来到禾蜀，看到这里绿水环绕，山奇水秀，决定到禾蜀开基。他回到城南家中同父母商量，父亲欣然答应。元成宗元贞二年（1296），他挑着一些家常用具和被子来到这里开荒种地，砍树建棚，安顿扎营，彦微公首先想到的是在上镜石潭深处上首，砌河堤五百多米，沿河堤种六十多棵樟树。后来，他又在后山和雷公洲河边种上柏树和金杉树百余棵，从而成为上镜历史上的绿化杰作。”彭述抗老师出生在上镜村，长在上镜村，高中毕业后就一直在村里小学教书，直到六十岁退休。他是村里最早的文化人，见证了近代古樟林的繁盛，也研究了一辈子上镜古村、古书院和古樟树林的前世今生。

数百年来，上镜古村人抚育山，山涵养人，这种良性循环的朴实道理已深深地刻在上镜人的心中。一方水土养一方人，人与自然和谐相处，创造出了上镜古村历代数百年来的奇迹。

站在上镜古村眺望，只见上镜村依山傍水，群峦环抱，无论远看还是近望，上镜古村都像大山里的一颗闪耀夺目的明珠。“象山”山坳里的参天古樟成群结伴，古樟树高大威武壮观，一棵棵古樟树之根裸露在树根四周的泥土外，犹如盘虬卧龙。樟树枝叶郁郁葱葱，晶莹透亮，散发出生命之活力，还有许多珍禽异兽在密林中各得其所，各得其乐，和人们一起演奏着优美的生命乐章。

美丽的古樟群，是大山里的百鸟天堂，白鹅的栖息地，以及其他野生动物的王国。莽莽的密林中，“野猪刨土咆哮，松鼠树干蹦跳，萤烛冷光闪烁，野兔月下嬉闹”。古书院祠堂前的池塘堰上，古柏、古樟树多达百余棵。上镜村的乡民崇敬风水，古樟群就是乡民们的精神寄托。上镜古村彭氏祖先，围绕古樟群四周垒筑了青石防护石坎，意欲固定塘堰土壤不致流失，还可以抵御大自然大风的侵袭。

古樟群里有一大奇观。古樟树不仅树枝树干交错生长，呈互相搀扶形状，根系更是盘根交替，更奇特的是发达粗壮的根系大多裸露地表，让人走进古樟林便有一种“头上遮天蔽日，脚下蟠龙舞动”的感觉，成为游人喜闻乐见的一道奇观！如今，很多前往欣赏古樟群的游客都称赞这块神奇的山岗为“天然氧吧”。在这里，上镜村的乡民既感受到了大自然无私的馈赠，也感受到了植树者“功在当代，利在千秋”的丰功，可谓“先人植树，后代乘凉”。然而，这一棵棵高大挺拔的樟树，或许不仅仅是可以乘凉那么简单，因为在上境村的乡亲们看来，这些樟树的意义更多在于对他们世世代代的庇护。古樟群静静守护着辉煌耀眼的新兴书院，岁月悠然，偏安一隅，它们与新兴书院交相辉映，成了上镜村民世世代代的无价之宝。

在这片神奇的古樟树林里，有一棵繁叶落尽，只剩下枝干的枯樟树，它粗大的枝干令人生畏，光秃秃的树干直指云霄，这棵古樟树已经干枯了七八年，尽管枝干脱落，光秃赤裸，但它依然威风凛凛地屹立在这片遮天蔽日的古樟林里，格外引人注目。我走近这棵干枯的樟树，抚摸樟树的身板，掰开光滑的树纹，闻到一股樟木的清香，四五米高的树干，延伸出三根粗壮的树枝，每根枝条又向上延展了三四根枝条，我顿时感觉到这棵樟树的委屈和辛酸，干枯的樟树似乎在诉说什么，我抚摸着它，感到一丝苍凉。村里的老村主任彭才祥介绍，巨樟并非自然枯萎，而是被意外伤害致枯的。细问得知，八年前的一个夜晚，这棵巨樟底下突然起火，火势冲向天空，一片火光，山下一只猎犬发现巨樟着火后，咆哮着奔向巨樟，可巨樟树下无人影踪，随后猎犬回家向主人求救，主人呼叫邻居乡亲直奔巨樟将火扑灭。但樟树树底已被烧了一个大洞，从此，这棵巨樟慢慢枯萎，叶落枝干，直到枯死。神奇的是巨樟周边的七八棵樟树竟毫枝未损，难解的奇特现象给上镜村平添了一层神秘的符号，至今仍是一个谜。

上镜村古樟参天入云，这里山好水好，天空明净，置身此地，顿觉神清气爽，超凡脱俗，真让人赞不绝口。二〇一二年，上镜村被评为全国生态文化村。上镜村的村民生活在山美水清的仙境中，“村在林中，人在绿中”的人居环境在不断提升，绿色生活已成为上镜村村民们的生活理念，更是这片大地上一道人杰地灵的风景线。

（本文荣获青年作家网 2023 年度优秀散文奖）

作者简介：梁路峰，中国作家协会会员、鲁迅文学院高研班学员、中国散文学会会员、中国小说学会会员、公安部文联签约作家。在《人民日报》《北方文学》《天津文学》《厦门文学》《散文百家》《短篇小说》《啄木鸟》《小说月刊》《生态文化》《青海湖》《小小说月报》《解放军报》《人民公安报》《解放日报》《散文选刊》等报刊发表文学作品三百八十余万字。荣立三等功三次、嘉奖十一次;其作品曾获全国小小说大赛奖、全国公安文学散文奖、《散文选刊》年度散文奖、吴伯箫全国散文奖、“羡林杯”全国生态散文奖、《中华文学》散文奖。著有《红土乡韵》《警苑散记》《暗算》《爱的故事》《金蝉脱壳》《血案迷踪》《龙泉警事》《法案纪实》等作品集十部。

阳明湖的遐思

卢文芳

不游阳明湖，不算到过上犹。

怀揣着对山水美景的热爱之情，我来到了上犹县阳明湖游玩。

阳明湖最吸引我的是它温润如和田青玉般的一汪汪碧水。如果不是头脑还算清醒，我便会错以为自己踏入了仙境。阳明湖的清晨如诗如画，灰色调的苍穹下，迷蒙烟雾铺在山水间，如同一幅水墨画挂于天际。继而，天渐渐放晴，雾气散去，天蓝得纯粹，水清得澄澈，水天相接，煞是美丽。

阳明湖景区位于江西省赣州市西部，地跨上犹、崇义两县。景区内湖泊面积三十一平方千米，蓄水量8.22亿立方米，湖内有四百二十七个湖湾和四十二座形态各异的小岛；湖区群山环绕，湖岸线长达二百六十四千米，平均水位六十八米。森林覆盖率达到90%以上，负氧离子达每立方厘米六万个，因此有着“天然氧吧”之称。

湖中泛舟，船儿随风摇曳，心也随之雀跃。阳明湖以水为主，湖中有湖；以秀为特色，水中有岛，岛中见岛，是一个蜿蜒曲折的扇形湖泊。大坝上的湖水碧绿澄澈，平静的水面犹如明镜般镶嵌山间，令人神往；又如羞涩的处子，神秘莫测；更如睿智的男子，魅力无穷。凝望山山水水，思绪在蔓延，碧波之下又是怎样的一个世界，或许是一片碧绿静水，或许还是一个暗流涌动的世界。有了水这个生命的本源，才会有各种生命样态的呈现，从而达到生命的完满，这也许就是对生命最好的慰藉吧。

我沿着湖边的木栈道环湖游玩，目之所及，皆是风景。山间紫红色的云锦杜鹃漫山遍野，有含苞待放的，有已尽情绽放的，这里一丛，那里一簇，尽显娇媚与高贵。湖边树木丛生、百草丰茂，各色野花星星点点，点缀着山野，微风过处，花香四溢。

游赣南树木园别有一番情趣。霜枫亭掩映在林立的树丛中，透亮的绿色琉璃瓦与蓝天白云相映衬，四根大红木柱撑着如鸟翅般的四角檐牙，如一位儒雅的学士立于天地间，胸中藏丘壑却甘愿暂时沉寂待时而飞。

赣南树木园是树的王国。原产澳大利亚昆士兰的百年柳叶红千层，它遒劲挺直的黑咖色树干上爬满了苔藓和藤蔓，犹如一个历经沧桑却坚强活着的百年老者。黄山迎客松一样造型的百年松树，伸展着旁逸斜出的深绿松枝和夹杂着些许黄色的枯枝，用几乎匍匐在地的热情与虔诚问候着每一个驻足流连于此的游客。

最妙的是那朵似白玉兰花的白色仙人掌花，它开在角落。春去秋来，它和山间的白玉兰花及紫红色云锦杜鹃一起装点着阳明湖的湖光山色，仙人掌花令人惊艳间又带着几分遗世独立之感，真是“多事白花映红花”，花色从容自陶醉。

木园里枫香树居多，枫香高大又茂盛，三个心形合成的阔卵形的嫩绿的叶子和灰色的树皮完美地搭配在春日的阳光下，充满了生机与活力。古灵精怪的树木当属紫薇树，它的树干由几根屈曲盘旋的树干合并在一起，灰绿色的树干显得格外苍劲有力。浙江楠是大乔木，高大通直、端庄美观，它喜欢隐藏在丘陵低山沟谷或山坡林中度过流年。还有高大的八角树、香皮树、鸭公树、南烛（乌饭树）、檵木、日本杜英、苦楝树、铁冬青、女贞树、桑寄生、合欢树、乌桕、豆梨、无患子、突托蜡梅、椤木石楠、粗糠树、鸡爪槭、中华安息香、栓皮栎树、降香黄檀、福建柏、伯乐树、凹叶厚朴、红皮糙果茶、南方红豆杉、浙江楠、青钱柳、巴东胡颓子、深山含笑、樟叶槭、木荷、南山茶、半枫荷，等等。

风很轻，思绪在漫溯。当秋光正盛，红叶似火，一片片红枫叶从空中慢慢飞落时，阳明湖的秋便藏进了游人的眼眸里。阳明湖的枫叶是赣南最美的，在如红地毯般的红枫叶上面打几个滚，拍几张照，或静或动都是享受。

秋让阳明湖变得绚丽多姿。当万道金光直射大地，阳明湖岛上的树木顿时氤氲在七色彩虹里。低矮的绿植清新脱俗，火红的枫叶热情奔放，金黄的银杏叶如山间蝴蝶扑扇着翅膀。当岛上的美景倒映在湖中，湖水便成了调色板，一团新绿，一团克莱因蓝，一团墨绿，几小团鹅黄，同蓝天白云相映衬，分不清哪里是水，哪里是天，水天相接得完美和谐，犹如一幅浓墨重彩的山水画，更如仙境一般美不胜收。

来到阳明湖，去农家鱼馆品尝鱼宴是必须的。阳明湖优质的水里生长着草鱼、鳜鱼、石鱼、鳙鱼、鲤鱼、黄丫鱼、鲇鱼、鲫鱼等。菜品种类很多，用炸、煮、蒸、焖、煎、炖、红烧等烹饪方法，可以给游人呈现出很多从明朝开始就盛行的客家人的菜品。炸三样、炸小鱼、香酥鱼一上桌，香味在空气中弥漫，我忍不住夹起一块送入嘴里，一口下去，鱼肉喷香，酥脆爽口。煮大块鱼、清蒸翘嘴、黄焖黄丫鱼是蒸煮界的美食。清蒸既保存了鱼肉的原味，又把配菜里的熟火腿片、生笋片、水发香菇及葱姜的口感升华了；酸菜炒石鱼鱼肉细嫩、味道香醇、营养丰富；剁椒鱼头色泽红亮、味浓、肥而不腻、口感软糯、鲜辣适口；还有蒸醋鱼、苦菜干蒸干鱼、红烧洋尖这几道菜可以足够满足人们的各种口味。当酸甜苦辣都尝遍了，最后再喝上一碗鲜美的银鱼汤，把所有的口味归一，鱼宴才算结束。体验一次鱼宴，在满足味蕾的同时也读懂了客家人的饮食文化。

饕餮盛宴结束，带着几分闲适与满足在湖边闲庭信步也是一种享受。夕阳西下，日暮苍山，淡青色的湖面和灰色的天空完美融合在一起，如黛的远山和几条小木船倒映在湖中，犹如海市蜃楼一样令人叹为观止。岸边，青翠的竹林里挂着的大红灯笼也给渔村增添了几分喜庆。

伫立湖边，我心潮澎湃，一个个鲜活的人物形象跃然脑海。他们都以最好的方式展现了生命的完满，诠释了那些心灵深处不能轻易到达的人生境界，展现了平静外表下的大智慧。

刘禹锡虽感叹“山不在高”“水不在深”，却道“斯是陋室，惟吾德馨”。他呈现给世人一个与恶势力进行不屈抗争，为官而不计较居室的大小、陋与

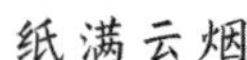

不陋，为政清廉、超凡脱俗、情趣高雅的高大形象。

久久凝视湖水，静水深流，闻喧享静，而人生之大境界莫过于此。影响了赣南乃至全国有五百余年的思想家王阳明，曾在上犹营前练兵，在营前圩西北方向约一里的一片“军田”里，王阳明受到了当地蔡姓族人的热情款待。

李叔同的一生，活出了别人的好几辈子。他的前半生浪迹燕市，厮磨金粉；后半生晨钟暮鼓，青灯古佛度流年。前半生他是教师，后半生他是弘一法师。他虽是芸芸众生之一，却是中国新文化的先驱者，是他最早将西方油画、钢琴、话剧引入国内。他多才多艺，创作的歌曲《送别》，歌词意境深远，言有尽而意无穷。“长亭外，古道边，芳草碧连天”的唱词，充满了哲人的智慧、忧思和悲悯，充满了对生命的思索。通过这些，我似乎看到了充满大智慧、大慈悲、大感怀的李叔同端坐在木鱼声响起的寺庙里。

革命战争年代，上犹红军医院旧址老屋墙上，当年红军战士留下的标语也被阳明湖的湖水涤荡得愈加清晰。

我追求静水深流的人生，或不能至，然心往之。

（本文荣获青年作家网 2023 年度优秀散文奖）

作者简介：卢文芳，女，江西省作家协会会员、中国散文学会会员、中学语文高级教师。先后在《人民日报》《北方文学》《天津文学》《中华文学》等报刊发表文学作品二百二十余万字。其作品荣获《生态文化》杂志全国散文优秀作品奖、吴伯箫全国散文奖、“美林杯”全国生态散文奖、《散文选刊》（原创版）年度散文奖、中华文学奖等。出版散文集《静水深流》《红土春秋》。

源自你的幸福

马长鹏

一

男大当婚，女大当嫁，老辈人说男孩结婚叫娶媳妇，女孩结婚叫嫁姑娘。娶媳妇都很隆重，家里添丁进口了；嫁姑娘不免失落，娘失去了身上的肉。旧俗大户人家只有姑娘没有儿子的，都想找个上门女婿养老，叫倒插门。如今男女平等，移风易俗，有些陋习渐渐消失，可有关婚姻的词汇仍口耳相传。

我出生在辽东山区，小村坐落在深秀的山坳中，几条小溪穿村而过，冬可溜冰，夏能摸鱼。家里老屋虽破旧，周边环境却清新，父亲深以家乡为荣。我考上大学离开小村，在学校幸运地遇到了自己愿意厮守一生的妻。知道我想跟妻到朝阳工作时，从未出过远门的父亲脸上显出了一丝担忧，认为我是倒插门。在我软磨硬泡之下，父亲最终还是尊重了我的选择，同意我远赴他乡。三十多年过去了，至今三五好友闲聊时，仍笑我是倒插门，“嫁”到朝阳的，是朝阳的女婿。

结婚时，我们的新房很简单。我们在城郊租了一间十来平方米的小偏房，屋角滑稽地摆放了一张办公桌，桌上摆一台崭新的燕舞牌收录机，收录机上蒙一块大红底绣彩凤的盖布。土炕上铺岳母做的崭新被褥，红底被面绣一对戏水的鸳鸯，另两床新被子整齐地叠放在土炕的东侧，盖一被帘，红红艳艳，弥漫着新婚特有的甜蜜。三面土墙重新裱了一层雪白的墙纸，每面都配不同的大红喜帖。举目四望，屋内虽无贵重之物，却又自觉价值千金。当时已近隆冬，呼啸的北风总是在不经意间钻进我们的新房。为了保暖，我们在窗外钉了一层防寒塑料，使玻璃的透明度大打折扣。但贴在窗玻璃上的两个大红双喜字，仍“喜”出望外，让人远远就感觉到新房的鲜艳喜庆。

婚礼当天，二弟从老家赶来，妻妹代表娘家赶来。晚上我们四人围坐在火炉前，说着笑着。妻的脸色温婉红润，真好看！听我由衷的赞美，妻的脸更红了，葱白般的双手在脸前轻扇，微露皓齿呼气如兰：今晚的火炉太热了。随手轻启办公桌上的燕舞牌收录机，缓缓流淌出一首首轻快的乐曲，一遍遍为我们祝福。也许是房屋年代久远，也许是我们扫除不净，不知何时，房顶垂下了两条蛛线，线端挂着两只小米粒儿般的蜘蛛，在我们面前悠悠晃动。二弟先见了，便责怪我没扫好新房。妻妹却立即说这是喜蛛，天降双喜为大姐、大姐夫贺喜呢！心情瞬时晴朗。可我们仍不能睡去，我们要等待那个庄严的时刻。天边刚刚吐出一丝曙光，二弟便急匆匆走到门外，点燃了早已摆成心形的喜鞭，顺次燃响了一圈儿双响。伴着噼啪的喜鞭声，平地上心花渐次开放；清脆的爆竹声，打破了黎明空旷的寂静，这是我们向世界的宣告。简陋的新房内，妻妹面对紧紧相拥的我们，郑重其事地宣读了结婚证书。我们结婚了！

二

我们租住的小偏房很阴暗，像房东的脸色。每当回家稍晚一点，房东都会不屑地看我一眼，怪声怪气地说：“钱儿挣不了几个，事儿还不少呢！”那时年轻，对别人的轻视只能漠然，在房东抱怨的眼神里，我每天依旧归去来兮。还好运气不错，三个月后，单位分给我们一套小平房。

平房有个小院，院外是一条小道，很少走车，晚上安静极了。平房总共两间半，一间做我们的卧室，我们把新房内的东西都搬了过来，还新添了一张绒布面的小沙发，放在卧室的一角，一二好友到访时，卧室就成了小客厅。另一间是厨房，妻像快乐的小鸟一样，每天下班会带回一两件厨具，不到一个月，我们的厨房就锅碗瓢盆一应俱全了。另半间我其实是没印象的，要不是妻多年后跟我闲聊，说我们的小平房还有半间储物室时，我一直以为我们的小平房只有两间呢。

春天，我们在小院里贴墙种两行玉米，我喜欢看嫩绿的幼苗生长，听玉米拔节的声音。小院里原有两棵葡萄树。入夏后葡萄藤枝繁叶茂，爬满小房的屋顶，玉米雄穗高过院墙，小院里便绿意盎然。回到小院，见屋顶葡萄枝叶婆娑，墙边玉米叶片摇曳，想靖节先生当年采菊归来悠然望南山时，目光所及也不过如此吧，劳顿一扫而光。逢酷暑难耐，可以将饭桌搬到葡萄架下，与妻坐在阴凉里，摇着蒲扇，美美地品尝妻做的小菜，偶尔喝瓶冰镇啤酒，沁人心脾，怡然自得。

隆冬遇鹅毛大雪，妻会将我从热乎乎的被窝中揪起来，到外面扫雪。雪多半已将屋门封住，只能一点一点逐渐将屋门推开。举目四望，银装素裹，天地一色。只脚下小半圈土色深褐，余无杂色；檐中一两只饥雀偶鸣，余无杂声。鸡犬不闻，铃笛无喧，宁静纯洁。随手堆几个雪人，想着小时候跟父亲一起扫雪的场景，望着雪人呆呆发笑。

婚后羊年的第一个春节悄悄来到小院，自己搜肠刮肚写了一副春联：迎新春，三阳开泰吉祥日；辞旧岁，万树飞花喜庆年。请人写成大红的春联贴在大门两侧。大门正中贴一个大红福字，喜气洋洋。除夕之夜，大门挂长长一挂鞭，院墙立一溜儿双响，等待子夜钟声响起。总有性急的，十一点刚过便有爆竹燃响，顷刻间全城的鞭炮爆豆般响起。我即引燃长鞭，在噼里啪啦的鞭声中，顺次点燃院墙上的一溜儿双响，小院的鞭炮声便融入了全城沸腾的庆贺之中……

三

妻的肚子渐渐隆起，我并拢五指，隆起手背，轻捂在妻温热的肚皮上，耳俯其上，静听一个弱小心脏跳动的声音，在羊水的海洋里，一个小生命萌芽了。

怀孕期间，妻仍坚持每天骑车上班，风雨无阻。对于骑车上班一事，我跟妻说过不知多少次，可她不听。她说每天运动对顺产有好处，妻单位离家较远，只能骑车。妻生产的前一天，仍不顾我焦急地阻拦，脸上依然挂着灿烂的笑容，骑车上班。中午回家不见妻的身影，心立即提到了嗓子眼，每天非常准时下班的妻怎么会不在家？莫非……于是飞也似的跑到电话亭，往妻的单位打电话，没人接。难道真是……我赶紧骑上车，顺着妻下班的路迎去。快骑一半时遇到了骑车慢悠悠往回赶的妻，我迎过去大声说："怎么才回来，也不打个电话，多让人着急！"眼里竟挂了几分泪花。可妻仍是灿烂地笑道："只是骑得慢了点，没事呢。"

那天晚上妻说肚子疼得厉害了，我们决定第二天到医院。我最后一次把耳朵贴在妻圆圆的肚子上，静静地聆听一个小生命的躁动，我想宝宝也一定想见到这个多彩的世界，在跟我一起等待那个神圣的时刻吧。妻搂过沉醉在憧憬之中的我，拿起手边的小鸾镜，镜中两朵并蒂莲似的笑脸对话着：

你喜欢男孩还是女孩？

啥都一样，都是自己的孩子。

你猜孩子像谁？像你，像我？

像你，因为你好看。

会不会不像你？

哪儿能呢，不像我不坏了？

瞎说啥呢！

妻举起她的小拳头，棉团一样捶了我两下，我故作惊吓似的躲闪两下，笑着说："打疼我，宝宝会心疼的。"我们说笑着，憧憬着，几乎一夜没睡。

第二天我要打车去医院，妻为了节省几块钱，说肚子平静多了，硬让我骑车带她去。拗不过妻，便骑上自行车，妻在后座上抱着我，小心翼翼到了医院。

产房里，妻细嫩的脸上渐渐渗出了米粒大小的汗珠儿，我说疼就喊出来吧，会好受些。妻咬着微红的唇，轻声说不太疼呢，忍得住。可妻的脸上却不见了往日灿烂的笑容。我有些手足无措，伸出胳膊说："疼就咬我吧。"妻努力挤出一点点笑容说挺得住，也没那么疼。

过了一会儿，妻说有些口渴让我去打点水，许是孩子也想早点来到这个世界吧，我打水回来刚到产房门口，就听到了一声婴儿响亮的啼哭。护士将孩子抱给我说多漂亮的小公主呀，我双手接过孩子，回头望望满头大汗的妻，眼睛湿润了……

四

都说女人生产几天后才能来奶水，我们便早早买好了奶粉、奶瓶等一应物品。躺在床上的女儿刚发出嘤嘤的哭声，我便把奶嘴塞进女儿嘴里。女儿应该饿了，小手不停地摇动，似乎要抓住奶瓶。可小小奶瓶，在女儿小小的手指前，巨柱般让女儿无助。女儿紧紧噙着奶嘴，奋力吸吮着。突然女儿小手乱抓，瞬间红扑扑的小脸憋成了青色。

我吓坏了，赶紧抱起女儿去医院。那时晚上根本没有出租车，我抱着女儿一路狂奔到了医院，没挂号就跑到急诊室医生那，喊着医生快救救我女儿。医生赶忙抱过女儿问咋了，我说孩子上不来气儿。医生看着呼吸顺畅的女儿，再狐疑地看看我，说孩子不是挺好吗？我马上抱过女儿，果然脸色粉嫩如初，一双小手开始欢快地左右摇摆。我纳闷儿地自言自语道，刚才喂奶时孩子憋得都上不来气儿了，咋到这儿就好了？医生问是不是孩子仰卧床上喂的，我说是呀。医生便狠狠地数落了我几句：“那是呛着了，孩子必须抱着喂，这点常识都不知道，怎么当父亲的？”

我恍然大悟。好险啊，差点把女儿呛死，看来小孩子也不好伺候呢。尽管不好伺候，女儿还是一天天长大了。本以为大一些会好点，可大了更不好应付。

女儿的玩具总是扔得哪儿哪儿都是，每次想找一件玩具时，女儿都搬家似的，把所有玩具都一件一件翻腾个遍。一次说了女儿：“自己的东西不好好放，丢三落四的，人不大，忘性还不小。”不想女儿眨了眨水灵灵的大眼睛，看了看满地杂乱的玩具，又盯着我桌子上横七竖八的书看了一会儿道：“你不也这样吗，像你这样不好？”我一愣，小小年纪还挺有词儿的，便逗女儿道：“你是妈妈生的，跟我有啥关系？”女儿歪着小脑袋，看看我，再看看妻，憋了半天没答话。妻看着无助的女儿，解围道：“他是你爸，你就得像他。”女儿听后恍然大悟般长啊一声，又快乐地搬她的玩具去了。此后我再说女儿什么时，她只一句就把我顶了回来：“谁让你是我爸呢？”

女儿稍大一些，自己睡一床，我们夫妻又可以独处了。可调皮的女儿还是经常过来打扰我们，时不时半夜闯入我们的房间，往妻的被窝里钻。有时我出差，女儿便名正言顺地占据我的位子。若我有一段时间不出差，女儿就会有些急：“爸爸，你咋还不走啊？”

记得一天夜里，门外又挤进一个小脑瓜儿，奶声奶气地问了一句：“妈、爸，你俩干啥呢？”这时我正偎在妻的怀里，还没来得及撤身，看到女儿可怜巴巴的小脸儿，妻便敷衍说：“爸爸冷，我替他暖暖。”没想到女儿却小声说：“妈妈，我也冷……”弄得我哭笑不得，只好抽身让位，于是女儿欢快地钻进了妻的被窝……

五

女儿上小学后，中午都在学校吃。妻不回家时，我会把早上的剩饭、剩菜倒大碗里，搅和搅和放微波炉热一下，中饭就对付过去了。记得当年刘宝瑞有个单口相声，说朱元璋早年要饭，一次饿昏了，两个叫花子用一堆烂菜叶子熬了一锅汤救了朱元璋。朱元璋当了皇帝后尝遍珍馐美味，仍对那锅救命汤情有独钟，只可惜御厨怎么也做不出当年的味道。于是朱元璋下令寻找当年的救命恩人，想再尝尝当年那碗美味的汤。功夫不负有心人，最终找到了那两个乞丐。两人如当年般弄了一堆烂菜叶子又熬了一锅汤，朱元璋赏赐众臣分享，结果可想而知。刘宝瑞给那道汤起了个亮丽的名字“珍珠翡翠白玉汤”。我看着自己碗里红红绿绿的拌饭，色香味俱全，岂不与“珍珠翡翠白玉汤”异曲同工？于是附庸风雅，给自己的拌饭也起了个雅称“珍珠拌饭”。

女儿放假后妻每天回家做饭，若妻不回来时，我就只能硬着头皮下厨了。但每每费了九牛二虎之力，将做好的饭菜端上桌时，女儿却对我的厨艺一点儿都不认可：“爸，咱还是‘珍珠拌饭’吧，好歹还有点滋味……”

其实妻在嫁我之前也很少下厨，婚后才开始钻研厨艺。经过几年油盐酱醋的磨炼，妻的厨艺大长，做得一手家庭好菜。我有时戏言：“你一天三顿给我俩做吃的，风雨不误，我俩就像待喂的小猪一样，只知道张嘴等吃，你就是饲养员呢。”妻便会自豪地说：“能喂养你们这两头小猪，我这饲养员的级别还蛮高呢。”

六

与妻谈恋爱时就不愿陪她逛街，但往往还得陪。学校离市区较远，平时教室、食堂、寝室三点一线，枯燥得很，逛街便成了女生的最爱。到最近的沈阳中街也要倒两次公共汽车，辛苦得很，妻对逛街仍乐此不疲。

中街街面人声嘈杂，商铺的热情拉客声，商贩的随口叫卖声，行人的随意回绝声，可谓耳得之而为声；中街两侧店铺林立，走马灯似的招牌旋转耀眼，店内商品琳琅满目，可谓目遇之而成色。妻会大大方方拉着我的手，像小鸟一样快乐地满街飞。妻逛街没什么目的，想到哪儿就到哪儿，看哪儿有好玩的或新鲜事就停一会儿，从不管店面大小，只要门开着，必拉我进去看看。遇到不太热情的店主还好，我们可以安心地在店内转转。若遇到非常热情的店主，我就很尴尬，可妻却不在乎。她会慢慢走到一件商品前，仔仔细细询问价格、性能等，并煞有介事地与店主讨价还价。可她的还价从来没超过店主叫价的五分之一，自是谈不妥。于是妻就会装出惋惜的神态，三步一回头恋恋不舍地走出去，弄得店主也为没能做成这笔买卖而感到很遗憾。出得店门，妻再也憋不住，抱着我哈哈大笑起来……

有时我忍不住问她：转这么长时间了，你想买啥？她就会调皮地反问我：闲逛逛不行吗？

婚后我们很少一起逛街。妻知道我不喜欢逛街，不再勉强我。可转眼女儿与我齐肩，有时得陪女儿逛街。还好生活在城里，陪女儿逛街与散步没啥区别，累了随时可以回家，女儿也没什么怨言，跟女儿逛街反是一种乐趣了。一次跟女儿闲逛，女儿信步走进一个商场，我问她想买啥，女儿小脑袋一歪：不买啥呀，看看不行吗？看着女儿天真的神情，妻当年调皮的样子又浮现在了眼前……

七

谈恋爱时还能偶尔跟妻看场电影，婚后便很少进电影院了。那年张艺谋执导的大片《英雄》造势很凶，终于在朝阳上映时，忍不住想看看张艺谋如何导演英雄。本想一家三口都去，可妻听说电影票十五元一张，说啥也不去了，说听听故事情节就行。无奈只能跟女儿去看《英雄》。

张艺谋不愧是导演高手，大漠胡杨的金黄、深秋枫叶的红艳、雅丹遗迹的沧桑，配以纯白、鲜红、浓绿的服饰，画面五光十色，情景绚丽纷呈；万箭齐发的壮观、滴水激射的慢景、行云流水的招式，结合或舒或缓或铿或奋的音效，目视恢宏震撼，耳得疑似绕梁。女儿对画面似乎并不在意，但对每一个出场的人物都非常好奇，总问东问西。谁是无名？残剑是人名吗？皇帝是干啥的？还好电影院里人不多，女儿那些小儿科的问题，用我不多的历史知识，还能轻松应付得了，让女儿觉得我这父亲还是很行的……

走出电影院我自思：这就完了？到底谁是英雄？耗资这么巨大的惊世之作，情节这么简单？女儿也追着我问："爸，你看明白了吗？回家妈问起来你给她咋讲？"我说这还不简单，本剧纯属虚构！到家后妻果然问起电影怎么样，我说好啊，大手笔，四个演员一通对话就能让老百姓傻看一个多小时，绝了！妻说你就没有一点收获？我说当然有，陪女儿高高兴兴看了一场电影，教了她不少历史知识，这不是收获吗？

我常自语：人都是有感情的，无论亲情、友情、爱情。好好爱你身边的人吧，从父母妻儿开始。我只是平民百姓，我不关心谁是英雄，也不关心天下如何，我只关心身边的亲人。只要我的父母妻儿是幸福的，我就幸福。《英雄》精彩与否与我无关，但能同女儿一起看《英雄》，生活就很精彩。

（本文荣获2023全国青年作家文学大赛散文组一等奖）

“自大”的风景

马长鹏

贵州，春秋时属楚黔中郡，战国时属夜郎国，现简称“黔”或“贵”，谐音非富即贵。癸卯夏中，走马观花贵州行，方知贵州山灵水秀，果然有“自大”的资本。

一、题梵净山红云金顶：云淡风轻，两重金顶欲迎客；山高壁峭，一柱雄峰直插天

接近天空的是山，更近天空的是山峰。云贵高原的武陵山脉海拔很高，主峰梵净山更高。在梵净山的红云金顶，感觉自己真的可以摸到天了。梵天净土，岂止是善男信女的向往?

梵净山最早记载于《汉书·地理志》：“辰阳三山谷，辰水所出。”三山谷即梵净山，辰水为锦江。梵净山得名于明初，万历皇帝立《敕赐梵净山重建金顶序碑》，誉梵净山“立天地而不毁，冠古今而独隆。”

梵净山有两座金顶，老金顶高，佛光普照；新金顶险，瑞气绕围。限于个人体力，只能登一顶览胜，新、老金顶难以取舍。梵净山的标志景点蘑菇石，是通往两顶的必经之处。说话声音大了都怕震掉的蘑菇石，似方向标，将自己的心引向了红云金顶。

明人张简臣诗云：“梵净实为郡祖龙，平地突起凌苍穹……二百余里青难了，一峰秀插白云中。”言梵净山平地突起，红云金顶秀插云中。武陵山脉海拔很高，可身在武陵山脉之中，却感觉不到是在高原。高铁车速很快，

乘车飞驰却不觉生风；飞机航线很高，乘机越海亦不觉恐高。其实高低快慢都是相对而言的。

在山脚下仰望红云金顶，顶外蔚蓝，不见白云游动，只不时有雾气缭绕，金顶时隐时现。在内陆仰望白云时，大都呈絮状，固态飘浮于空中；乘机飞行于高空时，眼见白云似雪山般阻于前，客机亦无须避让，仍一头钻入其中。云不过是雾气而已。张简臣远观为云，我辈却是近览，金顶周围只觉浓雾缭绕，不觉有云也就不足为怪了。

红云金顶筒状直插云端。前人在崖壁上凿出仅容一人攀爬的石阶，自山脚向山顶盘旋，阶梯两侧固定两条铁索，供游人攀爬借力，更主要的是维系游人安全。开弓绝无回头箭，登顶亦无回头人。自己平时是很恐高的，但也只能一往无前，手脚并用，调动全身的每一块肌肉，完成登顶。

红云金顶似被神斧劈过。还好仙人用力适中，神斧轻落旋起，只将山顶分为两峰，斧痕被人称为“金刀峡”。后人在南峰建释迦殿，供奉释迦佛；北峰建弥勒殿，供奉弥勒佛，二峰之间以拱桥相连。盘环在两峰之间，举目四望，梵净美景尽收眼底。

选择登顶目标一直犹豫，选择了红云金顶，仍心心念念老金顶。站上红云之巅才发现，最悦目的竟是远观老金顶。红云金顶二峰并列，一柱冲天，奇险无比，身在其上却无法体验。在红云两峰之间左右徘徊，更多是为找寻适合观看老金顶的角度。想来彼时在老金顶的游客们，所想也是如此吧。

使尽浑身解数，爬上峰顶，却开始忽略脚下的奇险壮美，忘记惊恐的攀爬过程，只为欣赏更远的美景。人生大抵如此。

二、题荔波小七孔：七孔碧波，恨难七窍皆成色；九曲玉带，疑抵九天已是仙

若在太空远观，地球的主体是蓝色的，那是海洋；大片无人区是黄色的，那是沙漠；星星点点的绿色才适合人类生存。稀缺才更珍贵。踏入荔波小七

孔景区，满眼都是绿。山是绿的，树是绿的，水是绿的，鱼是绿的。秀山绿水，荔波更显珍贵。

在我国古文化中，每一个数字都代表不同的文化积淀，七尤甚，世间万物好像都与七有关。一周有七天，头部有七窍，北斗有七星，白光由七色组成。大家也很喜欢人为创设含“七”的名词。王粲、孔融政见不合，仍并称“建安七子”；嵇康、王戎性格迥异，却合叫“竹林七贤”；就连天子供奉祖先，也仅上溯七庙。荔波孟柳风情小镇的群峰之中，那座长仅四十余米横跨响水河的小桥，桥下也留着七个桥孔。桥面布满麻石条，桥身爬着藤蔓，桥下是绿色的涵碧潭。整个景区便以七孔小桥命名，曰小七孔。

据说古时响水河是黔、桂两省的界河，走在小七孔桥上，你便脚踏两省了。看了下地图，小七孔离广西还是有段距离的，传说是不可考的。小七孔古桥建于清道光十五年（公元 1835 年），是古黔南通往广西商旅的交通要道。桥首原存的两座石碑，一为《修碑》，记叙筑桥功德；一为《万古兴桥碑》，刻“群山岩浪千千岁，响水河桥万万年”。

北宋神宗元丰五年（公元 1082 年），苏东坡被贬黄州，与诗朋文友泛舟夜游赤壁。江面水光接天，众人在小船上衣袂飘飘似羽化成仙。苏子为美景所俘，竟忘贬谪之苦，有感而发：“惟江上之清风，与山间之明月，耳得之而为声，目遇之而成色，取之无禁，用之不竭。”

徜徉小七孔景区，秀山绿水扑面而来。湖边竹影摇动，水面群鱼戏游，山光水影，秀色可餐；绕涧缓行，崖边飞瀑挂川，谷内河水潺潺，似仙乐贯耳；林间草树芬芳，似山肴野蔌，杂然前陈，美味扑鼻；穿瀑而过，虽不能酿泉为酒，飞瀑飘落成雾，入口甘洌，与仙境何异？身处仙境者岂非仙人？

苏子夜游赤壁时虽愉悦异常，只不过感慨“目遇之而成色”。其实七窍均可感知世界，走在小七孔景区，七窍所感皆成色矣。

三、题平塘天空之桥：飞架峰峦，虹桥一线过云海；直通霄汉，天塔三尊守路神

贵州是国内唯一没有平原的省份，全境都是喀斯特地质，八山一水一分田。山是好山，水是好水，田是好田。只是苦了村人，游山得越山，玩水得越山，种田还得越山。

槽渡河大峡谷纵贯平塘县境，将平塘一分为二。近千米宽的大峡谷，让平塘人只能东西相望。张若虚的《春江花月夜》“此时相望不相闻，愿逐月华流照君”两句诗，传情的月光让人追思了千年，可那真是天各一方呀。槽渡河峡谷两岸虽只千米之隔，当年有情人也只能相望无闻，泪洒衣襟。

天塔高耸，一桥飞架西东，天堑变通途。此前织网目光，峡谷传情三月至；如今入云天塔，鹊桥相会一时成。

都说不到北京不知道官小，不到深圳不知道钱少。可自己一介布衣，去了多次北京、深圳，却也没觉得自己官小、钱少。可见到平塘特大桥的第一眼便双目惊睁，真真正正知道了：什么是桥高！

三座天塔平地拔起，直入云霄。自塔颈飞瀑般散落三组斜拉桥索，生生拽起一线天途。东西穿行之车，似为牛郎织女送信的鸿雁，穿梭往来。不时有高云飘过，塔尖隐入云端，斜梁若隐若现，似有仙人牵引；偶遇低雾弥漫，塔基陷入雾里，桥面浮于雾上，可见天桥真颜。

乘高铁在山岭间穿行，如此美景定会擦肩而过；搭乘航班在高空飞行，大桥就成了微缩景观，不可能如此震撼。感谢贵州的友人，借车予我自驾穿行黔中，得遇天空之桥。感谢贵州人的细心，凿山构筑天空之桥服务区，让天空之桥惊现眼前。

揣起浮想联翩之心，返回高速驾车过桥。想留下浮空而过的仙境品味，便一路摄影过桥。闲时回看视频，桥面宽阔平坦，桥索粗壮坚固，两侧护拦阻险，迎面隧洞幽深。自驾行大半个贵州，驶过的桥梁隧道无数，平塘特大

桥最为震撼。

北宋理学大家周敦颐作《爱莲说》，言君子之花只能“远观而不可亵玩焉”。濂溪先生果不欺余。

四、题中国天眼：四海巡游，二郎静仰开三眼；八方辐辏，万众趋前问九天

雨果说：“世界上最宽阔的是海洋，比海洋更宽阔的是天空，比天空更宽阔的是人的心灵。”在人类的认知历程中，我们居住的星球曾是世界的主宰。中国的先哲虽然很早就创建了“宇宙”一词，但那时的宇宙，绝不是现在的宇宙。

地球大无边际，却只是太阳系中的一个小兄弟；太阳系距银河系中心据说有三万光年之遥，如太阳大小的恒星，银河系有千亿以上；银河系也不过是更多河外星系群之一，所有星系总称为宇宙。宇宙无边无际。

古人认知有限，想象却无穷。西方古时政教合一，异教者可以叛国论。华夏自古宽容，百家争鸣，百花齐放。可官方的信仰还是决定教义的兴衰，官家信佛则抑道，官家奉道即贬佛。不过有一神仙例外，儒、道、释三方共尊，官方定名二郎神，国祀称号郎君神。传说二郎神有三只眼，中间那只直立，称天眼。李白《蜀道难》中“蚕丛”“鱼凫”是古蜀国的两位国王，据说蚕丛就有三只眼睛，第三只眼被称为“目纵”，二郎神的天眼可能由此而来。二郎神平时闭上竖眼，姿容益丰；天眼一开，洞悉万物，威力无穷。

地球相对于宇宙而言是渺小的，人类能在渺小的地球上探索无穷的宇宙，只能借助天文望远镜。科技越来越发达，镜体越来越大，看到的宇宙空间越来越广。直径几十、上百米似眼球般的镜面，需要掘出更大、更深的眼窝才能安放。要建造一个能容下一座直径五百米的天文射电望远镜的眼窝，需要耗资巨万。靠两条腿，一双眼，两院院士南仁东行遍大半个贵州，硬在平塘县克度镇大窝凼，找到了一个能安放巨眼的天然眼窝，为国家节省了巨额开

挖眼窝的基建费用。

摆渡车盘山而上，抵达观景平台。天眼稳稳嵌在眼窝内，仰望苍穹。四周丘峦连绵，似神人安卧休憩。看天眼的新闻图片，在翠绿的群山之中，天眼异常醒目，似纯净的天然翡翠镶了一颗明珠。俯瞰天眼，恰似二郎神立目圆睁，洞察太空的神秘。

平塘的射电望远镜，是世界上最大的射电望远镜，与河外星系的沟通必将造福全人类。这是国人的骄傲，称中国天眼恰如其分。

五、题青岩古镇：定广雄关，今古从无城下耻；鹤林及第，滇黔始有状元名

夏、商以来，滇、黔一直与中原政权分分合合、若即若离。宋太祖赵匡胤结束了五十余年的小分裂时代，重新统一中原时却放弃了滇、黔。潘美、曹彬奉命南征，太祖当时认为大理为外邦，可暂时不统，潘、曹便只灭南汉而归，此后滇、黔一直被以外藩相待。《元史·郭宝玉传》载，郭宝玉认为“西南诸蕃，勇悍可用，宜先取之，藉以图金，必得志焉。”滇、黔得以在元朝重归中原版图。明、清之际，贵州的行政管理时土时流，政治、军事地位相对较弱，导致贵州的名胜古迹相对较少，位于黔中腹地的青岩古镇，是贵州为数不多的古建筑遗存。

青岩古镇为驻军而建，地势险要。古镇城墙绕山游走，防御敌寇。岁月流逝，其他城门早已随风而逝，只有定广城门，岿然屹立。城垛炮口圆睁，时刻注视来犯之敌。拾级而上，城楼巍峨，引领古驿道穿关而行。古来滇黔虽非兵家必争之地，古镇也历经多次战火。庆幸将士守城英勇，古镇城高池深，外贼内寇，从未攻陷城门。历时四百余年，古镇仍街路依旧，主体建筑保存完好。

青岩古镇因住民而兴，街巷古朴。石街、石院、石墙、石凳，简约宁静。明清以来，华夏战火纷纷，但闭塞的交通，却使古镇成了避难的后方。古镇

虽然面积很小，不过三平方公里，但古迹众多，寺庙宫祠有百余处。

古镇状元街一号为赵以炯故居。赵以炯，字仲莹，又字鹤林，清光绪十二年（公元 1889 年）获殿试一甲第一名，成为滇黔状元及第第一人。戊戌变法领袖李端棻特书长联祝贺："沐熙朝未有殊恩，听传胪初唱一声，九十人中，先将姓名宣阙下；岂吾黔久钟灵气，忆仙笔留题数语，五百年后，果然文物胜江南。"鹤林被光绪钦点状元，本有弥补滇黔状元空白之意，鹤林并无太多政声可见一斑。但赵以炯高中状元，绝非浪得虚名。府门两侧悬挂楹联"琴鹤谱志，论语传家"尽显主人修为。故居内陈列赵以炯手书楹联"振挺文如曾子固，清高品是席君从"。集句联"山水娱人岁月长，忠孝临民父母同"。字体圆润秀逸，轮廓分明，飘逸而灵动。

参加殿试时，光绪帝出一上联"东津明，西长庚，南箕北斗，谁能为摘星汉？"赵以炯略加思索，对出下联："春牡丹，夏芍药，秋菊冬梅，臣愿作探花郎。"对仗工整贴切，符合君臣身份。看来光绪钦点赵以炯为状元也算实至名归。

贵州大地，秀山灵水。徜徉自然美景之中，撞见文化气息浓郁的状元府，品诗评字，学画习联，别有一番韵味。

六、题西江千户苗寨：吊脚干栏，寨依山势天接水；芦笙踩跳，舞动风情曲绕梁

华夏虽以汉民族为主体，但有史以来，中华大地一直多民族聚居，共生共存。历史上不时有强悍的少数民族，骁勇善战，不畏汉人的强大，争霸中原。所谓太刚易折，太柔则靡。几个强大的少数民族，因好战而在历史的车轮下化为齑粉，不知所终。比如雄霸漠北的匈奴人、纵横北方的鲜卑人、建立辽国的契丹人、消灭北宋的女真人，这些历史上赫赫有名的少数民族，现在只存在于史籍中。

苗族也是一个善战的民族。上古时期的战神蚩尤，传说为主兵之神，与

黄帝、炎帝并称“中华三祖”。蚩尤曾打败过炎帝，《逸周书·尝麦解》记载：“蚩尤乃逐帝，争于涿鹿之阿，九隅无遗。”苗族人民始终信奉蚩尤为其始祖。苗人虽刚，却从未称霸一方；苗人更柔，一直在寻找适合自己的生存空间。刚柔并济的苗人如今分散在世界各地，聚居生活。

西江千户苗寨看似很大，占地五十平方公里，其实很小，不过是白水河两岸的几座山头。

一到西江千户苗寨景区广场，就以为到了苗寨。高大的景区牌坊，壮观的头饰形状建筑，感慨苗寨果然有民族特色。但这并不是真正的苗寨。

摆渡车盘山而下，道路狭窄。随后还需步行入寨，两侧山峰耸立，树影婆娑。虽觉“芳草鲜美，落英缤纷”，心中仍不觉生疑，寨子会建在深山之中？

站上苗寨观景台，顿生武陵人误入桃花源之感：弃车步行，路初狭，仅通人，复行数百步，豁然开朗。

成片的吊脚楼自脚下蔓延开去，爬满了青翠的山腰，偶有绿树钻出，楼顶亦将树冠包裹，宛若楼间的一片草坪。一条清澈见底的河流，将苗寨分为两区，苗人依山搭楼，傍水而居。苗寨称西江，穿寨而过的却是白水河。千年之前，“西”氏苗人到此向“赏”氏苗人迁地聚居，“西”是苗人姓氏，“江”本为讨取之意。千年过后，此处的白水河开始叫西江。

观景台通往景区中心的景观路，依山脚绕行。景观路显然为游人而建，苗人穿行山寨却很少绕行景观路。紧密的吊脚楼间，大都留有羊肠小路，苗人可以自由穿行寨间。远观成片的吊脚楼，鳞次栉比，紧紧相依。每座吊脚楼看似相连，却又空间独立，分合有序，苗人可以走楼间小路，也可以在吊脚楼内穿堂而过。平时生活独立，战时成为整体。团结协作，是苗人赖以生存的法宝。独立自主，适时开放，何尝不是中华民族立于世界之巅的根源！

（本文荣获第四届中国青年作家杯征文大赛散文组一等奖）

作者简介：马长鹏，1968 年出生于辽宁本溪，现居辽宁朝阳。中国楹联协会会员，辽宁省作家协会会员，朝阳市作家协会网络文学学会副会长，青年作家网签约作家。作品散见于《辽宁日报》《友报》《商丘日报》《营口日报》《朝阳日报》《中国作家网》、青年作家网等。其中《怀念诤臣》荣获 2022·全国青年作家文学大赛散文组二等奖；《源自你的幸福》荣获 2023·全国青年作家文学大赛散文组一等奖；《探寻将军衙署的文化密码》获第四届中国青年作家杯征文大赛散文组一等奖。

我的武侠情缘

黄 瑶

刀光剑影里，何处是江湖。

武侠给我的感受，若用简单两个字来概括，便是“酷”和“帅”。尽管如此表述有些普通甚至俗气，但我却觉得极为适合。武侠影视剧中那些身手敏捷的武术动作、精彩激烈的打斗场面和跌宕起伏的情节都令我大开眼界。

说起武侠，不得不说到金庸先生。“飞雪连天射白鹿，笑书神侠倚碧鸳”，他在这些武侠小说中，刻画出了一个个激荡人心的江湖武侠，在冲天的豪气和纠葛的恩怨情仇中，一个又一个个性鲜明的人物跃然纸上：性情豪爽的乔峰、温文儒雅的段誉、壮志凌云的郭靖、娇俏可人的赵敏、仙气飘飘的小龙女、豪放洒脱的令狐冲……这些鲜活的人物之间的爱恨情仇让人沉浸其中，难以忘怀。金庸先生小说翻拍成的武侠剧我大部分都看过，因为在我读小学的时候，我家里就买了好几部碟片，当时经常跟爸妈一起看，那些精彩的剧情引人入胜，我们经常看得废寝忘食。而小说我是后来看的，长大后，有了一定的文化和阅历，更能品读出金庸先生文字的韵味。在阅读的时候，好似跟着金庸先生的文字御剑驰骋，于悠悠江湖中看着芸芸众生因缘际会，追逐天涯。书中矢志不渝的爱情、肝胆相照的兄弟情……交织成了动人的江湖故事，看着看着，我开始幻想自己就是一位大侠，背着一柄古剑，提着一壶浊酒，牵着一匹马，快意江湖，浪迹天涯，洒脱自在。

而我的愿望或许也只能通过拍照片来实现了，但也觉得甚是满足，毕竟有摄影、装容、服装、道具的加持，圆了我的武侠梦，构成了可以永久留存的记忆。两年前，我认识了一位本地的摄影师，她镜头里的故事感和高级感吸引了我，我便添加了她的微信想约拍写真，却一时间不知道拍什么，本来在纠结是要拍一套较为文气的古代书生写真还是拍一套武侠写真，她说她喜欢更具动作性的武侠风，这句话点燃了我的武侠梦。

于是我们找到一片鲜有人知的芦苇荡拍起了照片，在她的镜头里，我仿佛真的变成了一位侠客，这片苍茫的芦苇荡便是属于我的江湖，我就在这里化身为逍遥少年，独倚长剑，凌风长啸。成片出来后，大家纷纷称赞“帅气”，说这种风格非常适合我。

这组侠客照我很是喜欢，再加上发现自己与武侠的适配度还是比较高的，后来，我又找这位摄影师拍了一次武侠风写真，是一组剑客照，挽起刘海，加重眼妆，看起来有点腹黑且凶狠。

当时我们本来是要找一处大瀑布当背景，却一直找不到，后来在路边发现了一处有些破败的建筑，还有一个被野草包围起来的小水潭，突然觉得若是以此为景，说不定会有别样风采。道具有酒壶、长剑等，我在这一方天地中将自己代入剑客角色，在摄影师的指导下比画起动作，整体形象与上次那组侠客照迥异，风格却又有相似处。

果然成片出来，好友们纷纷评论“飒”，和之前拍的那套侠客照相比，大部分的人都觉得不分伯仲，我因此找到了拍照最适合自己的风格，原来就是——武侠风。

由于对武侠的喜欢，我也觉得自己在做一些武侠类的动作时会更自然，因为我会幻想着自己就是武侠剧里的人物，在属于我的江湖里，把酒当歌，笑对浮生。

关于我的武侠情缘，还体现在一些生活中的小事里。小时候就总是幻想自己是一名大侠，有时拿着棍子挥来挥去，或者用手掌比画，假装自己在打斗、练功，又或者跑跑跳跳，幻想自己会“凌波微步”、飞檐走壁。我喜欢唱歌，经常上台表演一首名叫《说唱脸谱》的戏歌，在表演时我会配上一些武术动作，虽然平时也没有特意排练，但正式上台的时候我总能自然而然地做出来。大学里的体育选修课，我最想选的就是武术，抢到武术课之后有一种莫大的喜悦，每一次上体育课都充满期待。作为古风控的我，喜欢听各种古风歌，但古风歌里我最喜欢的还是那些具有侠气的歌曲，如《明月天涯》《拜无忧》《满城雪》等，以及武侠剧里的插曲，如《沧海一声笑》《刀剑如梦》，听着充满洒脱侠气的旋律，我又开始进入那意气风发的武侠世界。作为诗词爱好者的我，豪放派诗词是我最喜欢的类型，如“潇洒江湖十过秋，酒杯无日不迟留”“银鞍照白马，飒沓如流星”“满堂花醉三千客，一剑霜寒十四州”“壮士愤，雄风生，安得倚天剑，跨海斩长鲸”……它们豪放大气、视野开阔、气象恢宏的特点和变化自如、多姿多彩的语言风格无不让我为之震撼……

在我看来，武侠的核心还是“侠”。所谓侠客精神，并非打打杀杀，也并非逞匹夫之勇与人斗殴，而是一种崇尚自由的精神和道义。在古时，勇士行侠仗义，路见不平，拔刀相助。在那弱肉强食以及法律体系还不那么完善的古代社会中，经常离不开血腥和杀戮，而现如今的社会有着更完善系统的法律法规，随着时代变迁，侠客精神逐渐内化为重情重义、不离不弃、诚实守信、锄奸惩恶的道德文化。“侠之大者，为国为民，侠之小者，为友为邻”，侠客精神并不只存在于书籍和影视剧中，也不只是风云人物的专属，只要心存浩然正气，便可为“侠”，内化的侠客精神让处于现代社会的我们也能成为大侠。

红尘滚滚，岁月悠悠，如今的时代，没有纵马狂歌的豪迈，没有刀光剑影的厮杀，更没有“流血的江湖”，但我心中江湖里的武侠梦一直都在，我们每个人，都是自己的大侠。

（本文荣获第四届中国青年作家杯征文大赛散文组一等奖）

作者简介：黄瑶，笔名紫潇瑶，一九九八年出生于福建省漳州市漳浦县，《2023中国诗词大会》千人团选手。现为福建省作家协会会员、漳州市作家协会会员、漳浦县作家协会会员、青年作家网签约作家。曾出版小说《班级辣事串串烧》，文章获得“中国少年作家杯”“中国青年作家杯”“新人杯”“江南杯”等国家级奖项，另有作品获省、市、县级奖项。文学作品散见于《福建日报》《福建法治报》《潮州日报》《金浦报》等报纸。

儿时的立夏记忆——乌米饭

张升航

“绿树阴浓夏日长，楼台倒影入池塘”，立夏作为夏季的第一个节气，每年此时，雨水丰盈，蝼蛄开始声声鸣叫，奏响一曲曲夏日之歌；大气潮热，蚯蚓纷纷破土而出，迫不及待地想要加入这场夏季盛宴。在我的儿时记忆中，立夏则更像是一个让味蕾疯狂绽放的节日。

每逢立夏时节，按照家乡传统习俗，出嫁的女儿要回娘家过立夏。得知我们要来，外婆提早好几天就开始准备那一道道经典美食——乌米饭、尖脚笋、蚕豆等。小时候看到这些食物，尤其是那黑色的米饭，就会有大大的疑问，米饭为什么是黑黑的？好奇心重的我，经常追着外婆寻求答案，外婆就会放下手中的活告诉我：“这个黑黑的米饭叫作乌米饭，它是用一种神奇植物的汁水浸泡糯米煮成，由于夏天蚊虫较多，吃点这个整个夏天都不会被蚊子咬，你要多吃点。”听完外婆的话，儿时的我信以为真，急着让母亲给我装上一碗乌米饭，生怕吃晚了就会被蚊虫咬出一身包。

长大后，无意间翻看书籍，发现儿时外婆所说的烧乌米饭用的神奇植物叫南烛叶，又称乌饭树、乌饭叶，古称染菽。在明代，医药学家李时珍编写的《本草纲目》木部第三十六卷中载称：“南烛，吴楚山中甚多。叶似山矾，光滑而味酸涩。七月开小白花，结实如朴树子成簇，生青，九月熟则紫色，内有细子，其味甘酸，小儿食之。枝叶止泄除睡，强筋益气力。久服，轻身长年，令人不饥。”

转眼间，炎暑将临，立夏将至。在一次饭后闲聊中，和妻子回忆起儿时吃乌米饭的趣事，顿时心血来潮，决定自己动手制作这道美食。于是我让母亲帮忙买来乌饭叶，学着外婆的样子，择叶、揉搓、挤压，后与糯米搅拌、浸泡、开蒸……

当打开锅盖的那一瞬间，清香四溢，看着锅中那黑中泛青的米饭时，童年记忆伴随着香味涌上心间。趁热撒上一些白糖，搅拌均匀，舀上一勺含在嘴里，唔——就是这个味道，是夏天特有的味道。

乌米饭那清新的香味在空气中飘散，让我久久回味……

（本文荣获第四届中国青年作家杯征文大赛散文组二等奖）

初秋，心中的那抹稻香记忆

张升航

秋风送爽，丹桂飘香，稻穗卷起千层浪。转眼间，盛夏已随着阵阵秋雨悄悄地溜走，公司办公室楼下的那几株桂花树，今年也显得特别兴奋，迫不及待地想和大家见面，想要尽情释放那一抹秋的味道。

秋天，是一个丰收的时节，是农民们期待的时节。田里的水稻在经历了烈日的疯狂炙烤、狂风暴雨的无情肆虐后，终于修成正果，它们脱下绿色的衣服，激动地换上了金色的盛装。那金黄色的稻田，在风的鼓舞下，有节奏地摇摆着，像是对大自然的歌颂。稍稍俯身，便能触摸到那沉甸甸的稻穗，像一位饱经沧桑的老人，弯着腰和稻田里的泥鳅、蝌蚪们诉说着自己的故事，向它们宣告丰收的喜悦。站在田埂上，放眼望去，一片金黄，犹如金色海浪，又好似大地盖了一层金色的被子，在阳光的照耀下闪闪发光，微风拂过，清新的稻香萦绕鼻尖。

童年记忆里，我虽没有体验过丰收时节的忙碌，但偶尔也跟着爷爷奶奶到自家田里看过几回。每年到了水稻收割的时候，爷爷总会把在外打工的父亲喊回来一起帮忙。印象中，那时候还没有收割机，水稻收割的快慢完全取决于自己的手速。记得爷爷他们拿的工具有两种，一种是普通的镰刀，另一种是类似镰刀的工具，但和镰刀不同的是，它的刀口是一排锯齿。割稻子的时候，只见爷爷左手抓住水稻的茎秆，右手用镰刀顺势往禾蔸处一割，唰的一声就把稻子割下来了，真正诠释了什么是“快准狠”。我站在一旁，认真地看着学着。伴随着“教官”发出的一声声“唰唰唰”的口令，水稻好像军训的士兵，一排排整齐地趴下，煞是壮观。

看着爷爷熟练的动作，我开始蠢蠢欲动，好想尝试一番，于是便找奶奶拿了一把镰刀，学着他们的样子割稻。可是，“一抓一割”这看着简单的动作，为什么到我这里就变得困难了呢？站在水稻田里，比水稻略高的我，拿着一把大大的镰刀，不是被水稻那锋利的叶片割破了手，就是时不时被割完的稻草绊倒，有时还会被水里的蚂蟥吓得大叫。伴随着无数次的弯腰，我早已累得满头大汗，赶紧跑到田埂上歇息，吹着凉风，静静坐着给爷爷奶奶加油打气。

在割完一块地后，我发现爷爷手中握着的那一束束稻穗永远是整整齐齐，有点纳闷的我以为这是爷爷的强迫症，便好奇地追问原因。爷爷听完，笑着带我来到了水稻田的另一侧。“哇”，原来这里还放着一个大家伙，从外观看，它整体是木质的，中间有一个滚筒，上面像刺猬一样布满了一个个“小帽子”，看起来很笨重。爷爷说这叫稻桶，也叫作打谷桶，是用来给稻谷脱粒的。说着，便拿着刚割下来的一捆稻子，给我演示了起来。只见爷爷双手捏紧水稻的茎秆后部，先向右上方举起，然后用力砸向打谷桶的左内侧，并使劲拍打，拍打完成的瞬间双手还稍作抖动，这样有利于已脱粒的谷物全部掉落于谷桶内，防止谷物在再次上扬中抛撒。原来这个机器居然还有这么大的用处，不禁感叹农民的大智慧。

短暂的一天就要结束，太阳准备收工归家，缓缓朝着西边落下。此时，爷爷也已停下手中的活，开始和奶奶做一些收尾工作。爷爷边捆着稻草边告诉我，为了更好地把割完的稻草利用起来，还要将它们一把把扎起来，使其自然晒干，到时候冬天就可以铺在羊圈里给羊御寒。看着爷爷熟练的动作，我是既羡慕又崇拜。没过多久，那一小块空荡荡的稻田上就堆满了一个个小山丘，就像稻草人一般，替我们守护着还未收割的稻子。

忙碌完这一切，天空已暗淡了不少。远处有几只胆大的麻雀，已经开始“偷窃”我们割稻剩下的稻穗，用它们的小嘴品尝着属于这个季节的美味。爷爷奶奶也不管这几只小精灵，抓紧用一根扁担将前几天已经晒干的稻草挑到双轮车上堆放好，像叠罗汉似的一层叠加一层，直到堆放不下。“回家咯”，随着爷爷一声吆喝，我们便踏上了归家的路。调皮的我在奶奶的帮助下，坐到了稻草堆上，那一刻居然有种一览众山小的感觉。一路上，爷爷在前边拉着，奶奶在后边推着，我则坐在稻草堆上唱着刚从学校学会的儿歌……

“随着稻香，河流继续奔跑。微微笑，小时候的梦我知道。不要哭，让萤火虫带着你逃跑，乡间的歌谣，永远的依靠。”一眨眼，又是稻穗飘香时，每逢此刻，我都会听一听这首《稻香》，让自己沉浸在那金色的梦中。虽然儿时的那片稻田如今早已成为高楼大厦，割稻也早已被机器收割取代，但藏在心中的那份美好，我想我会一直铭记。

（本文荣获青年作家网 2023 年度优秀散文奖）

作者简介：张升航，男，中共党员。一九九五年九月出生于杭州临安，爱好文学写作，著有《邮海随笔》。现为杭州市临安区作家协会会员，青山湖街道文联委员，青年作家网签约作家。近百篇作品散见于《今日临安》《浮玉》《邯郸晚报》《桂林日报》《劳动时报》《夔门报》《东南散文》《南湖文学》等报纸杂志。

记忆中的杀年猪

陈国林

杀年猪是中国汉族的传统习俗，已传承两三千年，也是为过年（春节）做准备。因以前很贫穷，一年到头人们吃不上几次肉。加之，一头猪要养到一百二三十公斤才能宰杀，这样大的猪宰杀后肉多好吃。一头猪要达到宰杀标准，至少也要从年头养到年尾，甚至更长时间。并且要耕地多、条件好的大户人家才能养得起猪，年底才杀得起过年猪。

即便平时杀猪，家里人一时半会儿也吃不完，一般都是将猪肉卖了换钱花。唯独过年是例外，进入腊月间，大部分人家都要杀猪，为过年包饺子、做菜准备肉料。因此，民间将腊月间杀猪称之为“杀年猪”。童谣中说“小孩小孩你别哭，进了腊月就杀猪；小孩小孩你别馋，过完腊月就是年”，这也反映了人们盼望杀年猪吃年饭的心情。

杀年猪还要选择一个黄道吉日。一般都要避开“亥日”和“农历四日”，在十二地支中的亥代表猪，在《玉匣记》中记载，逢亥不杀猪。在中国非常忌讳“四”字，因其谐音“死”字，寓意不吉利。还有就是逢初一、十五不杀猪，这两个日子是用于祭拜鬼神的，所以不能有血腥事情发生。杀猪的日子不能跟家人的属相相同，尤其不能跟家主的属相相同。自家养的猪不能自家人宰杀，只能请外人帮忙杀。

我出生于二十世纪六十年代末，从小跟爷爷和叔叔一家人在农村生活长大。我们家族中，每代都有一个会杀猪的人，首先是我爷爷，后来是我小叔，我这辈是我堂弟。自打记事起，我就亲眼见证过杀年猪的情景，也目睹过杀年猪的全过程，并亲身经历了农村几十年来杀年猪、吃杀猪饭的变化。不同年代、不同时期的杀年猪方式也有不同，以前只有人工屠宰，现在有人工和机械屠宰。杀猪饭的做法也有所变化，以前只有四五个菜，现在至少也有十多个菜。

记忆中，在我很小的时候，大概四五岁吧，每年年初的二三月间，家里人就要去养有老母猪的人家买或赊一头小猪崽来饲养，等秋后攒够了钱再付猪崽钱。进入农历腊月，猪也长大长肥可以宰杀了，当家人就要提前选个吉日，提前请好屠夫帮家里杀年猪。

那时候，我们村有六七十户人家，村里只有三个会杀猪的屠夫，几乎每代人都有，我们当地叫“杀猪匠”。腊月间，杀猪匠很是忙碌，也很吃香，更受众人尊敬。当然，杀猪匠的宰杀技术也是一流的。有时一天要宰杀两三头猪，只是开猪肚、割取猪内脏、砍猪肉、翻猪肠子等有些复杂，也很显技术，更耗费时间。

我最记得，一九七二年腊月十六那天，是小叔家杀年猪的日子。小叔提前十多天就查过老黄历，说那天属兔没跟家里任何人属相相同，就定在那天杀年猪，还提前请好村里胡姓的杀猪匠帮忙宰杀。

头一天，小叔就在房屋后面的菜园地里，挖了一个简易锅圈，并将一口直径八十厘米大的铁锅安置好，方便烫、洗、刮猪毛用，还要请几个壮汉帮忙拉猪。当然，还要准备一些充足的烧水用的柴草和一张杀猪用的桌子。婶子还准备了接猪血用的瓷盆、装猪内脏的簸箕、摆放猪肉的草席等急需用品用具。杀猪日子定下来，这些都是要提前几天准备的东西，避免到时候手忙脚乱。

清晨五点多，小叔和爷爷就早起忙碌。小叔挑着一副水桶，从村里唯一的水井取水，将杀猪用的大锅装满水。爷爷把火燃着守候烧水，至少要两个多小时才能将一大锅水烧开。大约八点，姓胡的杀猪匠手里拎着一把锋利的尖头杀猪刀、一把厚重的砍骨刀和一把稍薄的剖肚刀来到小叔家，紧跟着我的两个堂哥也到来。杀猪匠简单做了分工，一人揪猪尾巴，一人准备一根麻绳，两人薅猪脚。一切准备工作就绪，只等动手。

在杀猪匠的指挥下，小叔先将猪圈里的大猪赶出圈门。杀猪匠发令：“预备起，动手！”小叔揪住大猪尾巴，两个堂哥分别抓住猪的两只后脚，杀猪匠一手拿着绳子，一手持屠刀。大家一起使猛力即刻将猪扳倒在地，只听大猪发出“咧！咧……”的嚎叫声。杀猪匠快步上前用麻绳将猪嘴捆扎牢固，四人齐心协力将四脚朝天、不断挣扎的大猪抬上桌子，让猪侧躺桌面死死按住，并将猪头沿桌边伸出四五十厘米。爷爷往提前备好的瓷盆里放入少量清水和食盐，并摆放在猪头下方地面准备接猪血。

杀猪匠左手将扎紧猪嘴的麻绳提起，右手紧握锋利无比的屠刀，一边嘴里念着“大吉大利”一边将屠刀从猪脖颈处直插进去。猪血顺着刀口处急速流出，猪的叫声也一声比一声微弱，直到叫声和动弹停止，此时猪也失去了生命。不一会儿流淌的猪血盛满瓷盆，还有少量溅落地面。屠刀上沾满了鲜红的猪血，真是“白刀子进红刀子出”。杀猪匠用三张黄纸将屠刀上的猪血擦抹掉，在地上点燃烧尽，寓意杀生吉利。

四个壮汉将刚杀死的年猪抬到滚烫水的锅边，用瓢舀水冲烫猪身，一边冲烫一边用切菜刀刮去猪毛。猪毛去完冲洗干净就要开肚了，又将洁白干净的年猪抬上桌，杀猪匠先将猪头割下，再割猪脖，割下的猪脖是个圆圈，当地人称为“猪项圈”，也许像项链状而得名吧！也有人称之为“二猪头”，也许是紧挨着猪头，又不是真正的猪身才这样称呼的。

开猪肚也称“开剖”。开肚时，桌子两边一边站立一个人，分别拉稳四只猪脚，杀猪匠用刀从上往下直线剖开猪肚。猪的五脏六腑全出现在眼前，还冒着热气，杀猪匠小心翼翼地用双手将猪肝、猪心、猪肺、猪苦胆、猪肠子、猪膀胱按顺序逐一从猪肚里取出。然后，分别冲洗干净。最难的是割取猪苦胆，不小心弄破了苦胆会将其他猪肉染上苦味，那被染的猪肉就吃不成了。还有就是翻猪大肠，臭气熏天，让人恶心，翻洗不净吃着也有臭味。

还有砍猪肉也有讲究。首先把猪板油取下炼油，然后将最好的脊肉、腰里肉、排骨分别切取。特别是猪腿要连肉带脚砍下弄成“琵琶”状，圆润饱满，人们叫“火腿”。其他肉连皮划开呈条形，一端连接好晾挂，称为“挂子肉”。

猪肉分砍割完，杀猪匠的工作就算全部完成，烧剥猪头、炼油、腌制猪肉等就是主人家的事了。为了答谢杀猪匠，还要准备一些猪头肉及下水和一包“春城”牌香烟送给杀猪匠。

猪的全身都是宝，连猪膀胱都有用，我们也称“猪尿泡”，尤其受小孩喜欢。一到杀年猪，小孩都要等候索要猪膀胱，要到后用一短根空心稻草插进将其慢慢吹大，边吹边在烫洗猪的大锅边揉搓，吹大后扎紧封口当气球玩，这是孩子们最高兴的事，我也很喜欢。猪毛也舍不得丢掉，晾干后小孩可以用来换糖吃，妇女可以换针头线脑或梳子等小商品。

杀年猪就要吃杀猪饭。杀猪饭一般都在杀年猪的当晚开席。全家人要忙碌一整天，邀请亲朋好友和村中长者吃饭，最少也有四五桌人。虽然很穷但也有五六道菜，多半都有腰花、粉肠、猪肝、猪血（也称猪旺子）、肥肉块（也称墩子肉）及青白苦菜。酒水只有苞谷酒，度数很高，喝高了会上头。杀猪饭很热闹，全村都闻得到肉香味，这是一年中最丰盛的晚宴。二十世纪六七十年代的中国，国家很贫穷，各种物资匮乏，农民更是穷得叮当响。好多紧俏商品都是国家统购统销，即便是国家机关干部和城市居民，买肉要用肉票，买粮食要用粮票，买盐要用盐票，买油要用油票，做新衣要用布票买布匹等。每种票都是按人头分发，农村每户都有一本《购物证》。种粮的农民还得缴公粮，杀年猪也得将一半猪肉上缴给国家的基层供销社，而且还要带上猪尾巴上缴。杀一头猪缴一半，杀两头猪缴一整头，农民只能留下猪头和内脏。

随着社会的进步，经济的发展，改革开放的春风吹遍祖国大地，国家实行社会主义市场经济，各类商品种类齐全，应有尽有，买卖自由。国强民富，人民的日子一天比一天好过。现如今，随着国家惠民政策的落实，人们吃不愁、穿不愁。好多县乡政府还建起了现代化养猪场，农民每家每户都能宰上一头年猪，有的还宰杀两头。人们几乎每天都能有肉吃，过去每年只能吃一两次肉的日子早已不复存在。

农村杀年猪也有了一种职业，自己饲养的大猪只要一个电话，就有专人上门帮你拉猪去屠宰，并砍好弄好送货上门，杀一头猪只要支付百多元钱工时费。大小城市都有机械化的屠宰场，城市集市和大型超市都有肉卖，乡村赶集也都有新鲜肉叫卖。甚至城里的大街小巷还有专门的“杀猪饭”“杀猪菜”餐馆，常年营业。想吃杀猪饭不再是一种奢望，只要想吃，城市乡村随时都能品尝到。人们的生活越过越好，幸福指数越来越高。

“杀猪存血腥，难忘旧日情；腊月杀年猪，过年好祭祖。猪肉味美鲜，生活比蜜甜；酒肉穿肠过，家人齐欢乐。”四五十年已过去，昔日农村的杀年猪场景不再有，但浓浓的乡愁和香喷喷的杀猪饭永远令人难忘。孩童时代杀猪匠杀年猪的身姿和熟练操作让人难以忘怀，长辈们为杀年猪忙前忙后的身影永远铭记，全家人杀猪迎年的灿烂笑容永记于心，儿时跟小伙伴们吹玩“猪尿泡”的情景记忆犹新。

民以食为天，以人民为中心，新时代开启新征程，不忘初心，铭记过往。记忆中的杀年猪让我怀旧，让我回到过去的年代，让我记住乡愁、憧憬家乡的美好未来。祝福伟大祖国繁荣昌盛、国泰民安，人民永远过上幸福生活！

（本文荣获 2023 全国青年作家文学大赛散文组一等奖）

我的半百人生

陈国林

光阴似水，岁月如梭，人生如梦。不知不觉间，双鬓花白，记忆减退，精力也大不如从前，人生之路也已走过半程，发现自己已成半百之人。忆起过往，喜忧参半，谈不上波澜壮阔，但也值得回味。

我是二十世纪六十年代末出生于云南滇东曲靖乡下的土生土长的农村人，年少时的乡土气息和生活往事至今仍然记忆犹新。五十余年的光阴没有虚度，每一段往事不堪回首，每个故事都让我刻骨铭心。

我人生中的第一个十年，是跟爷爷和小叔一家生活。三岁时，父母离异各自成家，父亲在外地从教，每年只回小叔家小住几天。我见到父亲根本不敢喊“爹”或“爸”，只听说这个当老师的男人是自己的父亲。

母亲离婚后远嫁他乡，出于无奈也不敢回村看望儿子。刚开始的几年，母亲也偷偷地来村里探望过我几次，我也是不敢叫一声“妈”。我跟亲生父母很陌生，形同路人，对“爸”“妈”的称呼实在是生疏，更没感受过什么是父母爱。

自打记事起，我只知道爷爷和叔婶是自己最亲的人。别人欺负我，有爷爷撑腰；有好吃好喝；叔婶为我留着。叔叔送我上学读书，我还跟爷爷上山放过羊，跟叔叔挑过柴草，跟婶子种过菜背过猪草。在叔叔家生活的十年，虽然没有父母爱，但有爷爷和叔婶的呵护及养育，他们对我的爱超越了父母爱，教会我做人做事，并让我顺利上完小学。让我的童年充满幸福和快乐，这是我人生中的幸事。

我人生中的第二个十年，父亲一家从外地迁回老家居住，我才跟父亲和

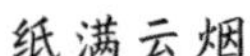

继母及弟妹们一起生活。在跟父亲他们生活的日子里，我刚好上初中、高中和中专。这十年，是我最艰难困苦的十年。初二时，父亲断供了三个月读书生活费，我差点辍学。高中时，恰遇包产到户，家里缺劳力，父亲不让我继续上学。但我知道，农村娃唯有继续上学才能脱离苦海走出大山，唯有读书才能改变自己的命运。

我下定决心坚持读书。在舅妈和叔伯们的支持帮助下，我继续上完高一上学期。但高中要读三年，单靠亲朋资助十分困难，思来想去，只有拿起法律武器请求法院帮助，跟父亲对簿公堂。因父亲是人民教师又拿着国家的俸禄，父母离婚时，法院也判决过要求父亲每月支付我的抚养费，但父亲一直未支付过。

为了继续求学，我含泪将父亲告上法庭，索要自己的抚养费做读高中的生活费。通过法院判决，每月从父亲工资中扣除十二元，由父亲单位发工资的老师，直接汇款给我作读书生活费用，直到我高中毕业。毕业后，我又顺利考上地区的财贸中专学校。那个年代，只要考上中专学校，户口随即就由农村户籍转为城市户籍，而且，所有读书费用全由国家承担，毕业还包工作分配。两年中专毕业，我被分配到一家国有企业工作，那年刚好二十岁。

第三个十年，是我人生的转折点，可以说是“苦尽甘来”。常言道“三十而立”，我走上了工作岗位，开启了新的人生路。我的人生发生了翻天覆地的变化，每月都有固定工资收入，工作五年就加入了党组织，还被提拔为中层干部，取得了大专文凭，通过考试获得审计师专业技术职称。接着还成了家，有了一套属于自己的住房，生有一个聪明懂事的儿子，小家庭过得很温馨幸福。

第四个十年，是我人生的巅峰时期。儿子渐渐长大，学习也不用操心，还都在名牌中小学上学。我和妻子都双双取得大学本科函授文凭，工作也算顺风顺水，都成为单位的骨干力量。这十年，儿子健康快乐成长，家里又换了新的住房，还买了轿车，可以说是家庭事业双丰收，一家人的幸福生活成了别人的羡慕对象。

第五个十年，逐渐迈入知天命之年。这个年龄段，上有老下有小，人生的经历和阅历也更加丰富，本想可以轻松工作和生活，等待退休。然而，预想不到的事却突然向我袭来。当我跨入五十岁时，儿子大学毕业刚工作三年，妻子突发疾病不幸去世。妻子的病故，仿佛晴天霹雳砸在我头上，这给我们一家人带来沉重的打击，让我和儿子悲痛欲绝，一年多都没缓过来。

但日子还得过下去，生活还得继续向前，活着的人还得继续活好。家庭的变故，让我感叹人生。回忆过往，更让我懂得人生无常，有些人事无法预料，唯有面对现实，活好当下。从此，我喜欢上了文学，用文字书写自己的情感世界和精彩人生。

现在想想，我的人生已走过半程，所经历的事历历在目，所走过的路磕磕绊绊。我的半百人生跟别人比起来，有喜有悲、有伤有痛，在逆境中长大，靠坚强的毅力和拼搏精神成长成才。总结起来应该算是“先苦后甜”吧！过去的伤痛与磨难让我学会坚强，过去的成就与喜悦让我感到快乐与欣慰。

人们常说：“真正的人生从五十岁开始。”如今，我虽已是半百之人，但身体还算健康，没有什么大毛病。我要珍惜未来，珍惜所有，忘记过去，活好眼前，重新再出发。做自己想做的事，保持阳光心态，活到老学到老，把人生的下半程走好，把学习、工作和生活过得有滋有味，将自己的后半生活出更多精彩。

（本文荣获第四届中国青年作家杯征文大赛散文组一等奖）

作者简介：陈国林，男，汉族，本科学历，中共党员，曲靖市作家协会会员，青年作家网签约作家，《长河诗刊》签约作家，中国诗歌网蓝V诗人，曲靖珠源文学社会员。作品散见于中国作家网、中国诗歌网、青年作家网、《长河诗刊》、烟草在线、曲靖M。诗歌《昨夜秋雨》发表于《清风文学》二〇二〇年九月第四期，散文《昔日母校的追忆》和《记忆中的大雪》分别被收录于全国青年作家优秀作品选《岁月之歌》及《花开四季》。散文《记忆中的扁柏树》获二〇二一年全国青年作家文学大赛一等奖，诗歌《赞歌献给伟大的党》获第三届中国青年作家杯全国征文大赛三等奖。二〇二〇年、二〇二一年连续两年被青年作家网评为“年度优秀签约作家”。出版有作品集《难忘的记忆》。

被疼痛唤醒的幸福

颜学梅

在那个寒冷的冬夜，一股凛冽的风从半掩的窗户中席卷进来，钻入我的薄衣。我瑟缩在电视机旁，观看一部台湾歌舞电影《搭错车》。主题曲《酒干倘卖无》含悲带泪，如水一样流淌在卧室里。那些尘封的记忆，如岁月雕刻的影像，在我的眼眸中回放。

夜已深。如泣如诉的歌声依然萦绕在耳边，久久不散。我迷失在这充满浓浓的亲情味却又带着离伤之感的旋律中，不能自已。此刻，万千往事在心底萌芽，唤醒我眼中沉眠许久的泪滴。

窗外夜幕低垂，阳台绿萝摇曳，恍若父亲的身影在眼前闪现。思念像一只无形的手，拽得心口一阵悸痛。

我沉沉睡去。恍惚之间，我乘着夜色的羽翼，翩然飞向天国。

在天国的玫瑰园中，我忽然看见父亲在向我挥手。他那金色的眼镜框犹如闪烁的星辰，映得那幽深的双眸更加有神。

父亲握着我的手，含笑说道："阿梅，我非常想你。我离开你，是因为……"声音如天河之水轻咽，转瞬又沉入更深处的无声里。

我再也控制不住自己的情绪，哽咽低语："阿爸，我也很想你。"父亲泪光莹莹，只是静静地聆听着。我无从诉说对他的思念，千言万语此刻一碰都化作齑粉，随风飘散。

我转过头，拭去眼泪。当我回过头时，父亲的身影已消失在云端。

我从梦中惊醒，起身对镜梳妆。阳光越帘入室，亮堂了一屋。枕上很湿，残留昨夜的泪痕，寒意犹在。壁上挂钟嘀嗒作响，像是我心中反复敲打着悲伤的旋律。一瞬间，我感到全身每个部位的肌肉都疼痛不已。头痛欲裂、眼睛干涩、肩膀沉坠，很是难受。

我一遍遍地抚摸那本陈旧影集，岁月的痕迹在指尖流转。那些遥远的旧时光，犹如老电影般在眼前缓缓流淌。我的心顿时被那份血浓于水的亲情填得满满的。父亲的音容笑貌，依然清晰地浮现在我的脑海中。那一刻，思念如潮水般汹涌澎湃，漫过我干涸的心田，唤醒了我沉睡的记忆。

我仍然记得，小时候，我体质不好，经常有头疼脑热的情况。某个夜里的高烧之后，我的右眼总是看起来像斜视的样子。

因为斜视的毛病，每当我穿梭于校园中，身后总有鄙夷嘲笑的目光，犹如利刃刺入我脆弱的心灵，痛也那么清晰。那些白眼冷遇比凛冽的海风还要刺骨，冻得我透不过气来。

那天晚上，父亲听说我的痛苦、迷茫和焦虑以后，内心仿佛沉入深渊，一夜无眠。第二天清晨，当我睁开惺忪的睡眼，就看到他憔悴的脸上拧着眉头，落在我脸上的目光蕴含深深的担忧："阿梅，我一定要治好你的眼睛。"他开始为我奔波，不辞辛劳，寻觅良方。

有一天，父亲忽然告诉我，他从报纸上发现一则广告，漳州市芗城区人民医院可以做斜视手术。次日一早，他和我一路颠簸，终于抵达漳州。

当我们下车的时候，水仙花的芬芳扑面而来，宛如涟漪般一圈圈散开。此情此景，拨动父亲内心深处的弦，勾起他和家人共度青葱岁月的美好回忆，以及在漳州一中读书的点滴往事。

在漳州亲友的关照下，我的斜视矫正手术进行得非常顺利。术后，父亲扶着我走进病房。

正值新春佳节，芗城的大街小巷弥漫着浓浓的年味。灿烂的世界近在咫尺，我却看不见。白纱裹住我的眉眼，黑暗笼罩了我的姣容，苦痛燃烧着我的眼眸。病魔如影随形，缠缠绵绵绕上我，将我困住。我就像一朵在寒风中摇曳的花儿，失去往日的娇艳和活力。我的心，如同窗外光秃秃的三角梅，缀满了凄凉。只有几缕水仙花的清香，氤氲在四周，慰藉着我的心。

我蜷缩在病床上，被病痛折磨摧残着，内心冷寂彻骨。这幽深如海的医院角落，一片漆黑，阳光已被逐远。外面的寒风呼啸着吹过，窗帘随之瑟瑟作响。我感到脊背一阵冰凉刺骨，心脏也似乎被冻住。远处传来人们的欢声笑语，在这冷清中更添了几分寒意。新年的歌声与寒风交织在一起，穿过看不见的黑暗，在我耳边撞击出无数碎片，每一片都如刀割般痛入心扉。病房外面医生和护士的脚步声清晰可闻，似乎是踩在我破碎的心上，让我忍不住全身发抖。

正当我被病魔吞噬，身心几近崩溃之际，一个熟悉的声音打断我所有的思绪："阿梅，你没事吧？为什么手在发抖？眼睛还疼吗？别怕！手术成功了，你会慢慢恢复健康的！"

我侧耳倾听，那是父亲在抚慰我。他用那宽厚的手掌轻拍我的肩膀，贴着我的耳朵温柔地低语。父亲慈爱的声音如春雷般在耳边响起，直击我内心深处最柔软的角落，让我觉得心里暖暖的。

我轻轻地揉着依然疼痛的眼睛，努力挤出一抹微笑："嗯，谢谢阿爸关心。我没事……只是怕黑。"

"嗯，有我在，你什么都不用怕。这段时间我会陪伴在你身边，照顾你的一切。有事就跟我讲。你要注意保暖，避免着凉。早点休息吧！晚安！"父亲轻轻地掖了掖我的被角。

"好！谢谢阿爸！晚安！"我闭上双眼，脸上露出一丝浅浅的微笑。

父亲慈爱的声音依旧在空气中回旋，旋转成温暖的海浪，柔柔地漫过我的心田。一股暖流瞬间涌遍我的全身。我那颗痛苦忧虑的心终于找到了温暖的归处，顿感安宁。他的慈爱关怀让我仿佛置身于春天的花海里，沐浴着阳光和花香。一缕如蜜糖般的香气袅袅娜娜地飘荡在风中，轻抚我红肿的双眼，驱散了我心头的痛苦。我梦游在幸福的田园中，安然入眠直至天明。

整整一周，我浸泡在父爱的海洋中，感到寒意全无，浑身热烘烘的。寒风肆虐的夜里，父亲总是悄悄地为我盖好被子，问我睡得好不好。

当晨曦初现时，父亲早已起床，为我准备美味可口的早餐。当我醒来时，就有热气腾腾的饭菜，一勺一勺喂到我嘴边。当我吃饱以后，他又用水果刀把苹果皮削得光光的，并仔细地剜掉蒂儿，递到我手上。

当他将饺子送进我嘴里时，那诱人的香气在口中氤氲。我慢慢品尝饱含父爱的饺子，细细体会父亲的深情。一股暖流在舌尖翻涌，幸福的滋味在心底蔓延。我犹如一株枯萎的海藻，沉浸在父爱的海洋里，慢慢舒展开来，焕发出新的生机。

当我内急难忍的时候，父亲粗糙而温暖的大手紧紧地牵着我，在伸手不见手掌的黑暗中，穿过寂静无声的走廊。当我上完厕所，他那强壮的臂膀再次将我稳稳地带回病床。

“阿梅，你慢慢走！当心，这里有积水。”父亲慈爱的声音回荡在我心间。

我不由得心头一暖，幸福晶莹的泪珠儿扑簌簌直落下来。

我扑在父亲温暖的怀里，哽咽地说道：“阿爸不要担心！我会好好照顾自己的。”

这时候，父亲向前一步，轻轻为我盖好被子：“嗯，不要哭呀！你先休息一会儿吧。”

“好！”我点点头，手捂在脸上，擦掉眼角的泪珠。

父亲慈爱地摸摸我蓬乱的头发，柔声问：“阿梅，漳州卤面是你最爱吃的。我到外面看看，带两份回来当午餐，好吗？”

“太好了！爸爸辛苦了！路上小心点儿！再见！”我拽了拽父亲的衣角。

“那好，等我一下。要乖乖的呀。再见！”

父亲俯下身，握了握我冰凉的小手，缓步走出病房。

“好啦，我知道了！”我恍恍惚惚地应了一声，忽然感到手心一阵温热。父亲那粗糙而瘦硬的手掌传来一股热流，渗入我的肌肤，温暖了全身每一个毛孔与细胞。

窗外，冷风飕飕，吹得那香樟枝叶簌簌有声。我迷迷糊糊地躺在黑暗中，享受着父亲的爱抚，身心慢慢放松。周围一片宁静祥和，空气清新甜美，连那潜窗而入的风都变得温柔起来。再大的伤痛也一下子消散无踪。原来父爱这般神奇，可以将所有的烦忧苦痛统统融化，使我变得更加坚强、勇敢、自信。

记得那年春节，乌云遮蔽阳光，把我拉入黑暗的深渊。我的天空失去了色彩。然而，那份无与伦比的父爱犹如天使之光，照亮我心中的黑夜。他的温暖关怀，使我的世界重新绽放春光，阴霾消散，晴空万里。我犹如枯木逢春，再次抽出嫩芽。那慈爱的光华环绕着我，源源不断地输送温暖的能量，减轻了我的痛楚，愈合了伤口。正是因为父亲的守护和陪伴，我才能抵御风雨的侵袭，摆脱黯淡的际遇，奔向充满希望的未来。于是，在我心底最柔软的地方，漾起幸福的涟漪。

许多年以后，一个晴朗的春日黄昏，我独自徘徊在鼓浪屿对面的海滨公园，耳边萦绕着寂寂的足音。

忽然，一阵凄婉动人的歌声从海边飘来，袅袅如烟。那是我熟悉的闽南语老歌《酒干倘卖无》。

我不禁停下脚步，闭上眼睛，让思绪随着歌声飘向远方。那动人心魄的旋律从我耳朵深处钻入脑海里，轻轻颤动我的心弦。每个音符都如同一颗炙热的泪滴，在我的心海中泛起涟漪。随着思念的波澜起伏，我仿佛穿越时空的长河，重温那些与父亲共享一粥一饭的温馨日子。

我沿着海边往回走，看夕阳西落。天空染上一抹淡淡的灰色。残阳的绚烂外表隐藏着一丝哀伤，拖曳着落寞的影子，缓缓沉坠，给鹭江水染上一层悲凉的色彩。夕阳的余晖在我的脸上沉重地跳跃着。我的心沉浸在忧郁的海洋中，被厚重的阴霾所笼罩，不断起伏。波涛汹涌而来，阴沉地咆哮，将我内心深处的思念卷入其中，慢慢升腾，掀起层层叠叠的悲伤浪花。

此刻，一阵凄厉的海风从耳畔呼啸而过，拍打着我的脸颊，犹如心底最悲凉的哀鸣。落叶盘旋飞舞，瑟瑟低语着无言的忧伤。那首令人心碎的歌曲久久回荡，撕扯着我的思念。海风夹着咸涩的味道呼呼地吹着。我的裙摆在风中飘荡，仿佛与悲歌的余韵共舞。

我出神地倾听着那凄凉的歌声，凝望消逝的浪花，心头涌起一阵酸楚。我呆呆地伫立在风中，任由一波一波涌来的海浪将内心的哀愁席卷而去。突然间，我的眼睛感到一丝疼痛，像是揉进什么东西。

那一刻，风中似乎回荡着父亲的呼唤，又将我拉回到时光隧道里。我仿佛看到他从遥远的梦境里向我走来，脸上的皱纹里藏着暖暖的笑意：“阿梅，别怕。勇敢地走下去吧！我会一直守护着你，永远支持你。”

父亲的话语如同挟着海水咸味的春风拂过我的眼眸，将我带离痛苦的海岸。泪水禁不住淌满我的脸颊，洗去心中所有的伤痛与阴霾，幸福穿透岁月的墙，紧紧地拥抱住我。

（本文荣获第四届中国青年作家杯征文大赛二等奖）

作者简介：颜学梅，福建省厦门市人。曾为大型国企高级图书发行员，现为自由写作者、青年文学家作家理事会理事、青年作家网文学会员。二〇二三年加入“书香学舍”，文章散见于《青年文学家》《福建图书发行》，以及青年作家网、简书、美篇等平台。

流金岁月

杨凤宝

流金岁月诉说着如歌的往事。瞬间那魂牵梦萦的记忆浮现眼前。

小时候我们这些孩子都崇拜英雄。特别是观看电影《红色娘子军》时，随着剧情的发展，我的爱憎情怀如滔滔洪流，日益高涨。尤其是指导员洪常青，面对残酷无情的敌人，在熊熊的烈火中那道怒视敌人的目光，响彻云霄的誓言，铮铮铁骨，视死如归的画面，震撼着我的心灵，深深地烙印在我的脑海里。

放映这部电影后的第二天，我们几个淘气的孩子上山拾柴时还都陶醉在电影的故事中不能自拔，为自己崇拜的人物争得面红耳赤。我无意中扫视了一下周围的人，发现在这些人里，堂哥的身段、相貌、眼神、气质特别接近英勇就义的洪常青。我突发奇想，如果让堂哥饰演我的偶像多好呀。瞬间的灵感令我心潮澎湃，我环视周围每一个角落，想着电影里每一个场景中的画面。山顶上那棵高大挺拔的松树吸引了我的注意，真是踏破铁鞋无觅处，得来全不费工夫。这个场景和电影中的某个画面非常相似，我暗自高兴。

当他们还在激烈辩论的时候，我偷偷地解下背篓上的绳子，蹑手蹑脚地挪到堂哥的身后，趁其不备，一个饿虎扑食将他扑倒在地，迅速把他捆起来。这突如其来的举动把在场的人都给吓傻了。最小的妹妹坐在地上哇哇大哭。我笑着对大家说不要怕，不要哭，看看这个造型像不像洪常青？这时大家才如梦方醒，争相观看，不时发出“像！”“像！”“太像了”的感叹声。此时的小妹停止了哭泣，破涕为笑。堂哥丈二和尚摸不着头脑，莫名其妙地愣在那里哭笑不得。我用手指着远方的那棵松树说：“请吧，大英雄。”堂哥猛然醒悟，立刻咧开嘴笑得像喝水的瓢似的，接着便昂首阔步地向前走去。

我赶紧捡起地上的筢子分发到每个人的手里，并指导着怎样摆成端枪的姿势。小妹端着比她高两倍的“筢子枪”，走起路来一高一低，随着步子的节奏，筢子头就像鸡啄米不时地戳到地面上，发出叮当的声音。她一路上咯咯地笑着。此时脚下一滑趴在地上，她爬起来擦了擦额头上的汗水，拍拍小花衣上的土，抱起筢子枪，喘着粗气，一步一摇地爬上山坡，追赶着大部队。

到达山顶后大家没有停下来休息，自觉地行动起来，一会儿就把拾到的柴火码放在松树下。堂哥自豪地站在树下，脸上露出灿烂的笑容。他对身边的我嚷嚷着：“还傻愣着干啥？快过来把我绑树上。”我放下手中的筢子枪，拿起绳子把他绑在树上。堂哥骂我：“你是没吃饱饭呀？紧，紧，再紧点。不然就不像了。”我生气了，咬着牙，使着劲，将绳子勒得紧紧的还问他行不行。直到堂哥龇牙咧嘴喘着粗气才停手。

堂哥用脚踢了踢身边的柴火，挺胸抬头像将军一样发布作战命令，点火！立刻烟雾弥漫，火焰蹿动。堂哥真像那么回事似的高呼着“中国共产党万岁！毛主席万岁！”口号声此起彼伏，响彻山谷。我不仅用那筢子枪挑着跳动的火焰，而且还不断地往里添加着柴火。小妹帮忙抱柴。燃烧的火势更旺了。

突然，刮起一阵风，火借风势，风助火威，瞬间火焰蹿起老高，火焰不仅烧着了堂哥的衣服，还不断地发出噼噼啪啪的响声。我一个箭步冲到堂哥身旁，大喊快灭火！这时我才醒悟，原来我把绳子系了个死扣，怎么也解不开，急得我汗如雨下。我急中生智，忙用镰刀割断绳子，然后赤裸着双脚纵身跃入火海，奋力地扑打着。小妹抱着筢子枪，对着火焰，晃动着瘦小的身躯，嘴里迸发出突突突、嗒嗒嗒的声音。

火终于被扑灭了。堂哥熏黑的脸上淌着泪，体似筛糠，断断续续地说着不跟你们玩了，我要尿尿。这时我才看清楚有股蒸气在他的裤子上轻轻地飘浮游移，借着光的折射宛如七彩的霞。

洒满阳光的青松，闪耀着金色的光芒。它是我生命中的灯，照亮我前进的航程。

（本文荣获2023全国青年作家文学大赛散文组二等奖）

作者简介：杨凤宝，北京人。青年作家网文学会员、密云区果园文学社会员。一九八七年创作电影文学剧本《阴影》。一九九六年开始小说、散文、诗歌创作。小说《一张火车票》荣获《东京文学》第二届全国文学征文大赛二等奖。小说《乳香四溢》荣获青年作家网二〇二〇年全国青年文学大赛小说组一等奖。小说《老乔》荣获青年作家网二〇二二年全国青年文学大赛小说组二等奖。散文《流金岁月》荣获青年作家网二〇二三年全国青年文学大赛散文组二等奖。诗歌《捧河岩》诗词三首，荣获第四届中国青年作家杯征文大赛诗歌组一等奖。

冬日里的水磨沟公园

潮　涌

小桥流水、群鸭戏水、薄雾缭绕、雾凇白雪……

前不久，这个水磨沟公园宛如仙境的视频给我留下了深刻的印象，当时我就想：有机会一定带家人看一看冬日里的水磨沟公园。

大年初一临近中午，吃完媳妇现包的饺子，看着窗外难得晴朗的天空，我对家人说："走！今天，咱们去看一看冬日里的水磨沟公园吧。"

驱车约三十分钟，到了公园。尽管是零下十几摄氏度的天气，但仍然不能阻挡人们亲近大自然的热情，许多人扶老携幼从公园大门口进进出出，好不热闹。

水磨沟公园位于乌鲁木齐市东郊，早在二百多年前的清朝乾隆时期，这里就已闻名遐迩。水磨沟是因为当时在此处有两盘用于加工粮食的水磨而得名。

刚迈进公园大门，就听到哗哗的流水声。正如清朝官吏史善长游览水磨沟后，写下的"青山露面远相迎，不曾见水已闻声"。

奔流不息的水磨沟河应该是冬日里水磨沟公园最具特色的地方，还有河里的水草、鱼儿和鸭子，令人流连忘返。

公园里的树木千姿百态。有的挺拔直立，有的委婉曲折，还有的牵手组成连理枝；有的高大威武，有的矮小纤弱，虽然没有夏日的绿装，都是青灰色，但它们依然尽职尽责静静地守护着这里的一山一水。

天公不作美，今天没有雾凇，但在树杈上，或树枝上，点缀些白雪，像仙女散花，星星点点，显得格外的朴素而稀罕。人生在世，许多时候，不在于拥有多少，而在于恰到好处。

公园里的许多楼台亭榭，错落有致，墙面和柱子浅浅的红色给公园的素净增色了许多，使人们眼前为之一亮。

楼顶上、亭顶上、台榭上和树林里都是积雪，似乎整个世界都被雪包裹着、呵护着、宠爱着，雪是如玉的洁白，圆润而酥软，不免让人有想拥抱抚摸亲吻的冲动。此时此刻，我的灵魂被净化了，顿时觉得这个世界是多么的幸福和美好。

循着水声走上一座小桥，逆流望去，河水似一匹绸缎从远处飘下来，泛着丝绸般的光泽，在时浓时淡的水雾中穿越，若隐若现，如仙境般。

河水是墨绿色的，河边的积雪是白色的，相得益彰在此得到完美的体现。

河道是由一个个平台组成，平台或长或短，由高到低，似台阶，河水每下一个台阶，就形成水帘并激起浪花，好似在少女滑爽柔顺飘逸的黑发上扎了一个白色的蝴蝶结，水的落差越大，蝴蝶结越大，哗哗的流水声也越大。

河堤上是形状迥异的冰凌，有的像眼泪，有的像钟乳石，有的像虬龙，有的像排箫，还有的像晶莹的水晶，如童话般，令人浮想联翩。

河道上有许多桥，供人们穿梭于河两边，或停驻欣赏景色。每当河水欢快地流淌到脚下时，就带来了远方的祝福，然后又将人们的思绪带向远方。河里的水草在摇曳、鸭子在嬉戏、鱼儿在畅游，我仿佛回到了童年。

河道两边有步行道，曲曲折折的；也有台阶一直延伸到河面，尽管台阶很滑，但是，仍然有许多人顺着台阶下到河边以便近距离观赏水磨沟河。其实许多时候，梦想与现实就一步之遥，关键看你是否能勇敢地迈出这一步。

河面上冉冉升起的薄雾，缓慢地弥漫开来，像一团若隐若现的轻纱，笼罩了河水，掩藏了在水面游动的鸭子。微风拂过，薄雾渐渐退去，水面波光粼粼，楼台、亭榭、树木在水面上倒映出倩影，随着荡漾的水波而跳动。

成群结队的鸭子很忙碌。有的昂首挺胸在水面畅游，像个绅士似的；有的相互追逐；有的在扎猛子；有的脚掌踩水、站立在水面上、高仰起头、扑扇着翅膀；有的卧在岸上的雪地里休息，不一会儿，又猛地跳进河里。

成群的鱼儿或在水下潜游，或在水面漫游，红色的居多，还有金黄色和白色的。在浅水处，河水清澈透明，只见绿油油的水草在摆动，鱼群似一面彩旗在河面游戈，在雪和水草间，显得格外艳丽，使人心跳加速。

流动的河水，曼舞的水草，穿梭的鱼儿，缭绕的薄雾，嬉戏的鸭子，仿佛整个世界都随之灵动起来了，人的心也随之荡漾了。

“爸爸！这些鸭子会不会吃河里的鱼？”一个小女孩稚气地问道。

“鸭子不会吃鱼，鸭子和鱼吃水草，或者吃我们给它的食物，它们会一起玩耍、和谐相处的。”小女孩的父亲耐心地解释道。

忽然，我看到鱼群中有两只小龟，它们的颜色好美，呈金黄色，局部呈浅绿色，它们正与其他鱼儿嬉戏玩耍。

小龟不远万里来到乌鲁木齐，正是由于乌鲁木齐的包容性，才使它们在这里得以生存和繁衍。

看着河面上漂浮的薄雾，我在想：这里的水温是不是很高？好奇心驱使我小心翼翼地下到最后一个台阶，蹲下身体将手伸进河水，这里的河水很温暖。

温暖是可以传递的，温暖让人们充满激情和力量。在这严寒的隆冬季节，正因为有温暖的传递，才使这里的水草得以茂盛地生长，才使这里的鸭子和鱼儿活得如此快活。

四季轮回永不休，每个季节都有自己的景色，每个生命都凭借自己的坚忍和顽强，在四季里不断地繁衍生息。

人们走在步行道上，一边欣赏河边冬天的景色和河里的鸭子、鱼儿、水草，一边听着脚踩在雪上的咯吱声和河里哗哗的流水声，此景是独一无二的，又是神奇和美妙的！此时此刻同时演绎着春夏秋冬不同的场景，又是那么融洽和谐。如同人生一样，虽然在不同阶段会有不同的人生经历和境遇，但是，许多事情并不是非此即彼，它们往往是可以相互包容和融合，和谐团结的力量战无不胜，包容和融合是人生的最高境界，也应该是我们一生追求的方向和目标。

太阳西下，在一抹夕阳下，我看到河面上舞动着的水草，似奔跑的兔子和飞翔的鸽子。

希望和谐相处与发愤图强能深深地映在人们的脑海里！刻在人们的心里！

希望这个世界更加平安美好！

（本文荣获2023全国青年作家文学大赛散文组二等奖）

作者简介：潮涌，本名曾朝勇，出生于新疆石河子，兵团第二代。青年作家网签约作家，其诗歌、散文和小说等作品散见于中国诗歌网、《中国爱情诗刊》、青年作家网、中国作家网、《新疆农业大学报》等，青年作家网二〇二一年度优秀作家，其中篇小说荣获二〇二二·全国青年作家文学大赛小说组二等奖。

我的父亲母亲

张凤玲

01 撞出来的“父爱”

我读初一那年的农历四月初九，为什么这个日子记得这么清晰呢？有两个原因：其一，四月初十，也就是第二天，邻村要过庙会，我特别期待去赶庙会；其二，这也是我后来才知道，四月初九是我姥爷去世的日子。

学校放周末，我和同村的几个同学一起坐着面包车回家，面包车就把我们送到村子西边的路口，我们下车要穿过马路，沿着通向村里的路走回家，从村口到我家大概有三里地。同村的几个同学下车动作快，她们先下车跑到马路对面，我紧跟其后也下车往马路对面跑，马上要跑到马路对面的村口时，一辆三轮车正好迎面而来撞在了村口的石碑上，石碑倾斜，三轮车后斗翻扣在地上，而我不偏不倚被三轮车后斗扣住。

我当时失去了一段意识，进入到梦境里。在梦里我跟着我这几个同村的同学去赶庙会，庙会人特别多，很热闹，卖镰刀和扫帚的摊位不少，我们几个小孩在人群里挤来挤去很开心。过了不知道多久、我从梦境中清醒过来，意识慢慢恢复，发现四周一片漆黑，伸手摸了摸，感觉周围都是黏糊糊硬邦邦臭烘烘的东西。接着听见外面好多人在说话，有好几个我熟悉的声音：“大家一起把三轮车抬起来，孩子肯定撞得不轻。”我被大家救出来后，看见人群里好多人都是我同村的，大家七嘴八舌地问：“妮儿，哪里不舒服？走走，看腿有事吗？”我披头散发瞪着大家看，不说话，准确地说，不是我不想说话，而是嘴巴张不开，有东西堵在嘴里，我使劲往外吐，吐出来好多带血丝的泥土后，终于能张嘴说话了。

在同村人的帮助下我被送往医院，经过一系列检查，发现没什么大碍，就是后背沾了很多黑乎乎黏糊糊的东西。原来这个撞我的三轮车是为一处工地拉沥青修公路的，翻斗里有好多没有倒干净的沥青，年轻的三轮车车主干完活下班很晚了，所以车开得很快。

我被车撞的当天，一家的一个嫂子去我姥爷家把我母亲接到医院来，在病房我见到母亲穿着一身白色的孝衣，母亲确信我没有大碍后含着泪说："你姥爷刚咽气不久，就听你嫂子说你被车撞了，刚才我上医院的楼梯时腿都吓软了。"劫后余生，心有余悸，又听见姥爷去世的消息，我流下了悲伤的眼泪，由于照顾姥爷身体很疲惫的母亲又因为得知我被撞而吓得身体发软，顿时我的心里五味杂陈。

在我住院期间，父亲从市区回来看我，一天清晨，父亲竟然牵着我的手去吃早点，小小的手藏在父亲大大的手掌里，一股暖流瞬间从心中涌起。在我记忆里，从小到大就没有跟父亲有过肢体接触。我从小是很害怕父亲的，父亲跟我说话，我都不敢抬头看父亲，眼睛总是望向别处。父亲就像一座沉默的大山，他给女儿的也是无言之爱，我心里明白父亲很爱我，父亲也明白我也很爱他，但我们从来不会表达彼此的心意，都会把对彼此的爱深藏在心灵最柔软的位置。

02 陪伴我们多年的"伙伴"

家里种了十几亩庄稼，全靠我母亲一人带着我们姐妹四个侍弄，很是辛苦，我大舅心疼我母亲，给我母亲买了一头毛驴，帮助母亲干农活。这头黑色的毛驴性情特别温驯，母亲在家门口揳了个木头桩子，把毛驴拴在桩子上。每天我放学，走到回家的巷子里时，毛驴看见是我，就开始"嗯啊、嗯啊"叫，并且围着桩子来回走动，很激动的样子，因为它知道是家里人回来了。我从家里抓把草料喂它，看它心满意足地吃着，抚摸着它的耳朵，向它诉说着学校里的见闻。

家里没有水了，母亲会套上毛驴车，车上放着一个大大的黑色塑胶材质的皮桶，皮桶是葫芦形状的。母亲和我各自坐在车辕的一侧，赶着毛驴车去村庄的水库拉水。那时候动画片《葫芦娃》正在热播，我很迷恋葫芦娃，看着这个葫芦形状的水桶，我多次幻想自己从水桶里钻出来，摇身一变，变成葫芦水娃了。我一张嘴就喷出粗粗的水柱把家里的空瓮都装满，这样我的毛驴就不用受累跑老远去拉水了。

03 毛驴“难产”

有一年秋天，天气已经转凉，我的毛驴怀孕了，而且怀的是双胞胎，我们都很开心，母亲更是无微不至地照顾毛驴，给它铺上更厚的稻草，熬香甜的小米粥喝，等到它要生产的那几天我们更是兴奋，期待着小毛驴的降生。母亲最是辛苦，那几天都是睡在毛驴棚里，夜里很凉，母亲还把自己的棉袄披在毛驴身上。终于要生了，母亲请来了邻村的兽医给接生，毛驴使出浑身力气也生不出小毛驴，毛驴急得直打转，我们也很着急，可惜使不上劲儿，兽医摸了摸说是小驴崽儿腿朝下，而且两个都是，不好生，难产。好不容易出来两条腿儿，就卡在那里，出不来，折腾了半宿，两只小驴崽儿终于生出来了，可惜因为太长时间缺氧，生出来都是死胎。多好的两只小毛驴，茸毛软软的，就像刚出生的婴儿一样招人喜爱，连名字我都给它俩起好了，可惜再也用不上了。我和母亲伤心了好久好久……

04 母亲的“铁骑”

过了几年毛驴老了，干不动活了，大舅就把毛驴牵走卖了。母亲攒了些钱买了一辆拖拉机。母亲开着拖拉机拉着我去老县城拉煤炭，准备过冬取暖用。母亲开得挺慢，我坐在拖拉机后面的车斗里，盖着母亲给我准备的被子，听着“嘣嘣嘣”的拖拉机声响，伴随着拖拉机的振动，浑身酥麻，竟然睡着了，等到了老县城卖煤炭的地方天都黑了。只听见母亲跟卖煤炭的老板交谈：“我是一个妇道人家，这么大老远地来买煤炭，可不能骗我们啊，这炭是好炭不？”“肯定是好炭，你放心吧！”老板肯定地说。买完炭，老板帮忙把炭装上车斗，我盖上棉被坐在煤炭旁，母亲用手摇着拖拉机，坐上驾驶座拉着炭和我，朝家的方向开去。

我母亲今年七十二岁了，迈入古稀之年，但还是那么能干。我对母亲说：“娘，你年轻时会赶毛驴车，会开拖拉机，现在让你开车肯定也没问题。”“我再年轻十岁，肯定也会考驾照，开着车来市里。”母亲胸有成竹地说。

05 期待父母的“金婚”

“娘，你哪一年跟我爹结的婚？”我好奇地问。

“哪一年我不记得了，只记得我二十五岁结婚。”母亲思索着说。

“二十五岁结婚？我也是在二十五岁这个年龄结的婚。我以为你们那个年代结婚会很早，没想到也不算很早。”我惊讶地说。

“嗯，都不算早，那时候法定结婚年龄好像是二十二岁。”母亲附和着说。

“到二〇二五年你们就结婚五十年了，五十年就叫作‘金婚’，走到金婚是很不容易的，到时候一定给你们庆祝一下！”我兴奋地说。

“不用，不用，都是老头老太太了，还庆祝啥呢！”母亲不好意思地说。

我明白，母亲虽然嘴上说“不用，不用”，但我清楚是一定要为父母办一个金婚庆典的，我相信到时候他们也会很开心。

（本文荣获2023全国青年作家文学大赛散文组二等奖）

作者简介：张风玲，笔名风铃，青年作家网文学会员，职业院校教师，热爱文学创作，作品散见于各网络平台。

紫藤花蔓与香风

路　宏

说来你也许不信。多年来，我一直在县青少年活动中心的广场上进行晨练，却不知攀绕在两处木质花架长廊上的为何种植物，也没有刻意地去打探、了解。直到二〇二二年春天的一个早晨，活动中心门卫老沈的老伴俞大姐和我聊天时说到有人偷偷地到院子里采摘紫藤花被她制止时，我才知道长廊上盛开的淡紫色花的名字叫紫藤花，才知道这种花还可以用开水焯后凉拌，或者裹面油炸，制作成“紫萝饼”“紫萝糕”等风味面食。真是生活中处处有老师啊。学习不仅限于书本，生活就是最好的课堂。孔子曰“三人行，必有我师焉”，每一个人身上都有值得我们学习的地方，每一个人都可以成为我们的老师。

在县青少年活动中心的院子里，有两处木质花架长廊，每处长廊约有二十米长。一处位于院子东北角篮球场的西边，一处位于篮球场的南边，长廊两边栽有紫藤树。在位于篮球场南边的木质花架长廊的靠近北首的西侧，有一棵比成年人拳头略粗的、树皮青绿色的、长得很高的树，这棵树不像是人工栽种的，好像是专门为紫藤树生长的。因为在这棵树的周边栽种的都是低矮的、冬青类的常绿植物。众多紫藤树紧紧地缠绕在一起，顺着这棵不起眼的、叫不上名字的树往上攀爬，高出其他地方的紫藤树很多，非常显眼。

紫藤为长寿树种，民间极喜种植，成年的植株茎蔓蜿蜒曲折，开花繁多，串串花序悬挂于绿叶藤蔓之间。喜欢养花的人爱在庭院中用紫藤攀绕棚架，制成花廊，或用其攀绕枯木，有枯木逢生之意。还有的人将紫藤做成姿态优美的悬崖式盆景，置于高几架、书柜顶上，繁花满树，老枝横斜，别有一番韵致。因紫藤花优美的姿态和迷人的风采，自古以来中国文人皆爱以其为题材咏诗作画。

唐朝诗人李白在名为《紫藤树》的诗中写道："紫藤挂云木，花蔓宜阳春。密叶隐歌鸟，香风留美人。"这首诗生动地刻画出了紫藤优美的姿态和迷人的风采。诗人综合运用了白描、倒装、想象、对偶等手法，集紫藤、花蔓、密叶、香风、美人等事物于二十字之中。诗人通过吟咏紫藤树，抒发对祖国大好河山的热爱，诗中有画，画中有诗，不雕不典，意境清新。暮春时节，正是紫藤吐艳之时，但见一串串硕大的花穗从空中垂下，紫色中带着点蓝色，像云霞一样灿烂。

《花经》中记载："紫藤缘木而上，条蔓纤结，与树连理，瞻彼屈曲蜿蜒之状，有若蛟龙出没于波涛间。仲春开花。"紫藤的生长有其独特的方式，势如盘龙，刚劲古朴，枝叶茂盛，花序如翠蝶成行，美丽清香。

紫藤树每年春季开花，三月现蕾，四月盛开。初春时，在灰褐色的枝蔓上新发的枝条青翠浅绿，紫藤沿着花架长廊，探着头寻着太阳的光照，嫩绿的纤叶一天天不停地覆盖着藤架。紫藤花的花期在四月中旬到五月上旬，外形和槐花很相似，花有淡淡的芳香，呈淡紫色或深紫色，花冠蝶形，花序长垂。盛开之时，密花集聚，摇曳生姿，远处仰望，似群蝶列飞，又如瀑布流动。

一根根藤像一条条粗细不同的长绳子，上面长满了一串串紫色的像葡萄一样的小花。每一串花都是上面的盛开、下面的待放，颜色便上浅下深，好像那紫色沉淀下来了。每根细细长长的藤上有二十至八十朵左右的小花，每朵小花在嫩绿色的主茎上交错排列开来。褐色的花萼上包裹着一朵小花，花瓣呈心形共三瓣，最外层的花瓣为淡紫色，像张开的双翼，保护着里层的花瓣。而里层的花瓣则包着弯曲的花蕊。一阵风过，淡淡的花香便从花蕊处弥漫开来，四溢的花香，引来蜂蝶无数。紫藤花的花瓣是美丽的淡紫色，好像是画家点缀上去的紫色颜料。只要你轻轻一摸，那滑腻腻的感觉顿时会令你心旷神怡。每当微风吹过，紫藤花像风铃一样，摇动着自己可爱的"小脸蛋"，散发出醉人的香味。像风铃一样美丽可爱的紫藤花，给我们带来了色彩斑斓的世界。

二〇二二年四月的一天，在紫藤花盛开的季节，我于晨练结束后采摘了两串紫藤花带回家给三岁的孙女玩。她见到紫藤花后，一个劲儿地说花好漂亮，爱不释手，一会儿摸摸，一会儿捏捏。她拿着紫藤花对着镜子摆着各种耍酷的造型，一会儿把两串紫藤花垂直拎在胸前，一会儿把两串紫藤花舞动起来，一会儿抬起小手臂把两串紫藤花高高拎起，一会儿目不转睛地注视着紫藤花，一会儿伸直两只小胳膊用手捏着两串紫藤花，一会儿把两串紫藤花贴在自己的小脸蛋上……

紫藤的花不仅香气宜人，而且还能吃。在安徽、河南、山东、河北等地，人们常采紫藤花蒸食，清香味美。“紫萝饼”“紫藤糕”“紫藤粥”等都是加入了紫藤花做成的。

每到春季，绿叶藤蔓间，串串紫藤花随风摇曳，不时发出阵阵清香，引来蜜蜂在花丛中翩翩起舞，忙着采蜜。蝴蝶也不甘落后，在花中飞来飞去，时隐时现。

花谢以后，紫藤花结出了小小的豆荚，绿绿的，嫩嫩的，悬挂枝间。二〇二二年八月份，紫藤又再度开花，但数量很少，只有几串。孤单的花穗、瘦长的荚果在翠羽般的绿叶衬托下相映成趣。到了秋天，豆豆越长越大，把豆荚都胀得鼓鼓的。

紫藤的花一串串的，颜色多为淡紫色，漫天一片，能够营造出浪漫的感觉，适用于布置求婚、生日或婚礼场地，如果有相爱之人送你紫藤花，就表示着其内心的思念和真心。

紫藤原产中国，相信很多人都见过紫藤花，在公园或住宅小区里并不难发现它的身影。紫藤花花色鲜艳，除了紫、红、粉红，还有鹅黄、洁白等色。紫色和白色是比较常见的花色。

紫藤的花语是深深的思念和执着的等待，传说这种花为情而生，为爱而亡，紫藤花的颜色是浪漫的紫色，有一种神秘感，这种颜色代表着浪漫。紫藤花适合送给相爱的人，表达爱意，它的花语还有热恋的意思，适合热恋中的男女互赠，表达彼此的爱与思念、依依不舍、痴情等。

歌手万山红在《紫藤花》中唱道：“紫藤花，紫藤花，洁白绛紫美如云霞，为了献给心上的人，我把你轻轻采下。紫藤花，紫藤花，我们常坐藤萝架下，你含笑听那真情的话语，浸着花香飘向天涯……”

紫藤的藤蔓交叉生长，象征着团结一致的精神；紫藤在夏日中为人们遮挡着太阳，象征着默默奉献的精神；紫藤适应力强，对空气有着净化的作用，象征着朴实无华的精神。

每当春天来临，紫藤缘木而上，嫩芽竞吐，鲜花盛开，花瓣绽放，蓝紫喷涌，鸟儿在密密的藤叶之中欢唱。我有时迎着朝阳、有时沐着春雨，在微风吹拂下，闻着淡淡的花香，一招一式地练着《陈式太极拳老架一路》《杨氏太极拳二十四式》，久久不舍得离开。

在炎炎夏日，一根根紫藤纵横交错，犹如一条条直冲云霄的蛟龙一般，挨挨挤挤的叶子在花架长廊和不知名的树上遮住了阳光，撑起了一大片阴凉，让我能够安心地晨练，尽情地享受着紫藤树下的阴凉和晨练的美好时光。

以前只闻花香，不知其名，现在，不仅知道了花名、树名，还为紫藤的团结一致、默默奉献、朴实无华的精神所折服、所感动。

（本文荣获青年作家网 2023 年度优秀作品奖）

手　抄　本

路　宏

在一九八四年九月到一九八七年七月于师范学校读书期间，很多同学都有手抄本。我也有十多本，每本的厚薄不同，印刷厂也各不相同。在每本的第一页上，我都写上名人名言、格言警句，用于激励、警醒自己。例如，清代著名画家金冬心的“虚心高节，久而不改其操，竹之美德也”，中国四大演讲家之一曲啸的“一身正气无媚骨，心底无私天地宽”。我给每本手抄本都编上了页码，做了目录，便于查找、阅读。在那段光阴里，同学们的兴趣爱好各具特色，而我对文学、历史、音乐、武术、英语等方面的内容都产生了浓厚的兴趣，在报纸、杂志、书本上看到自己喜欢的相关内容时，都会及时地抄写到笔记簿上。

那时，广泛流传着著名诗人纪宇创作的长篇抒情诗《风流歌》。有一天，当我看到一位同学手捧笔记簿朗读这首诗时，立刻就感到热血沸腾，越听越好听。趁着同学不用的时候，赶紧借来，不分白天黑夜地阅读抄写。《风流歌》中那些振奋人心、令人陶醉的诗句经常在耳畔回响：“风流哟，风流，什么是风流？我心中的情丝像三春的绿柳……这才叫风流，这才叫风流，敢于和残酷的命运殊死搏斗！这才叫风流，这才叫风流，在历史的长河上驾时代飞舟……数风流人物，还看今朝，今朝，就是实现理想的战斗——，炉前激战，酿一炉红酒，遥举金杯，为祖国祝寿……”

纪宇曾在一篇文章中回忆了当年为何写《风流歌》：“那时，关于理想，关于青春，关于什么是我们这一代人真正的追求，怎样使青春焕发光芒，找到人生最大的价值，这些引人思索的问题，在我的心中已经回旋多时……我产生了要有针对性地回答一下这种社会现象的愿望。”

那个年代，在某些文学作品和现实生活中，尤其是在很多人的思维习惯中，“风流”多取其贬义，例如元曲《醉西施》中的“牡丹花下死，做鬼也风流”。纪宇敏锐地觉察到，当时部分青年追求风流，却不知风流的真正内涵，只注重外在形式而忽视其内蕴和实质。忽然，他想到“风流歌”这个新颖响亮的题目，他决定以此来统帅和处理那个阶段的思索，创作一首诗歌。

《风流歌》之一写于一九八〇年四月二十八日晨，发表在《人民日报》上。一九八二年，中央人民广播电台将《风流歌》配乐朗诵，举国传播，广泛流传，在群众中特别是在青年中产生了较好的影响。

时隔五年，一九八五年九月十八日，又一个万籁俱寂的凌晨，纪宇在灯下写就《风流歌》之二。诗中写道：“我要替战士唱血染的风流。第二支《风流歌》为战士独有。”一九八六年九月七日，《风流歌》之三问世。《风流歌》之二和之三同样备受欢迎、广为流传。大、中学生争相传抄、朗诵。在二十世纪八十年代的大学、中专校园里，虽然没有多少人能有机会看到刊登《风流歌》的报纸、书本，但通过手抄本，也让《风流歌》无人不知、无人不晓。《风流歌》由瞿弦和、张筠英夫妇朗诵，他俩声情并茂的声音加之催人奋进的诗歌，迷倒了众多青少年男女。

《风流歌》打动了亿万听众、读者，它说出了时代的心声、说出了人民的心声，它寓意深刻、语言流畅、风格清新，读起来富于韵律，浓烈的感情贯穿始终。这样的作品怎能没有生命力呢？

我在抄写《风流歌》后，又从很多书本中找出了描写“风流”的诗篇。北宋著名文学家、书画家苏轼在《念奴娇·赤壁怀古》中写出“大江东去，浪淘尽，千古风流人物”的绝唱；南宋文学家、豪放派词人辛弃疾在《永遇乐·京口北固亭怀古》中留下“千古江山，英雄无觅孙仲谋处。舞榭歌台，风流总被雨打风吹去”的慨叹；清代著名文学家袁枚在《随园诗话》中发出“天因著作生才子，人不风流枉少年”的呼吁；毛泽东在《沁园春·雪》中有“数风流人物，还看今朝”的震撼千古的吟咏。

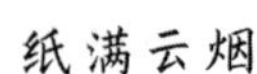

手抄本里关于历史方面的内容也很多。例如，《刘和珍的未婚夫谈刘和珍烈士》《为啥没有红三方面军》《西安事变中的四位女性》《十一届三中全会以来的七十项成就》等。

在十多本手抄本中，有一本厚厚的硬壳笔记簿是专门用来抄写流行歌曲简谱和歌词的。笔记簿封面的颜色是天蓝色，我把此笔记簿命名为《歌曲欣赏》。里面抄写了近百首歌曲的简谱和歌词，有成方圆演唱的《童年》《游子吟》，苏红演唱的《我多想唱》《月亮走我也走》《小小的我》，郑绪岚演唱的《牧羊曲》《鼓浪屿之波》《太阳岛上》《妈妈留给我一首歌》，郭兰英演唱的《我的祖国》《南泥湾》，张明敏演唱的《我的中国心》《垄上行》，张德兰演唱的《春光美》，范琳琳演唱的《黄土高坡》，刘欢演唱的《少年壮志不言愁》，陈美龄演唱的《原野牧歌》等。

所抄写的歌曲，我不仅会唱，还能看着简谱用笛子吹奏出来。会使用乐器的人都知道，要想用乐器演奏歌曲，必须能认识简谱。但偏偏有位同学不认识简谱，一唱歌就跑调，居然能用笛子把他手抄本里的歌曲吹奏出来，而且很熟练，笛声还很悠扬。他成功的原因就是刻苦、勤奋、执着，有一股不达目的不罢休的韧劲。他时常一个人歪着头、侧着身子、端着笛子在教室里、宿舍里、山坡上苦练。功夫不负有心人，他终于成功了。

在近百首歌曲中，我尤其对成方圆演唱的歌曲《童年》印象深刻。这首歌共有四段歌词，在第四段的最后部分写道："一寸光阴一寸金，老师说过寸金难买寸光阴，一天又一天一年又一年，迷迷糊糊的童年，哦，一天又一天一年又一年，盼望长大的童年。"每当拿起手抄本，看到这首歌的歌词，那种轻松、快乐、无忧无虑的童年生活就会浮现在我的眼前。这首歌，让我回忆起记忆中最灿烂、最快乐、最美好的一段时光；这首歌，给人以希望，让人无尽地憧憬；这首歌，给人以渴望，让人无限地回味。

我永远都记得在二十世纪八十年代，内地电影行业借着改革开放的春风，迎来了蓬勃发展的契机，经典武打电影深受学生的喜爱。李连杰、于海、丁岚、计春华、于承惠联袂主演的由香港中原电影制片公司制作的动作电影《少林寺》，林泉、赵长军主演的由长春电影制片厂拍摄的电影《武当》等武打电影被许多人看了好几遍。影片传达的那些为民除害、伸张正义的主题在青少年的心灵里种下了刻骨铭心的正义感。

随着一部部武打电影风靡一时，武侠小说、武术杂志也非常受学生欢迎。班上如果出现了这些小说或杂志，一定会引起全班的轰动，小说或杂志会很快地从它主人的手中流向全班同学。每一个拿到的人都会在主人“要爱护书，看完要还”和下一个等着看这本小说或杂志的同学的催促声中抓紧一切时间如饥似渴地阅读着、传抄着，不论是在课外，还是在课内。金庸的《书剑恩仇录》、梁羽生的《冰川天女传》等情节曲折、描写细腻且深具人性和豪情侠义的武侠小说我都借阅过。那些精彩的故事，栩栩如生的人物，至今还历历在目。

对于小说中特别精彩的片段，我都是要抄到笔记簿上的。例如，讲述唐经天与冰川天女之间爱情故事的《冰川天女传》中对尼泊尔公主、武当派长老、冰宫主人桂冰娥（外号“冰川天女”）的描写。“只见那女子一身湖水色的衣裳，脸如新月，浅画双眉。眼珠微碧，樱桃小口，似喜还颦，秀发垂肩，梳成两条辫子，束以红绫，肤色有如羊脂白玉，映雪生辉，端的是绝世容颜，刚健婀娜，兼而有之，赛似画阁仙女，比陈天宇心目中所想象的还要美丽得多。”

在看武术杂志《武林》时，对于自己喜欢的文章都一一地抄写到本子里。例如，《进手容易固手难——谈谈散打中的防御》，作者是国家一级武术裁判王英彪；《武术散打规律探索守己之中与取彼之中》，作者是北京市的孟正源；《推按缠拉劲的简易练法》，作者是湖北的高于思。为方便记忆，在抄写《推按缠拉劲的简易练法》时，对文章中配的七幅动作分解图也画到了本子上。

一九八三年第四期《中华武术》中的《拳谚集锦》我也抄进了手抄本中。例如，不怕千招会，只怕一招精；运动在梢，机关在腰；枪似游龙扎一点，棍似疯魔打一片；单刀看手，双刀看走，大刀看口；刚则柔，柔则刚，刚柔相济谁能防。

一九八六年十一月的一天，我忽然发现一位同学正在埋头看一本书，而且嘴里还不停地发出声音，近前一看，原来他在小声地读着《广播电视外语讲座试用教材》里的音标。我早就想系统地学习一下英语音标，但一直没有相关书籍，真是“踏破铁鞋无觅处，得来全不费工夫”。我和他商量，在他不看的时候借给我看看，他爽快地答应了。为了能在短时间内看深看透，我废寝忘食地阅读着，并且把语音部分抄在笔记簿上，遇到停电时，就点蜡烛继续抄写。二十个元音音素、二十八个辅音音素的发音要领以及口型、口腔部位的变化图全部被我抄写描摹了下来。这些图是我把复写纸放在图的下面，用铅笔一笔一画描出来的，总共描了三十九幅图。

通过抄写，我对英语语法理解得更加透彻。之后，我的英语发音和以前相比准确多了，所学的发音方法也让我受益匪浅、终生难忘。女儿上学学习英语时，我又把手抄本上的发音方法教给了女儿，女儿的英语水平迅速提高。她大一下学期通过了英语四级，大二上学期通过了英语六级。

一本本手抄本，默默地呈现着那段光阴，时时勾起我对那段光阴的美好回忆。

一本本手抄本，让那段光阴如同陈年美酒一样，历久弥香、回味悠长！

（本文荣获第四届中国青年作家杯征文大赛散文组二等奖）

作者简介：路宏，男，汉族，本科学历，中共党员，供职于怀远县财政局。青年作家网签约作家，中国散文学会会员，中国作家网注册会员，中国诗歌网蓝V诗人，安徽省散文随笔学会会员。作品散见于《中国财政》《预算管理与会计》《安徽财政》《蚌埠日报》等报刊和青年作家网、中国作家网、中国诗歌网等网站。在财政部、安徽省委宣传部等四家部门和青年作家网等开展的征文活动中，多次获奖。

最忆映山红

张英姿

我是山里长大的孩子，对映山红怀有一种特别的情愫。我们这里生长的大都是红色的杜鹃花，当地人都习惯叫其映山红。

记得家乡的春天，惠风和畅，万物复苏，大地呈现一派盎然生机。春姑娘挥舞着柔软的手臂，把碧绿洒向乡野，把百花插满枝头。年少的我们好似跟随春姑娘轻盈的脚步，随她一路寻景赏光，只见山清水秀，桃夭李艳，莺歌燕舞，美丽的自然画卷在眼前铺展。

其实，在那个春花烂漫的季节，我们翘首以盼的是学校后山上的映山红竞相开放，如果登山远望，灿若云锦，气势壮观。鲜艳的映山红装扮了家乡的青山，这独特的美丽山景一直深深烙印在我的记忆中。

那时候，我家在小镇上，中小学读书的学校就坐落在山脚下。这座山也不算高，海拔三百多米吧。每当春意渐浓，我们迫不及待脱下紧裹的厚厚棉衣，换上薄夹袄，一展活泼好动的天性，像空中翱翔的鸟儿一样，彻底放飞。放学后，我们常常去山上转转，总是第一时间知晓映山红绽放的日子。

在学校的任课老师中有几位女知青，乡村的春天或许是她们心目中最浪漫的季节。她们喜欢带领学生们集体上山，每逢家乡的映山红盛开，她们甜美的笑容也如春花般明媚。作为山里的娃娃，我们跟随女老师游玩，甭提多兴奋啦，一路洒下欢声笑语。我们时而登山，时而观赏映山红。那一团团，如燃烧着的熊熊篝火；那一片片，像天边飞来的红霞。俯身近看，一丛丛一簇簇在青山绿树之间开得那么热烈，那么绚丽。朵朵花儿又如红色的玛瑙，迎风玉立，娇艳欲滴，让寂寞的山林生机勃勃，热情似火。

温柔的春风徐徐吹来，亲吻着我们稚嫩的脸蛋，淡淡的花香在空气中弥漫，沁润着我们幼小的心田。在蓝天白云之下，我们徜徉在千姿百态、叠锦堆秀的花海中，感受着如诗如画的旖旎春光。女孩们欢呼雀跃，忍不住折下几枝，巧手做成漂亮的花环，直接戴在自己的头顶，点缀乌黑的秀发。大家手挽着手，齐唱欢快的童歌，表达心中无比的喜悦。

饱览花海尽兴之后，在下山返回的途中，我们会弯腰采撷一大束映山红，再手捧回家插在装水的玻璃瓶里，然后静待含苞待放的花骨朵儿变成鲜艳的小红花，花雅蕊娇，装点着朴素洁净的自家小屋。

回想当年的岁月，我们乡村的物质和文化生活都非常贫乏，每逢春季上山观赏映山红，就算是我们最开心的户外时光了。那时的孩子们无法想象，几十年过后，居然还可以去千里万里之外春游赏花。

映山红是春天的使者，呼唤我们投入大山的怀抱。正值人间四月天，美丽的映山红在山间开得热闹而烂漫，也总让少年时的我触景生情，浮想联翩。忆起百看不厌的电影《闪闪的红星》，剧中主人公潘冬子那机智可爱的形象总是令人难以忘怀；还有电影里的插曲《映山红》，传遍了大江南北，真的感人肺腑。“夜半三更哟盼天明，寒冬腊月哟盼春风，若要盼得哟红军来，岭上开遍哟映山红。”耳畔回响起熟悉的旋律，我仿佛看到潘冬子红军帽上的闪闪红星，他身背步枪脚步铿锵，坚定地行走在革命的队伍中……

该部影片中绽放的映山红，寄托了乡亲们对红军的无比热爱和对革命的坚定信念。因为这部电影、这首歌，我对映山红有了更深的认识和敬意。映山红对我而言，是一个动人的红色故事，也是我心目中永远的花神。

当春日的山野渐渐呈现盎然绿意，映山红就迎着融融东风，崭露头角。它们从不嫌弃山贫土瘠，只要有风吹来，就会默默落地扎根，穿透岩石崖壁，然后彼此紧紧相拥，蓬勃出翠绿的枝叶，绽放出艳丽的花朵。它们昂首怒放，光彩夺目，我想这是在告慰为这片热土洒下鲜血的英烈们吧，也寓意将红色基因代代相传！

后来我渐渐长大成人，离开乡村来宣城市区工作。闲暇之余通过读一些书籍，我了解到映山红是杜鹃花的一种，又名山石榴、清明花等，从唐代起开始冠名，是我国一种有名的山花，被人们誉为“花中西施”，常被历代文人墨客歌咏称颂。“杜鹃花与鸟，怨艳两何赊。疑是口中血，滴成枝上花。”这是唐代诗人成彦雄的诗句，他说杜鹃花乃是杜鹃鸟啼血滴落所致，因此古时的一些写杜鹃花的诗，常常是把花与鸟放在一起来吟咏的。

说来也巧，诗仙李白恰好来我们宣城游览，他看见杜鹃花，就联想起蜀国的杜鹃鸟，非常思念远方的故乡，于是写出了一首脍炙人口的诗：“蜀国曾闻子规鸟，宣城还见杜鹃花。一叫一回肠一断，三春三月忆三巴。”

为读懂李白的诗句，我这个已在宣城生活几十年的老市民，还特别读了那段凄美的传说，即远古时蜀国有个国王叫杜宇，深爱他的百姓，禅位后隐居修道，死去化为杜鹃鸟，也称子规鸟。每到春季，杜鹃鸟飞来唤醒百姓：“快快布谷！快快布谷！”就这样嘴巴啼得流出了鲜血，染红了漫山遍野的映山红，故映山红又名杜鹃花，这或许是花鸟同名的由来吧。

映山红虽没有牡丹的名贵，没有荷花的优雅，也没有水仙的娇嫩，但已过中年的我，历经风风雨雨，依然如初地喜欢它们在春日山野中怒放的姿态，喜欢它们在葱茏绿林间展现的似火热情。真是青山碧野又春风，满谷杜鹃火艳红！

当然，映山红也有它们自己的花期，自己的生命。你看盛开时，漫山遍野的花丛，红红火火，热烈奔放！而花谢后，满目枝叶青翠，融入绿林，宁静安然！我由此领悟到人和花的生命其实都一样，绚烂是生命的风采，凋谢是回归的谢幕。只要潇洒活一回，能给美丽的世界增添点光彩，那么生命的过程就没有遗憾了。

新年刚过，时序轮回，春天又要来了，我多想回老家看看盛开的映山红，还有山脚下的那所母校。

（本文荣获 2020 全国青年作家文学大赛散文组一等奖）

作者简介：张英姿，青年作家网签约作家，中华诗词学会、中国女摄影家协会、宣城市作家协会会员。

二月二棋豆香

潘淑萍

二月二，龙抬头。早上，我吃了饺子，带着从商场买的棋子豆来到学校。我查了一下，过二月二的习俗大约是从唐朝开始的。中国民间认为龙是吉祥之物，主管云雨，农历二月二这天是“龙王升天”的日子。因为它正处在“雨水”“惊蛰”和“春分”之间，这时万物复苏雨水增多，这本是自然规律，但被古人认为是“龙”的功劳。因此，便有了“二月二，龙抬头”之说。

关于二月二的习俗，全国各地不太一样，比较统一的传统习俗之一是二月二要理发。

民谚有“二月二剃龙头，一年都有精神头”一说。这一天理发，对孩子来说，是长辈希望借龙抬头的吉时保佑孩子健康成长，长大后出人头地；对大人来说，是辞旧迎新，希望带来好运。另外，之所以于二月二理发，是因为俗语有“正月不剃头，剃头死舅舅”的说法，所以大家过完正月，二月初正好去理发。其实“死舅舅”是谐音“思旧”，预示着农历的正月过完，年就过完了，留了一个正月的头发需要修剪了。新年从“头”开始，所以这一天叫“龙抬头”，理发的人也多起来。

二月二这一天，各个地方的食物不同，有吃爆米花、手搓面条的，还有吃水饺、面条、煎饼、馄饨、米饭的，各色美食应有尽有。为了纳吉，二月二这天食物的称呼也与“龙”相关。面条叫“龙须面”，水饺称“龙耳”“龙角”，米饭称作“龙子”，煎饼称“龙鳞饼”，面条、馄饨一起煮叫“龙拿珠”，吃猪头称“食龙头”，吃葱饼叫作“撕龙皮”，而我们家乡的风俗是早晨吃饺子。一大早，母亲就起来煮饺子，父亲则用早早从烧锅下掏出的草木灰在自家院子里画几个大大的圈圈，等母亲煮完饺子，每个圈圈都要先用饺子供奉一下，据说是祈求龙王保佑这一年风调雨顺，粮食大丰收。而我们小孩子最喜欢的食物棋子豆这时就会出现在小伙伴的衣兜里、家中的糖盒里或罐头瓶子里，小伙伴们会互相交换棋子豆品尝。

吃棋子豆应该是我们家乡特有的习俗吧。每年过了正月十五，年就算过完了，家里好吃的也吃得差不多了，小伙伴们开始掰着手指头数日子，盼着大人早点开始制作二月二特有的小吃——棋子豆。

所谓棋子豆，大小跟小棋子、豆粒差不多，制作材料可以是黄豆、青豆、豌豆、蚕豆，也可以是红薯块、面粉做的炒棋子、炸棋子，或者是裹了一层糖衣或淀粉的各种豆类。

每年正月二十三左右，母亲就会开始制作棋子豆。母亲会先找出家里各种适合做棋子豆的豆类，挑出里面长得不好的、生芽的，再把剩下的好豆子放到清水里泡着，需要一两天的时间才能泡软。两天后把泡好的豆子放在簸箕里晾晒，需要晾晒差不多一天的时间。母亲也会把红薯外层的泥土洗净，把红薯切片后再切成四方小块，放在簸箕里晾干水分，这也需要一两天才能晾好。

最费事的是做面棋子。首先和面时要加适量的鸡蛋和花生油，而且面的软硬度要合适，不然做出来的面棋子要么太硬咬不动，要么太艮不酥脆。面和好了，要使劲揉搓好多遍，然后做成大小合适的面剂子，再把一个个剂子用擀面杖擀成面饼，面饼要跟饺子皮厚度差不多，然后用刀切成平行四边形的棋子块。切完后的棋子块仍然需要撒在簸箕里晾晒，不能让它们粘在一起。晾晒完一面还要再翻过来晾晒另一面，直到把它们放在一堆也不会粘在一起。这些工序都完成需要三四天的时间。

最后的工序是烘炒。母亲会把之前处理好的面棋子放进锅里慢慢烘干炒熟。炒面棋子绝对需要耐心和技艺，因为它们是面团做的，又薄又小，火候要掌握好，既不能太大又不能太小，大了容易炒煳，小了可能受热不均匀又不容易熟，时间的长短也需要根据经验把握。炒的时候要不停地翻动才能让所有的面棋子受热均匀，这样炒出来的面棋子既香又脆还不硌牙。而之前晾晒好的豆子和红薯块则可以放在一起单独一锅，因为它们跟面棋子需要的火候不同。

等两种棋子都炒熟了，母亲就会把它们混合在一起，让我们吃个够。面棋子颜色微黄，带着淡淡的麦香，因为加了鸡蛋和白糖，吃起来酥脆松软，香甜可口；各色豆子和红薯块也软硬合适，满口香脆。

虽然工序复杂，做起来难度也不小，费时又费力，母亲却每年都不厌其烦地为我们做好多。她炒出的棋子豆是一绝，邻居大娘大婶都赞不绝口，却学不到精髓，她们的手艺总比不上母亲。

二月二这一天，小伙伴们会带着自己家大人做的棋子豆一起玩。大家轮流去各家院子里的大粮囤上玩跳房子，边玩边吃，少不了互相交换自家的棋子豆品尝。这时候就数我最自豪，因为所有小伙伴都愿意跟我交换品尝，母亲做的棋子豆是每个人都喜欢的，而我在尝遍了小伙伴手里的自家产品后，更为母亲骄傲，确实再没有比母亲做出的棋子豆更美味诱人的了。

如今，每到二月二，看到商场里卖的各色棋子豆，我也会忍不住买来品尝，做工细致、精美的棋子豆吃在嘴里却怎么也找不到自己童年吃棋子豆的快乐和香甜。我知道这是因为当年的棋子豆里浸润着母亲深厚的爱，也深藏着我对母亲深切的思念和眷恋。

（本文荣获第四届中国青年作家杯征文大赛散文组三等奖）

作者简介：潘淑萍，女，高级教师，山东青岛人。作品《感恩别样母爱》《生活教会我感恩》《人生路上，朋友伴我走一程》收录于《争鸣·夕雅文集》；诗歌《爱是什么》《岁月的痕迹》《如果母亲还在》发表于《争鸣·人生几味》；诗歌《让思念随风》于二〇二二年全国青年作家文学大赛中，获诗歌组一等奖。

五月槐花香

韩湘生

春尽夏又至，五月暖风熏，流莺燕燕语。小麦迎风摆，槐花香如许，烟火乡土气，缱绻铭心里。

要说欣赏春去夏来的美景，赏花是必须要去的。经历了寒冬的严寒，走过了早春的料峭，迎来了争奇斗艳的夏天。那些妩媚、妖艳、五颜六色的花开得热闹。然而，在春色田野渠畔、房前屋后、山腰涧旁，那满树芬芳的槐花却让我情有独钟。

初夏的五月，艳阳灼灼，暖风醉人。站在村口垄外，举目远望皆是一派生机盎然。田野里蛙鸣阵阵，油菜金黄，梧桐紫烟。榆钱成串，柳枝妖娆。槐花飘香，如诗如画！绿油油的麦子已经长到近二尺高，阵阵夏风拂过，犹如一片绿色的海洋泛起波涛滚滚！风平浪静之后，又似一张巨大的绿地毯席卷开来，撼人魂魄，气势磅礴。

这些天，我总想找个日子，躲到一个远离喧嚣的地方，抛却尘世间的烦恼，感受一下实实在在的清静。信马由缰漫步在郊外，清新的空气，让人心情愉悦，而扑鼻而来的花香，让我忍不住往前紧走几步。几株不甚高大的洋槐树，开满了白色的小花，如风铃一样，在微风中轻轻地摇曳，发出恍如清泉的声音。走近细观，那些澄澈、洁白的一串串花朵，像少女清纯明亮的眸子，清新亮丽。那淡淡的幽香飘散在空气中，闭上眼，深吸一口，有一丝丝甜润，甚是香暖。

槐花的馥郁馨香，把我的思绪带得好远好远。往事如影，儿时的记忆涌上心头，想起故乡马路两边那一排排槐树，片片绿叶之间点缀着槐花，酷似雪落九天，高雅而纯净。如此之景，如此之美，真乃大自然的造化、人间之杰作！槐花的美，不仅在于其洁白无瑕，更在于其香气扑鼻。那种洁白不是雪花或白玉的白，但是却比雪花或白玉更诱人。那种香气宛如茉莉花香，沁人心脾！

其实槐花不单单是那香耐人寻味，更可喜的是它也是一道应季菜肴。每到槐花开放的季节，母亲总能用槐花做一盆蒸菜，拌上香油和蒜汁，简直是人间美味啊！

槐花，没有像迎寒傲雪的梅花那样被人歌咏，也没有像下自成蹊的桃李那样被人垂青，她只是静静地开落，甘于平常，耐于艰苦，不求回报，总是默默地给我们带来一季的芬芳，却悄悄地藏起了自己的身影，只为孕育下一个五月的来临。她一如大自然的使者，在绿意盎然的枝头，谱写着动人的季节音符。

人生淡然如花，也应如槐花与槐树一样不卑不亢。路人没有因为她的高大而驻足停留欣赏时，她还是年复一年顽强而开心地生长着，享受着生命的轮回。她的枝叶，为行人遮阴和挡雨；她的花朵，供人观赏和食用，它对人类无欲无求，只是遵循着生长规律，年复一年，花开花谢。

每当我看到槐花在枝头傲然绽放，感觉是那样熟悉而亲切，心中也会不禁涌上感激之情，感谢她带给我美好的回忆，感谢她让我对生活有了更新的认识，让我用手中之笔来书写人生壮美的篇章！

（本文荣获第四届中国青年作家杯征文大赛散文组一等奖）

我美丽的故乡

韩湘生

生于故乡，长于故乡，即使我长大以后离开了故乡，但是那份故土情缘、乡土情丝却在我的内心深处永远深深地埋藏，挥不去也抹不掉。久居都市多年，始终让我牵挂的还是故乡。人生总是要有一些牵挂的，这也许就是人生的动力，也是一种精神支柱；人只要活着就有牵挂，有牵挂就有力量，有牵挂就是幸福！

我的故乡山东济宁位于大运河之滨，黄河之畔。滔滔黄河水孕育了我坚贞不屈的风骨，五千年的鲁西南文明更加铸就了我做人做事的原则，故乡的热土和那群亲人，拉近了我与故乡之间的距离。俗话说："树高千尺不忘根，人行千里不忘本！"即使走出了故乡的那片热土，但是我与故乡的情缘永远根深蒂固，密切相连。故乡的一草一木、故乡的一砖一瓦、故乡的一沟一渠、故乡的一坡一丘，犹如手掌心的纹路永远清晰，历历在目。我永远走不出故乡，是因为那里有我的很多亲人；我永远走不出他们的视线，是因为那份手足之情的血缘关系。

常言道："论喝还是家乡水，论穿还是粗布衣。"无论今后走到哪里，外面的吃的喝的穿的，永远不如故乡的好吃好喝好穿。我非常钦佩故乡人的那份勤劳、善良和执着，也非常仰慕故乡人的那份朴实、憨厚和忠诚。他们长年累月耕耘脚下的那片黄土地，迎来朝阳送走落日，他们把汗水挥洒、把希望孕育，他们更似一头默默耕耘的老黄牛，不计名利得失，不求薪资报酬。他们唯一的希冀就是庄稼的丰收，粮囤满粮仓流。

昔日的故乡人，几十年如一日始终奋战耕耘于那片深情的黄土地上。春风吹来百花艳，燕儿喳喳萦耳畔。春耕春种汗水洒，不负光阴不负春。春天来了，小河里的水汩汩流淌，各种鸟儿四处纷飞，蓝天白云下故乡人正用自己的双手书写春天最壮美的华章！春尽夏至烈日曝，知了声声噪声传。麦收会战不怠慢，颗粒归仓好丰年。盛夏来临，故乡人挥镰奋战在金色的麦浪中。一垄垄麦子被收割躺地，一块块麦地被收割机收割脱粒。只要小麦丰收，再苦再累感觉也值。夏天落幕秋风爽，大雁南飞秋水凉。金秋硕果挂满树，秋韵秋景好秋光。火红的尖椒、细长的黄瓜、饱满的大豆、雪白的棉花、金黄的鸭梨、粉红的桃子、银白的花生……好一幅优美壮观的秋韵秋景图！

如今，我的故乡人正在沿着党关于新农村建设的宏伟蓝图阔步前进，农业机械现代化走进乡村的田间地头，无论是犁地，还是播种，只要机器“轰隆隆”一响，不到一炷香工夫，全部完成。麦收也是机械现代化，大型联合收割机犹如一条凌空腾飞的巨龙，“轰隆隆”一阵咆哮，成片成片的小麦便被吸走，化作麦粒从另一端流向车厢。不论是收花生，还是收红薯；不论是收尖椒，还是收玉米，都是一条龙机械化操作。秋收完成后，又是冬小麦的播种，同样是机械化的耩麦下种。农业机械现代化大大提升了农作物收成，节省了大量的人力物力，获得良好收成的农家人把钞票装满兜。农民手里有了钱，家中有了粮，他们便开始建楼房、修马路、打机井、种果树……村容村貌大大改善，村风民风日益改善。如今我的故乡山东济宁真是宜居、宜业的新农村，农民的小康生活更是犹如芝麻开花节节高！

（本文荣获2023年全国青年作家文学大赛散文组一等奖）

作者简介：韩湘生，男，北京人，一九六九年下乡赴黑龙江生产建设兵团一师三团，后调入六师工作，毕业于北京影视艺术学院。中国小说学会会员、中国散文学会会员、北大荒作家协会会员、中华知青作家学会副主席，《文学月报》杂志社常务主编、《荒土文学》副总编、青年作家网签约作家、《文学与艺术》签约作家、《知青》文学专号《乌苏里江绿色风》

特邀撰稿人。至今已发表作品一千二百余篇，多篇文章在全国各类征文大赛中获得大奖。出版了个人作品集《那一片遥远的山林》《梦中的白桦林》《岁月的歌吟》。

春季恋想

杨惠玲

彩蝶纷飞，花香沉醉了草原的清梦；微风渐起，绿叶旋舞着大地的轻灵。

春回大地，万物复苏。情暖众生，情牵你我。

在春风中成长，在春光中沐浴，在春语中遐想，好一派诗情和画意！

——题记

春　　语

春天是风的季节，青山环抱；春天是细语轻吟的时刻，绿水潆洄。

晨风轻轻掠过，冰封了一个冬季的沉思和记忆就这样被唤醒。张开想象的翅膀，自由地翱翔在春风中，恣意纵情，不胜雀跃，好一个“欢”字了得！

随着风儿一道飘来的，还有草叶的清香，沁人心脾。

一种和谐美妙的声音，就这样兀自悠然地散播开来——

那是花开的声音，那是草长的乐音，那是人间爱的音符，那是情意牵系的和弦。

风若有情，会把春的呓语、春的盼望、春的牵挂及春的祝福带到千家万户，带到每一个人的身旁，让他们真切地感受春的妩媚和多情、春的温暖与祥和、春的幸福和安宁。

这些声音都如同天籁，散落在温情的人间胜地，然后悠悠地飘扬在城市的大街小巷，在春天的路上由远而近地奔走，而后渐行渐远，涤荡在每一缕阳光的温暖和浓浓情意中。

这种感觉是真实的，这种声息是撩人的，这种静谧是独特的。能拥有并享受它们就是对生命的一种最忠贞的敬畏。正如生活需要真实的感受，人需要真情的包围一样，日子是需要用心去耕耘，用心去体验的，然后细细品尝，慢慢咀嚼。直到觉出生活的酸甜苦辣，苦尽甘来，人生的淡定淡然、随性随情，一点一滴，也就融入成长的每一个细枝末节里。

春天是姹紫嫣红的，春天是温暖温情的，春天是诗情画意的，春天还是烂漫多情的。春天永远都是这般摄人心魂，沁人心脾。

春，浸在花香里，生在花丛中。

春，落在微风里，暖在阳光下。

流　年

春风四起，流苏退后；弹指一笑，刹那芳华。

醉卧红尘，似水无痕；水天一色，杨柳含笑。

万物峥嵘，花过留香；清风迭起，舞月高歌。

流光容易把人抛，红了樱桃，绿了芭蕉。

时光滑落指间，悄悄带走青春和岁月，年华行走在生命与岸的边缘。

这样的季节，木叶萌动，草长莺飞，鸟语花香，心容易荡起涟漪，而我很轻易就被春光击中。

遥望远处，春的光束从某个角度微微倾斜、散射，顿时，明媚生烟。

这时，一些门、一些窗户打开了，一些树、一些花儿嬉笑了。笑颜隐藏在春光的背后，风生水起，雨打芭蕉，浮云追月，勾起万年记忆。

悄然走过一季，岁月就这样被解冻，日子就这样被黎明和黑夜吞噬。

春天，已经在户外，一山，一树，一花，一丛，山野烂漫，青云碧日，大海湛蓝，喜笑颜开。

有春水流向旧日，这些春光交织在日子之间；有流年流入时光，这些流光荫蔽在年华之中。

春天不需要打底，永如原生，春暖花开；流年不需要捡拾，熠熠生辉，千年万载。

春　行

对着一朵花儿微笑，春便向人类绽放了整个季节的笑脸，敞开它温情的怀抱。

行走在春的路上，心里装满了一箩筐的期冀和真挚的愿望，那是对美好未来的梦想和渴望，那是对美丽人生的幻想和展望。五光十色，绚烂多姿。

春天是美丽的，正如梦想是丰富多彩的，可以毫无顾忌地撞进春的怀抱，肆意地享受春无边无垠的温暖和柔情。

在春里，平静安然地度过每一寸时光，分享它独有的千娇百媚与风情万种，感觉甚好！

这样的季节，适合行走，适合跋涉，适合远足。

人总有些不甘于命运的摆布，叛逆、任性、倔强应运而生。走向外界，去感受花花世界的旖旎纷繁，去倾听芸芸众生的闲情逸致，就这样——一个人与一座城市相遇，一只鸟和一季暖春邂逅。

不知不觉，便爱上了奔走的刺激与挑战，爱上了旅途的不觉劳累与充实。

为梦想而奔走，为天涯而奔命，辛酸与汗颜，孤寂与消停，彷徨与喝彩，就这般让人在磨炼中成长，痛并快乐着。

峰回路转，柳暗花明。高山流水，妙趣横生。

燕落谁家，春泥吹笙。余音缭绕，不绝于耳。

那些衣锦还乡的故人，在路上驻足闲谈。

落叶归根，情系故里。

一生的漂泊太久，一线的牵系太沉。在陌路上跋涉，在空城里行走，迷雾一般的梦境里，游子在寻找他失落已久的源泉。靠近它，然后轻轻地吮吸，均匀地舔舐后悉数珍藏。

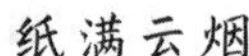

春天的繁花，开于满树枝头，将一线希望流放山涧，等待时光的验收。

随　想

春天，大多数人只感受到了它的气息、它的内敛，而真正拥有它精华的是万物中的精灵——花草，它们才是金枝玉叶，凤凰涅槃。它们是春天的流苏，点缀在春天的情怀里。

一阵清风就这样迅速收割美丽而张狂的命运，笔端游走，纸上墨迹踮脚掠过，有喋喋絮语，稀稀疏疏，花落白纸间。

蓦然回首，时光陨落了一地的碎片与韶华。

繁华易尽，春晓难啼。湖光山色，春风化雨。

春光有着无尽的缠绵、无尽的婉约，它们的幽怨与哀愁，浸润着小城的日日夜夜，隐约中携来一生的感怀与恩泽。

在关怀中感动，在温暖中煽情，在春光中默泣。

我流泪了，泪水一不小心落进水塘里，荡起一圈又一圈的涟漪。

于是，我从波影中窥见春天微笑的脸庞，风姿绰约，分外妖娆迷人。

与春天来个约定，签下一生的幸福——跟随季节的脚步，漫步在文字的光泽里，阳光暖在心头，温情溢满笔尖。

（本文荣获 2022 年全国青年作家文学大赛散文组二等奖）

作者简介：杨惠玲，笔名木叶，云南人，中学一级教师，文学爱好者，青年作家网签约作家。其作品荣获二〇二二年全国青年作家文学大赛散文组二等奖，征文《我的写作技巧》获“写作讲师·优秀奖”、征文《写给 2023 年的自己》获“奋进书信”奖。

我的母亲

杨庆贵

我的老母亲于一九三七年五月五日出生，自二〇二三年五月六日起，她已然开始吃八十七岁的饭了。幸得老天眷顾，她老人家至今大体上身体并无明显不适，思维正常，耳聪目明，谈吐清晰，一日三餐能够顺利进食，每晚可熟睡两个小时以上，手拄拐棍能慢速行走，还时常走邻串户。我的老父亲在新中国成立后，先后担任公社副社长、公社副书记等职务，一九七九年退休，一九九三年离世。正因如此，依据当时国家的有关政策，我的老母亲属于去世干部的“遗属”，每月可领取一定的“遗属补贴”，如今每月大概有八百元。老母亲毫无文化，为方便与她联系，家人经商量一致决定给她配备一部老年手机。我在外地生活，与她通话时，每次提及给她钱，她总是一个回答：“遗属补贴够我用了，我不要其他任何人的钱！”我常常陷入沉思，到底该采用何种方法，去适当孝敬一下我那岁数逐年增长且自己时常挂念的老母亲呢？思来想去，我个人觉得，还是应该带她老人家出来适当游玩，这种方式最为合适。

为了达成这个设想，我经过了反复且认真的思考，并进行了周密且仔细的筹备。出行方式选择自驾，这样在行走、观光、吃饭以及住宿方面都会比较便捷。游玩时间总计约半个月，大约三分之二的景点是一天游玩完毕，大约三分之一的景点是两天游玩完毕。游玩路线略呈一个完整的圆形，从昆明前往贵州老家，接上老母亲等人便开始游玩，游完相关景点后，再将老母亲等人安全送回老家，适当休息后我再独自返回昆明。陪伴人员主要是四弟的媳妇，有她一同出行，母亲的住宿以及洗澡等事宜才会比较方便。就餐的饭店，每个白天的早、中、晚三次用餐，大致上也都逐一选定了。住宿的酒店，每个地点的名称、位置、价格、服务等，也都已然心中有数。在家用轿车的后备厢中，我还预先购置了出行游玩必须准备的瓶装咖啡、合口的矿泉水、宽大的雨伞等物品。

在七月底时，我通过电话联系母亲，将我如上所述的相关想法和计划向她老人家进行了汇报。我原本以为，她老人家肯定会爽快地答应。然而出乎意料的是，母亲在电话那头，声音十分平和，却十分坚定地说道："我的二儿子啊，你的有关想法和计划，我心里是完全清楚的，你是为了尽全力孝敬我，不过现在我呀，也要跟你讲讲我内心最真实的想法。最近这十多年以来，你隔三岔五地，一是带我游玩北京，二是带我游玩西双版纳，三是带我游玩昆明周边景点，四是带我游玩广西。说实话，国家的大好河山，我这个农村老太婆，也算是身临其境去看过一些地方了。另外一个原因，你也是知道的，我现在走路得拄着一根拐杖，行走的速度比较缓慢了，用大家的话说，就是行走不太方便了。我现在内心实际的想法和愿望是不想再去外面游玩了，我想让你开着你的小车，回到我们老家来，陪我聊聊天、吹吹牛，并且商议一些家常事务！"

母亲她老人家言辞恳切，已然把话说到了这个份上，我还能说什么呢？我也不应该再说什么了。我稍作思考，便告诉母亲我尊重她的意愿，做好相关准备后，我会开车回老家，与家人共度七月半这个节日。在我的家乡，七月半这个节日，具体指的是农历七月十三，这是一个比较特殊的日子。说这个日子特殊，我个人的理解有两个原因。第一个原因是这一天的晚饭，每家每户都会尽力准备一顿丰盛的晚餐。第二个原因是当天傍晚，每户人家都会为自己已逝的亲人，非常虔诚地烧送尽可能多的"钱纸"和"烧包"。"钱纸"是把硬币錾在黄色的烧纸上，整整齐齐地錾出三排，每排七个或九个一元硬币大小的略似圆形的凹痕。"烧包"则是先使用一张印刷规整的包皮包裹适量的"纸钱"，然后在包皮上准确无误地写上接收"烧包"的已故老人的姓名等内容。再将两个"烧包"中间夹着一匹纸马，内页对着内页，用一根细线整整齐齐、严严实实地捆住。最后将所有的“烧包”尽可能分散地装在簸箕中，放在阳光下或炕头上干燥，以便它们能够尽快燃烧。正是因为这个节日具有上述特殊性质，我才选择在那个时段回老家，陪母亲等人过节。

仔细回想起来，我上次回贵州老家已经有十年了。那次回家也是迫不得已，因为我奶奶的坟墓被洪水冲走了，没有留下任何遗骨。按照老家的习俗，我必须回去和哥哥弟弟一起为她老人家按照相关程序重建一个新坟，否则就会被视为大逆不道的后人。在没有退休之前，公事、家事、孩子上学的事情、孩子生病的事情等，都确实需要占用一定的时间。在那种情况下，如果没有遇到什么特殊事项，可以通过电话处理的就用电话处理了。我有时会想，这也许就是人们常说的尽忠和尽孝的关系范畴中的一种吧。

驱车返回贵州老家，于我而言尚属首次。之所以以前没有驾车返乡，主要基于以下两个原因。其一为客观因素，我清晰地记得，十年前我回老家时，所有的乡村道路质量都令人担忧。那些道路要么是凹凸不平的水泥路面，要么是坑坑洼洼的土石路面。最让人放心不下的是路面狭窄，在不少路段，若遇到对头车辆，十分考验人的错车技术。此外，弯道众多，且有不少弯道属于回头弯，车辆转弯时前方情况难以看清，实际操作中也十分危险。其二为主观因素，我老家的村子里有许多传统习俗，为人谦虚谨慎便是其中之一。在外面工作的人，返乡时说话做事都必须谨小慎微，稍有不慎便会引起误解。被误解时，情况较轻的话，村里的男女老少往往会在暗地里骂道：“哎哟我的天呀，你们看见了没有，某某人家的那一个，在外面做点事情的，那一个二冲宝（男性）呀，或者是那一个小妖精（女性）呀，你看他（她）说话的样子，摇头晃脑的，你看他（她）做事的样子，奸手奸脚的，真是戳爆眼睛了！”若误解较为严重，乡亲们骂人的话语则会更难听。他们通常会这样骂道：“某某人家的，在外面做点事情的，那一个小私儿呀，或者是那一个小母狗呀。你不就是属于碰到了狗屎运气，从而让你在外面谋得了一个岗位，并且让你在外面领到了一份工资了吗？你回到父老乡亲们的面前，你给老子和老娘们呀！”

近年来，无论是我的家人还是朋友，都常对我说，贵州全省的公路，无论是等级公路还是乡村公路，都得到了实实在在的改善。尽管如此，我内心仍存在较多疑问。我暗自思忖，只有回到贵州老家，身临其境，亲眼看见那些公路的实际情况，我才会由衷地相信贵州的公路确实得到了改善。毕竟，耳听为虚，眼见为实，到了我这个年纪的人，通常只有亲眼所见，才会得出结论。

受以上因素影响，我怀着些许忐忑的心情。于二〇二三年八月二十二日一早，独自驾车，以老家村子为目的地，小心翼翼地驾车出发。出发前，我已测算出从昆明到我老家村子的总路程为四百七十五公里。我计划在当天上午跑完一半以上的路程，以便停车吃饭并适当休息。按照这一设想，当天上午我一直行驶到贵州境内的刘官服务区，才停下来吃午饭并休息一小时。此后继续前行的过程中，我先后在普安县境内、关岭县境内、镇宁县境内、普定县境内遭遇短时性中量级暴雨。每当此时，我与其他驾驶员一样，立即打开双闪灯，既提醒前车，也提醒后车，务必注意行车安全。同时，我也在心里默默祈祷，希望暴雨尽快停止，不要下太久，以免影响行车安全。

下午三点左右，我行驶至普定县坪上镇的高速公路出口，于此下了高速，即将进入我内心所担忧的不太好走的路段。然而，下了高速后，在实际前行中我才发现，记忆中从这里前往我老家村子的那条土石公路，已经变成了平坦明亮的沥青路。从那里到我老家村子还有三十多公里的路程，我内心真切地期盼这一段路也能全部是如此良好的路面。我怀着将信将疑的心情，小心翼翼地驾驶轿车前行。由于中途加油，下午四点三十分左右，我顺利地将车停放在了我老家住房东侧约四十米、我少年时代曾与一位张姓大哥共同放牛割草的相对宽敞的院坝中。谢天谢地，这一段路程的路面也确实是平坦明亮的沥青路。到了这个时候，我才真心相信近年来贵州的公路建设确实取得了名副其实的进步。其背后，还是国家的进步和发展，没有国家的进步和发展。就没有贵州的进步和发展；没有贵州的进步和发展，也就没有我老家的进步和发展。

说起我老家的乡村公路，并非已经十全十美，在我个人看来，目前存在的缺陷主要有两点，一是有的路段明显偏窄，二是停车的车位严重不足。希望我老家的有关领导和父老乡亲们采取合适措施及时弥补这些不足，比如新建住房时将地面那层建为停车场等。

我开车回老家，母亲非常高兴，她拄着拐杖，站在院子中央，满脸笑容地看着我走上台阶。母亲已经无法为太多人做饭了，为了大家方便，在我回去的大约十天里，一直在我老家负责照顾母亲的四弟两口子认真地为大家做饭。已经十年没有吃到的老家的美味食物和特色食品，我都完整享受了一遍。包括蒸腊肉薄片、酸辣椒炒腊肉、黄焖土鸡、清炖土鸡、茴香蒸糯米饭、甜白酒煮汤圆、酸汤点的包豆腐、酸汤点的菜豆腐、南瓜煮四季豆、青菜腌制的酸菜等。在我无拘无束地享受这些美食的过程中，母亲担忧地对我说："二儿子呀，在我的记忆中，你从小到大都胃口不错！可现在我发现你每次吃饭只能吃下一小碗米饭和一小碗蔬菜，你实话告诉我，你的身体不会有什么问题吧？"我急忙放下碗筷，真诚而坦率地对母亲说："老妈呀，我从小胃口就很好，这是大家都知道的。最明显的例子是一九八〇年夏天，我在昆明陆军学院学习时，有一次吃包子，我吃了十五个包子，还喝了一碗稀饭，刚走出饭堂，就把裤带的搭扣绷断了，引得有关领导和同学忍不住发出笑声。现在我吃得相对较少，最主要的原因是年龄大了，食量有所下降。目前我的身体真的没有什么大毛病，您不用太担心，如果有什么问题，我会及时告诉您的！"在母亲面前，无论我多大年纪，我永远都是她时常牵挂和担心的孩子！而母亲的牵挂和担心，也确实时常触动我心灵深处最甜蜜、最珍贵的幸福！

在我回到老家的当天晚上，母亲把我叫到她睡觉的那一间木房里面，与我进行了一场深刻而真挚的对话。与其说是母子间的闲聊，不如说是母亲对我人生航程的深情指引。

第一件事，母亲提起了我久未踏足的家族墓地。她温柔而坚定地告诉我，自从我于一九七七年的秋天踏入织金县第二中学的大门，开始高中生活后，便未曾再前往那片安息着我们先辈的坟地。如今我已卸下工作的重担，是时候去探望那些守护着我们家族记忆的长辈了。我毫不犹豫地回应她，这趟归乡之旅，我早已将此事列入行程之中。

第二件事，母亲谈及了她对贵阳的向往。她说，虽然我曾多次提议带她游历四方，但她心中最渴望的，还是能够深入了解我们贵州的省会——贵阳。那里的风土人情、历史底蕴，都让她充满好奇。我毫不犹豫地答应了她，表示会尽快安排这次特别的旅行。

第三件事，母亲提到了我们居住多年的老木屋。她回忆道，这座木屋是在解放初期，政府根据相关政策从地主手中没收，然后分配给我们家的。如今，它已见证了近八十年的风雨沧桑。母亲建议，我们兄弟四人应该考虑拆除这座木屋，重建一座坚固的钢筋混凝土房屋。她的话语中充满了对未来的期许和对安全的考虑。

然而，对于母亲关于重建房屋的提议，我并未立即给出明确的回应。我深知这座古老的木屋不仅是一处居所，更是承载着我们家族深厚记忆与情感的圣地。拆除它，无疑是对过去的一种割舍。因此，我谨慎地向母亲表达，这个决定需要我们兄弟四人共同深思熟虑，周密筹划。我尽量以平和的语气和精心的措辞，传达了我对重建的保留意见，同时也表达了对母亲的理解。

最为关键的是，我有几点考量。首先，我早已郑重声明，自上大学以来，尤其是开始领取工资之后，我自愿放弃了老家所有房产和其他财产的分配与继承权。其次，大约二十年前，家中婆媳、妯娌之间因长期拥挤居住而引发的激烈争执，让我深刻体会到，思想各异的亲人长期同居一室，难免产生摩擦。正所谓“远香近臭”，至亲之间保持适当的距离，或许能减少不必要的纷争。我衷心希望我们大家庭的成员能够和谐相处，避免再次发生不愉快的争吵。而避免争吵的最佳方式，或许就是让各个小家庭独立居住。再者，随着社会的进步与发展，许多后辈更倾向于在合适的城镇购置房屋，安排生活。而老家的屋基，尤其是东侧的部分，位于陡峭且不平整的岩石之上，其稳定性和安全性始终令人担忧。

综上所述，我认为关于老屋的处置，最佳的方式或许是由家中某位兄弟或外部人士单独筹资买断屋基，进行重建并独立居住。这样既能保留家族的记忆，又能确保居住的安全与和谐。

第四件事，母亲对我说，关于她的“老屋基”（墓地）的事情，之前我提过几次，她都没同意，现在她年纪大了，我们四个兄弟认真商量一下，如果方便的话，可以提前给她找一个合适的“老屋基”了。我赶紧接过母亲的话，真诚地对她说，我的老母亲呀，您终于同意办这件事了，我们一定会及时商量，也一定会及时办理的。我们主要是想让您在健在的时候，就知道您百年之后“安居”的地点。这样的话，我们相信您心里会好受一些。母亲欣慰地点了点头。

与我的老母亲完成以上沟通后，从第二天开始，我便马不停蹄地认真落实上述可以做到的三件事。第一件事，就是上文提到的去有关坟山为我老家已逝亲人们烧些纸钱、磕三个响头。说句心里话，我打心眼里觉得这是完全应该的！我的老母亲记得很清楚，自一九七七年九月我到织金县城读高中起，至今已有四十六年。除了一九九三年去世的老父亲的坟山，以及因被洪水冲毁而重建的奶奶的新坟山外，我确实没有去过老家其他祖坟所在的坟山了。这样算下来，我真的有些无情无义了。仔细想想，这也是一种必然，无法避免。我仔细算过，从一九七九年九月算起，至今已有四十四个年头，我回老家的次数总共为八次，平均每五年一次。每次回去，长则一个月，短则一个星期，与家人交流沟通、处理相关事务等日程都非常紧张。我在外面学习和工作，任务繁重，很多时候确实无法抽出更多精力回老家休假，更无暇前往老家的坟山祭奠一下我家先人。对此，我只能真诚地请求我的这个家族中已经故去并长眠地下的所有先人们多多理解、多多包容！

关于尊敬故人一事，我在《我的两年排长生涯》一文中已有叙述。一九八四年四月二十九日中午，我连作为一一八团二营预备队，准备再次进攻一〇七二高地，在七十七号高地停留时，一发八二迫击炮弹带着轻微的声音，从我头顶上方落下。那一刻，我潜意识里觉得自己完蛋了，至少会被炸成几块，死在这个高地上。然而出乎意料的是，这枚迫击炮弹掉落后，竟然头朝下、尾朝上，呈垂直状态，稳稳地插在离我约一米远的土地中。炮弹头部的引信一定是失效了，否则它肯定会爆炸。迫击炮弹引信失效的实际概率，应该不高于千分之一。非常幸运的是，这不到千分之一的概率，竟然被我遇到了！一九八四年十二月，我回老家探亲，说起这件事，我的老父亲非常虔诚地对我说，这是我们家祖先在暗中保佑我啊！我一直认为，我的思想至少百分之九十是唯物主义的。但当父亲一本正经地对我说那番话时，我真的找不到其他任何理由去理直气壮地反驳他。我只能相信，父亲的话至少有一半是正确的。别的理由暂且不说，单就上述这个事例，我就应该毫不犹豫地去有关坟山，认真祭奠一下我家已故的先人，并对着每个坟头虔诚地磕上三个响头！

第二件事情，关于母亲的愿望，她希望能一览贵阳的风光。恰巧，我大哥的孙女今年考入了贵州中医药大学时珍学院，位于修文县城，离贵阳市中心仅三十五公里。于是，我试探性地提议，借送孙女报到的机会，一同前往贵阳游玩，若母亲喜欢，还可留宿两三晚。母亲听后爽快地答应了，但补充道，她更愿在车上欣赏沿途风景，不欲久留。她解释说，七月半将至，需及时返家准备祭祖事宜。

八月二十七日清晨，我驾车载着母亲、大哥、侄儿媳妇和侄孙女，从离家二十公里的高速路口驶入高速公路，途经织金县城，一路向修文进发。单边行程约一百七十五公里，中午时分，我们顺利抵达大学。报到过程虽烦琐，但一家人其乐融融，历经近三小时终于办妥所有手续。在学校食堂简单用餐后，与侄孙女道别，我再次询问母亲是否愿意入城游玩或留宿。母亲略显不悦地说："此事不是早已定了吗？今天，我们一家四代五人，欢聚一堂，共同见证孙女入学的喜悦。沿途，我们已环绕贵阳城，尽览其美景。我心愿已了，无须多言。趁着天色尚早，你安心驾驶，我们早些回家，为明日七月半祭祖做准备。"我转头征求大哥和侄儿媳妇的意见，他们也表示赞同母亲的想法。

当日下午四点左右，我们返回织金县城，傍晚五点三十分，安全抵达家中。这次短途旅行，母亲显得极为愉悦。当晚的晚餐，她吃得津津有味；夜里的睡眠，也格外香甜。

第三件事，关于为我的老母亲寻觅一处合适的"老屋基"，这件事在我的故乡既承载着深厚的传统意义，又充满了挑战。在故乡，自古流传着一种习俗，无论家境贫富，家中的老人过世后，都需为他们寻得一处与“八字”相合的坟地，以安魂于土。这“八字”不仅关乎逝者的属相，更包含了他们一生的命运走向，其复杂程度非外人所能轻易参透。

为逝者挑选墓地，绝非易事。它并非由后人随意决定，而是需请风水先生持罗盘，依据逝者的生辰八字、五行属性等诸多因素，综合考虑，以求得最多有利因素，同时避开不利因素。这一过程不仅需要耐心与智慧，更需缘分与运气的加持。因此，为家中老人选择墓地，往往被视作一项庄重而艰巨的任务。

更值得一提的是，如今在故乡，寻找墓地还需支付不菲的费用，且价格逐年攀升。从往昔的几百元到如今的上万元，这不仅是金钱的支出，更是对逝者尊严与家族情感的投入。

对于为母亲寻找墓地一事，我们兄弟几人深知其重要性。尽管过程可能棘手与繁琐，但我们必将全力以赴，认真完成。幸运的是，经过与大哥、四弟的沟通协商，我们成功邀请到一位风水先生，凭借其丰富的资源和专业知识，为母亲推荐了一处我们都十分满意的墓地。若后续的价格谈判与付款事宜能顺利进行，那么为母亲寻找墓地的任务，便将圆满完成。我们深感欣慰，也感激命运赐予的这个缘分。

在我回到故乡的期间，邻家发生了一件令人痛心的悲剧。那家年轻的二儿子，大学毕业不久，正值青春年华，却在贵阳的职场上因小病用药不慎，与白酒产生了致命的化学反应，深夜时分，孤独地在他的床榻之上离世。这场突如其来的意外，不仅给逝者家庭带来了无尽的哀痛，也令整个村落都为之震惊。生命的脆弱，在这一刻显露无遗，提醒着我们每一个微小的不当之举，都可能让生命之花瞬间凋零。

八月二十九日傍晚，四弟一家去邻家帮忙料理后事，家中只留下我与年迈的母亲。六时许，四弟媳返回，默默地为我们热好饭菜，又匆匆离去。我与母亲坐在那间充满岁月痕迹的木屋里，轻声交谈，慢慢品味着简单的晚餐。

随着年岁的增长，我的饮食已不如从前，加之体重的考量，家人总是叮嘱我要控制饮食。因此，每次回到老家，我的饭量都不大，一碗米饭、些许肉食，再配上一碗蔬菜，便足以饱腹。那天傍晚，当我的碗即将见底时，母亲突然站起身，左手扶着木甑，右手舀起一勺米饭，温柔地对我说："二儿子，再吃一点。"我忙站起身，双手扶住母亲，轻声劝道："妈，您年纪大了，起身要小心，别摔着了。"

母亲的那个动作，透露出她对我深深的爱意。即使我已年近花甲，在她眼中，我永远是那个需要呵护的孩子。同时，她的举动也透露出对我的不舍。次日一早，我便要离开故乡，返回昆明，这无疑让母亲心中充满了难以言说的感伤。

那一刻，母亲虽已坐下，但我的心却像是被一股强烈的电流击中，震撼着我的灵魂。那些关于母亲的记忆，如同石刻般深刻，又如蜜蜂采蜜般涌现，充斥着我的思绪，让我无法忘怀。

我的老母亲，是我们这个大家庭中无可替代的生育者，她以惊人的毅力和母爱，孕育了众多的生命。回溯到一九五四年，她与父亲喜结连理，仅仅一年后，我的大哥便降临人世。从那时起，直至一九七七年的隆冬，这将近二十四年的岁月里，母亲几乎未曾停歇，相继生育了十个子女。

这十个子女中，男孩六人，女孩四人，然而命运多舛，受疾病等因素影响，最终只有六人得以成长，其中包括四个男孩和两个女孩。而另外四个孩子，两男两女，却不幸夭折。每当提及这段往事，无论是家人还是外人，都深感母亲的艰辛与不易。在那样的时代背景下，无论面临怎样的困难和挑战，母亲都坚持生育，她的母爱和坚忍让人敬佩。

我的老母亲，无疑是家庭的核心与支柱。自中华人民共和国成立后，父亲忙于公社或其他单位的事务，家中的日常琐事、子女的照料，以及田间地头的劳作，几乎全部落在了母亲柔弱的肩膀上。从吃喝拉撒的日常管理，到自留地上大小季作物的耕种与收获，母亲总是事无巨细，亲力亲为。

在改革开放前的岁月，母亲更是生产队中的主要劳动力。无论是冬季的小季作物种植，还是春夏之交的大季作物耕耘与收获，她都以坚忍和毅力，为家庭赢得了一份份微薄的收成。而那些关于生产队的会议，无论是征求意见、讨论研究，还是评比工分、批评教育，母亲总是作为家庭的代表，出席并积极参与。

当邻里间有红白喜事，母亲也总是义不容辞地代表家庭前去行礼。她的身影总是那么忙碌，却又那么坚定，为家庭撑起了一片天。

我的老母亲，是家庭中不言而喻的慈爱之源。每当用餐时分，她总是细心观察，确保每个子女都已就座，碗中盛满饭菜，盘中夹满佳肴。她的目光敏锐，总能在不经意间察觉哪个孩子的衣物有了磨损，哪个孩子的裤子即将破洞，然后默默加班，为他们缝补完好。

每当有子女身体不适，言语无力或食欲不振，母亲便会凭借她的经验和智慧，用甜酒和花椒煎鸡蛋等土法为他们治疗。若不见好转，她又会毫不犹豫地去找赤脚医生寻求帮助。若子女贪玩忘了归家，她总会心神不宁，小跑着去寻找他们的身影。

我记得那个令人心碎的夏天，我年仅三岁的四弟和一岁半的妹妹在母亲的吩咐下，留在家中煮猪食和做饭。那时，一条长蛇竟然朝妹妹爬去，我虽及时挥棍，却未能伤及它分毫。妹妹惊恐的叫声至今仍回荡在我耳边，那份无助和懊悔，成为我心中永远的痛。十天后，妹妹在深夜中突然离去，母亲悲痛欲绝，一个多月都未曾好好进食，只是沉浸在对妹妹的思念和泪水之中。那是我家最黑暗的时光，也是我心中不愿再触及的悲痛。

长大后，我向专家咨询了妹妹的死因，他们告诉我，妹妹的内脏在那次惊吓中受到了严重损伤，用俗话说，就是“吓破了胆”。我深感无力，对未能救回妹妹的生命感到无比愧疚。那条可恶的蛇，即使后来被人们打死，我也永远无法原谅它给妹妹带来的伤害。若有机会，我定会与之抗争到底。但更多的是，我对母亲那份深沉的母爱充满了感激和敬意。

我的老母亲，是我们这个家庭中最受人尊敬的家长，她以她的公正和理智赢得了全家人的信赖。在改革开放前的艰苦岁月里，家乡物资匮乏，采割猪草成为孩子们的日常劳作。即使面临这样的困境，母亲也始终教导我们，无论多么困难，都不准采割别人家的蔬菜，她的教导让我们学会了尊重他人和坚守原则。

一九七四年九月，那是我第一次离开村庄，踏入织金县城的日子。一身黑衣和满口氟斑牙齿的我，成为县城孩子们眼中的“乡巴佬”和“黑乌鸦”。他们无端的嘲笑和欺凌让我倍感委屈，泪水在无人处流淌。回到家中，我向家人倾诉了这段经历，期待能得到他们的安慰和支持。然而，母亲却以她特有的平静和理智，轻声告诉我：“每个人都有自己的不足，受到别人的歧视是难免的。你要学会适应，更要学会接受。”那一刻，我虽心中难受，但母亲的话如醍醐灌顶，让我意识到这就是真实的人生，需要自己去面对和成长。

如今回想起来，我深感母亲的智慧与伟大。她用简单的话语教会了我如何面对人生的挑战和困境，让我学会了坚强和独立。母亲，是我心中永远的楷模和力量源泉。

我的老母亲，是我们这个家庭中名副其实的勤劳典范。在她五十岁以前的日子里，每一天都忙忙碌碌。清晨五点左右，当大多数人还在睡梦中时，母亲已经开始了她一天的工作。她先让煤火熊熊燃烧，烧上洗脸的热水，切碎足够的猪草煮熟，为喂猪做好准备。接着，她会用布背带背上还在吃奶的孩子，跟随生产队的社员们或到自家的自留地里辛勤劳作。

中午时分，母亲匆匆赶回家，一刻也不停歇地忙碌起来。她舀出猪食喂猪，为全家人准备午餐，洗碗扫地，为灶火加煤，再次煮下午的猪食。稍作休息后，下午一点半左右，她又背上孩子，前往山坡继续劳作，无论是集体的农活还是家里的农活，她都能保质保量地完成。

傍晚时分，母亲再次返回家中，继续她的家务劳动。她喂猪、做饭、洗碗、扫地、烧水洗脚、分拣粮食、缝补衣物，直到深夜十二点左右，她才终于能够上床休息。尽管每天的工作繁重而辛苦，但母亲从未抱怨过一句。

每年的春节期间，从大年初一到正月初三，母亲会在忙碌了一天后，利用下午的时间躺到床上熟睡二至三个小时。这是她难得的休息时间，也是她最为幸福和期待的时刻之一。母亲不止一次地说过，那段时间是她最宝贵的宁静时光。

母亲的勤劳和坚忍是我们全家的骄傲和榜样。她用自己的双手为我们营造了一个温馨而美好的家，让我们感受到了无尽的关爱和温暖。我们永远感激她的付出和奉献。

我的老母亲，有着一双最擅长调配食物的巧手。在改革开放之前，面对家中人口众多而食物紧缺的困境，母亲总能巧妙地利用各种食材，维系全家的基本生活。

每年的三四月间，南瓜逐渐生长。母亲会将鲜嫩的南瓜和南瓜叶子一起洗净煮熟，再配上浓郁的蘸水，让我们围坐在一起享用这鲜美又节约粮食的佳肴。

五六月是小麦的收获季节。母亲会带领家中的孩子，用自家的石磨磨出细腻的小麦面，制作出鲜美的麦粑粑或香喷喷的麦饼，让我们心满意足地品尝。

五六月土豆成熟时，母亲会在自留地里挑选早熟的土豆，精心烹饪成煎炸、焖蒸、水煮或油烹等各种口味的食品，让我们大快朵颐。

七八月是玉米的收获季。母亲会跟着生产队的社员或带着孩子，一个不漏地收回玉米棒子，晒干后剥下玉米粒，储存在竹质囤箩中，精打细算地供全家人食用。水稻、黄豆和刀豆的收获、处理与食用方法，与玉米相似，但黄豆和刀豆更多作为副食使用。

母亲的巧手和智慧，让我们在物资匮乏的年代里，依然能够品尝到各种美味佳肴。她的付出和努力，让我们感受到了家的温暖和幸福。

我的老母亲，是我们家中公认的最为沉着冷静的女性。这种品质，并非刻意为之，而是她与生俱来的天性。

每当家中发生小意外，她总是以从容不迫的态度应对。记得小时候，我不慎摔倒在石板路上，疼得放声大哭。母亲会轻轻走过来，扶起我，轻声安慰道："只是碰疼了一下，过会儿就不疼了。下次小心些，哭并不能减轻疼痛。"

当我们在山上割草时，手指被锋利的茅草划伤，想用盐水消毒减轻疼痛。

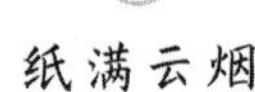

母亲会站在一旁，轻声细语地告诉我们："盐水可能会更疼，用开水清洗效果会更好。"

家中的孩子们有时会发生争执甚至打架，母亲从不生气，而是坐在一旁，淡定地说："如果你们觉得打架能解决问题，就继续打吧。但记住，无论谁受伤，都不会有赢家。"听到这里，孩子们往往会自觉停手。

当有客人来访，家中没有现成的食物时，母亲总能镇定自若地应对。她会走到厨房，淡定地说："别担心，我这就煮一锅玉米稀饭。"然后迅速准备食材，不一会儿，一锅热腾腾的玉米稀饭就端上了桌。

家里饲养的黄牛不小心闯进邻居的菜地，母亲会亲自去道歉并协商解决方案。她诚恳的态度往往能化解矛盾，让邻居感受到我们的诚意。

当邻居家有困难时，母亲也从不吝啬地伸出援手。有一次邻居家办丧事，住处不够，母亲主动提出让邻居来我家挤住一晚。她的平和与善良赢得了邻里间的高度评价。

我的母亲，就是这样一位沉着冷静、善良智慧的女性。她的言传身教深深地影响着我们每一个人，让我们学会了如何在面对生活中的困难时保持冷静和乐观。

我的老母亲，是我们这个家族中最为长寿的老人。父亲在世时曾多次提及，他记忆中家族里从未有老人能跨过八十岁这道坎。然而，我的母亲，现已迈入八十七岁高龄，明年就将迎来她八十八岁的生日。她不仅成为我父亲记忆中首位突破八十岁大关的家族成员，更是我们村民小组里健在的最年长的老人。

母亲身体健康，头脑清晰，言谈举止间充满了智慧与活力。她是我内心深处最珍贵的宝藏，是无价的精神财富。每当想到母亲还能陪伴在我们身边，我便感到无比的幸福和骄傲。

在我心中，母亲就像一张没有文字的存折，她多活一天，便为我增添一份宝贵的财富。虽然我知道生命有其自然的规律，无法永远延续，但我仍由衷地希望母亲能够长命百岁，继续为我们全家带来无尽的快乐与幸福。

愿母亲永远健康、快乐，愿她的生命之树常青，愿她的智慧之光永远照亮我们的前行之路。

（本文荣获青年作家网2023年度优秀作品奖）

作者简介：杨庆贵，男，籍贯贵州织金，一九六二年十月七日出生。一九六九年九月至一九七九年七月，在本县读小学、初中、高中；一九七九年九月至一九九三年六月，在部队担任基层干部；一九九三年七月至二〇二二年九月，转业至云南省农科院上班；二〇二二年十月退休。青年作家网文学会员和签约作家。

一树花开

李志鑫

那大概是四月某一天的正午，我从睡梦中醒来，努力睁开那双好像眼皮还在打架的眼睛，试图将还停留在梦中的思绪拉回到现实，许是过了几分钟的时间，我才清醒。

我透过并不是很洁净的窗子看到院子里的一棵梨树，它的洁白的花瓣被路过的一阵风吹落在地上。

我感觉到我的内心似乎异常地向往那雪花般萧萧飘落的梨花雪，我走出这阴暗的土房子，瞬息之间飘来一连串的芳香，细细一品，这一串气味中夹杂着梨花香、格桑花香和那蓓蕾初绽的雏菊的清香，顷刻间，我的五官好似融入了这自然世界。阳光依旧轻轻地抚摸着我的脸颊，那柳树枝头的鸟儿不再重复着单调的歌曲，如新生儿第一次看见这个陌生又朦胧的世界般，它眼里充满了希望的光，歌颂着这个世界的美丽——如果你不静下心来听，很难欣赏到那悦耳的歌谣。

梨树叶在微风的拨动下，沙沙作响。

我在故乡住过的这间土房子是我父亲不知道怎么建起来的，他没说过，我也没问过，只是后来听母亲说，我的父亲是带着祖父母从湟中搬迁过来的。当时我的父母还不相识，有一次父亲外出干活时在茫茫人海中一眼相中了我的母亲。

一次偶然，我在祖母珍藏的相册里见过父母年轻时候的照片，不得不说，那时候的他俩还挺时髦，在那个年代，父母那身穿搭已算得上是超级时尚，我感觉现在的我也无法和当时的他们相媲美。

后来，我逐渐长大，父亲大概在我七岁的时候将我从祖父母那里接到了县城上学，当时村子里的学校是拒绝收我的，父亲带我去了好几次学校，他们都以我年龄太小而一次次地拒收我，没办法，父亲这才努力给我在县城找了个学校。就此，我与故乡的那“花花世界”告了别，从幼儿园到中专的学习生涯之中，我偶有几次回过故乡，然而，只有那几间老房子依旧矗立在那里，饱经沧桑。祖父已经不在了，祖母也搬到了县城居住。祖母也想念故乡的老房子，那里是祖父的天堂；那里也是我梦开始的地方，是夏日炎炎下花开水淌的世界，更是我心灵的栖息地。

几间老房子一年不如一年，其中一间东房在一次地震中塌成废墟，似乎它们在向我告别，一种悄无声息的告别。之后的日子里学业日渐繁忙，我再也没有去过故乡的老房子，就算去了故乡也不是去老房子里，而是去父亲和祖父的墓地。

最后一次告别故乡我已经不曾记得了，后来政府下了文件拆迁了那几间老房子，事后也只是潦草地扔给我们家一间不到一百平方米的仓库，用来装老房子的那些旧东西，拆迁的时候母亲叫着大姨一起去收拾那些旧东西，在母亲发给我的照片里，我只见曾经那个我儿童时期的“天堂”已然变成一片废墟，院子里我最喜欢的唯一一棵梨树也已不见了踪影。

我只希望他们没有挖走那棵梨树的根，我想它终有一天会再次发芽，再次长成参天大树，我想再一次看它的梨花瓣随风飘荡，再次感受我已无法回去的童年。

（本文荣获青年作家网 2023 年度优秀作品奖）

无 人 区

李志鑫

二〇二三年二月七号的一个下午，我同侄子和侄女在西河滩等姐夫的车到来，旁边放着准备去无人区带的物资，等了大概一个多小时，看见远处一辆白色皮卡向我们这个方向缓缓驶来。等到车停在我们眼前时，皮卡车的副驾驶下来了一个身材高瘦，穿着件略脏牛仔服，下巴上留着一撮短胡子的人。不错，他就是我姐夫，虽然多年未见，但他是最好辨认的。随后，我们把物资装备搬上皮卡车，车厢里满载的物资多得像是一座小山丘，车内也别想轻松，因为物资实在是太多，连车座椅上都堆了一大半，我们只好挤挤坐下，终于出发了，我们踏上了去往无人区的旅程。

因为去无人区的路很是崎岖，车子一路都是颠簸状态，很是让人难受，走了大概两个多小时，终于到达了目的地。此时已经是傍晚六点多了，这里好似一个与世隔绝之地，遍地都是杂草，杂草又干又硬，一眼望去，竟没有一株绿植。太阳异常的强烈，高温烘烤着这片土地，没有一片云彩为这片土地遮阳，可以说这里简直是人间炼狱，但值得庆幸的是，这里好宁静，我感觉世界上最宁静的地方莫过于此地。

相比城市的喧嚣，我更加喜欢这里，虽然这里太阳是烈了点，但比市区车水马龙的轰轰声，随处可见的高楼大厦，走路必须要走的人行道，这地方还是值得一去的。

到达了目的地之后，我看见了一顶白色的帐篷，我们把物资卸到了帐篷内，帐篷大概有五十平方米，中央有个小火炉，姐姐已经把火炉烧得很旺，随后她便开始做饭，我们几个人有说有笑，吃上了来无人区的第一顿饭，“美味”

这个词已经配不上这顿饭了。

吃过晚饭后，此时差不多已经是傍晚七点多钟了，夕阳透过门缝洒进帐篷内，里面的一切似黄金一般闪耀，我和姐夫点上了一支烟，几个人坐在夕阳下的帐篷内，聊着自己有趣的故事，喝着姐姐煮的茶，有说有笑。

一直聊到了大概晚上十点多钟，此时外面一片漆黑，若不是打开手电筒，就真应了那句话："伸手不见五指。"无人区的星空是我见过最美的，因为这里离城市远，没有污染，所以肉眼可见的星星比城市里看见的要更加繁多，更加明亮。我个人一般是比较喜欢拍照片来记录生活中的一些美好的，此时不拍照更待何时呢，几声"咔嚓"之后，一张张美不胜收的星空照就被我收藏进了手机里。

等欣赏完这人间美景后，就到了该睡觉的时间，姐姐为我铺好了睡处，再往火炉里添加了些柴后就关灯睡下了。我闭着眼睛回想着今天的所见所闻，此时夜晚的宁静弥漫开来，不知何时，我们便进入了甜美的梦乡。

归根结底，我终于明白，原来这片土地是苍天赐予我的一个礼物，这里虽然荒芜，但是有着亲情之爱，有着大自然美好的赠礼，此刻这片土地使我内心平静，它是散发着神圣之光的一片土地。

（本文荣获第四届中国青年作家杯征文大赛散文组三等奖）

作者简介：李志鑫，男，笔名三叶木子，作家，诗人，居住于青海德令哈。著有短篇小说集《逝水留香》、诗歌集《一片叶子》。作品散见于中国作家网、中国诗歌网、青年作家网、起点读书、《现代作家文学》《微诗刊》、人人文学网、《桂林日报》等各大文学平台和报刊，现为青年作家网签约作家，中国网络作家协会会员，人人文学网签约作家、诗人。其作品曾获二〇二三年度"最美中国"散文、诗歌大赛散文二等奖，第六届中国网络爱情诗文大赛小说金奖，第四届中国青年作家杯征文大赛散文组三等奖。

夜宿太行山

赵国虎

静夜，晚八点，太行山马武寨的“驴友驿站”就关门了，把在村子里溜达的我和妻锁在了门外。我看了看天边的月亮，稍稍迟疑了一下，还是放下了已经举起的欲敲门的手，心想：今晚的月色还好，我们何不在门外坐会儿？

妻跟随我在村子里信马由缰地漫步。我们在和一村民闲聊中得知，此地属百里皆为绝壁的马武山，四周岭环山绕，易守难攻。

马武寨因东汉捕掳将军马武在这里筑寨屯兵而得名。这里山上棘无刺，池中蛙不鸣。相传，光武帝刘秀因在马武山躲避王莽追赶，被棘刺牵衣，于是命去之，又因厌蛙聒噪而禁其鸣。

寨中原建有金銮殿、梳妆楼、望景楼、宰官楼，东西南北有四大寨门，还设有菜园、盐场、神仙窑、诸神观，等等，有马武京寨之称。如今部分残址犹存，山民在地里还不时会捡到些古时的箭矢、古钱或剑戟残片。原来古时这里还是个金戈铁马、沙场点兵之地。

今天是农历九月初九重阳节。《易经》中把“九”定为阳数，九月初九，两九相重，故曰重阳，也叫重九。古人认为重阳是吉祥的日子，遂为重阳节。这一天要登高、赏菊、敬老、晒秋。我们今天从山西陵川县的榆树湾攀上“北扒绝梯”之巅，在绝壁和山脊上攀爬行走了大约十五公里才来到了这里。“北扒绝梯”海拔近一千五百米，今晚我们住的马武寨海拔也有一千三百米左右，我们登得不可谓不高。

此时，天边的月亮正好是个半圆，挂在不远处的山尖，但并不明亮，只有月亮的周围有些光晕，离月亮稍远一些就是灰蒙蒙的。没有星星，峰峦更是阴森森的。南面不远处那连绵起伏的绝壁，就像一大片黑乎乎的剪影。顶上一块块山岩，就像是不动的皮影。北面的悬崖看上去倒是更亮一些。

户外驴行委实迷人，走寻常人不能走的路，赏寻常人赏不到的景，体验着寻常人无法体验到的经历，享受着寻常人享受不到的快乐。它让你忘记年龄，充满活力，让你的心田久久洋溢着历经艰险后终于登顶的余悸和欣喜。

但户外驴行又多有风险。不说那山高路远与悬崖峭壁，也不说忽至的暴雨和突发的山洪，单是树上的毒虫、路边的毒蛇、脚下的树根、岩壁的落石、湿滑的台阶、松动的岩石、隐藏的野猪夹，都会冷不丁地惊你一身冷汗。这次太行山的长线“驴行”，因为对当地的地理和气候环境都不熟悉，我很是忐忑。

南太行的山民称“峭壁”为“绝”，将攀登绝壁上的石阶，称作“扒绝梯”，意味着手扒绝壁而上。“北扒绝梯”是古代山民的交通要道，号称“南太行第一险梯”，如今已年久失修少有人走。攀爬“北扒绝梯”，必须手脚并用，双手几乎触及双脚，犹如扒脚，所以“北扒绝梯”也被称为“扒脚梯”。天梯在悬崖峭壁上曲折上行，险峻艰难，但我们今天都顺利地通过了，有惊无险。

明天，我们得穿越“一线天”，行程大约十八公里。“一线天”位于陵川县马武寨与抱犊村之间，是一个大峡谷，集雄、奇、险、秀于一身，海拔近千米，谷底与两边峰岭绝壁落差百余米，仰头只见一线蓝天，所以有“一线天”之称。

据说其中有几处斗折曲径，前不见出口，后不见来路，似被万仞石壁禁锢，直到近前才峰回路转。游人就在山民于峭壁上开凿的一条约一米来宽的陡峭崖壁上行走。前两年曾有一对父子在这条道上不幸滑落深涧，出发前我曾看过最险处的图片，令人心悸。

人在旅途，有关难过也必须得过。

我和妻在驿站的门口静静地坐着，我独自默默地想着。那半圆的月儿缓缓地在云中穿行，已经越过了几个山尖，爬得高了些，也变亮了一些。

我的面前是一片玉米地，玉米已收，玉米棒子被一堆一堆地垒在村边的空地上，地里只留着不高的玉米秸秆。地头有一些高大的山楂树，叶子已经掉光，只留下光秃秃的树枝。白天尚可见一些还挂在枝头的山楂果，现在是看不清楚了，但我分明又看见了那高高树杈上用树枝搭建的鸟窝，层层叠叠，很大，好几棵山楂树上都有，那是喜鹊的巢。

今天我们在攀爬“北扒绝梯”时，时不时会听到鸟叫，开始大家都不吱声，都假装没在意，后来有个女驴友终于忍不住了，说：“它怎么这么讨厌，老叫？”但没人接话。这“嘎——嘎——”的凄厉叫声，时不时地划过那静默的山岭绝壁，很是瘆人。

在接近马武寨时，我无意间看见一棵山楂树上有几个特大的鸟巢，就用登山杖指着喊：“鸟窝，好大。”群里最年长的驴友“沙洲草”告诉我，那是喜鹊的巢。大家的脸上都露出了欣喜的微笑。喜鹊，寓意抬头见喜，大吉！

我当时还多看了一眼那棵巨大的山楂树，只见它在离地面约一米高的地方，就分了好几根杈。我数了数，不多不少正好是七根。

在我的老家，“七”是个非常吉利的数字。订婚、结婚，篮子里的红鸡蛋都是七个。我老家那边把鸡蛋叫“鸡子”，父亲告诉我，将七个红鸡子放在一个篮子里，不光看着喜庆，还寓意“七子团圆”。人生能有七子，且能团圆，还有什么幸事能与此相媲美的呢？

我们进村时，路的两旁有许多五颜六色的格桑花，她们在秋风中摇头晃脑地迎接我们。格桑花象征着爱与吉祥，真是好兆头！

这样想着，我的心也就渐渐地放宽了。

太行山的夜来得真是快，早已万籁俱寂，杳无人踪，只有我和妻在这朦胧的月光下坐着。我依稀听见了驿站里传来了驴友的鼾声。

这里的昼夜温差比较大，我感到了丝丝的寒意。

我站起身，天上一个月亮，地上两个人影。

我牵起妻的手，叩响了驿站的柴扉。

（本文荣获青年作家网 2023 年度优秀作品奖）

作者简介：赵国虎，浙江武义人，中国作家网注册会员，青年作家网签约作家，武义县作家协会会员。

邂逅那拉提的雪

赵向前

1

某天，我偶然听到那首脍炙人口的歌曲《可可托海的牧羊人》，从此便对那拉提心生向往，在心中种下一个梦想：此生一定要去一趟那拉提。

梦想很快就成为现实。

二〇二三年“五一”是疫情结束后的第一个长假，孩子也去了大学，我们便选择了新疆之旅。

因为是临时起意，所以我并没有做太多攻略。在出发前，我看了一下旅行计划，可可托海此次无法兼顾，但那拉提在旅行的日程中。

下午，我们从喀拉峻大草原返回，便直接驱车前往心仪已久的那拉提。在抵达那拉提的地界后，只见公路两旁笔直的白杨树像列队的迎宾小姐一样修长挺拔地站立在道路两旁，迎接远道而来的我们。白杨树后面是一块块方方正正的农田，有的是刚翻开不久的泥土，深褐色的土壤裸露在蓝色的天空下，一看就很肥沃；还有像一张张绿色的毯子一样铺展在白杨树背后的绿意盎然的麦苗地，让人眼睛为之一亮。和之前高速路两旁一望无垠的黄色原野截然不同，这里的雪山在和公路平行的两边土地的远处逶迤起伏，连绵不绝。

我们先安顿好住处。这是一家农家小院打造的民宿，干净整洁而舒适。年轻的女老板告诉我们这里温差较大，得早点打开电热取暖器。

晚餐地点在民宿不远处，新鲜的现烤羊排，味道好极了。在吃晚餐时，天边出现了一片红色的晚霞，在夜幕低垂的那拉提上空惊艳了众人。

2

初到那拉提，它便给了我美好的印象。

令我没有想到的是，我们会在那拉提邂逅一场更加令人难忘的雪。

早上起床，打开门，一阵凛冽的寒风扑面而来。我打了一个冷战，但飘飘洒洒的雪花瞬间让我惊喜万分。

此时的雪花不大，也不稠密，但离我如此近，就像一片片轻盈的羽毛，也像一片片白色的梨花，飘飘悠悠地从空中落下。天空还是那么干净，没有太多的乌云，太阳好像将要从前方薄薄的云层里走出来，但似乎又并不着急。

我们都很兴奋，没想到会有雪花飘落。

我们更不会想到，一场更大的雪在那拉提草原等着我们。

3

吃完风味早餐，我们驱车前往景区。景区售票处离我们居住的民宿不远，大概十多分钟就到了。

工作人员告诉我们可以选择坐景区的交通车，门票二百元一位。如果我们开车进去，门票是三百元一位。

我们一行六人快速商量了一下方案。基于昨天我们在喀拉峻大草原遭遇了冰雹，我们觉得还是自己开车进去比较稳妥，万一下雨下雪，我们可以在车上，并不影响游玩。事后证明，这个决定是明智之举。

从景区大门出发，雪花开始变得稠密，天空的云层慢慢变厚，越来越暗。我知道今天的雪已经不会被老天收回去了。

开出几百米，雪越下越密，夹杂着雨水，迎着我们的挡风玻璃劈头盖脸地砸过来。

我打开雨刮，砸在玻璃上的雨点和雪花瞬间被刮去。一朵朵雪花，落在

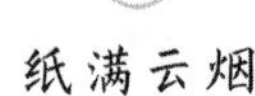

玻璃上就是一片片六角形的水晶，因为下得急，落在玻璃上也是那么急，我仿佛听见了雪花破碎的声音。

能见度开始降低。经过景区内的第一个草场，一群群牛羊正在悠闲地踱步，它们可能也没有做好准备，这场雪来得有点早，也有点突然，让所有人都猝不及防。

终于看见了牧羊人。一个骑马的彪形大汉，戴着一顶皮帽，正穿过公路，进入了羊群中。他是不是要把它们赶到圈里避寒呢？他的皮帽上已经覆盖了一层厚厚的雪。

也就十来分钟的光景，雪花铺天盖地席卷而来，那拉提的草原变成了一片雪原。

透过玻璃窗，看不一样的那拉提，看不一样的雪景，这样的雪在南方是不可能遇见的。

我也曾遇见北方的雪，但那时候是冬季，雪便是理所当然的存在；而现在是五月，已经是初夏。

在那拉提，在一场不期而遇的大雪中，我们终于见到了传说中的“养蜂女”。

那是位于上山公路山谷左上方的一座巨型雕塑作品。一位美丽的姑娘，穿着漂亮的绿色连衣裙，她的裙袂飞扬，像一朵盛开的雪莲花铺展在半山腰，俯视着面前连绵起伏的山峦和那拉提草原。草原铺陈在山间，还没有完全从冬季的休眠中醒来，刚刚露出一丝温暖的青绿色。这一丝丝绿，是那么浅，那么淡，以至于一场雪便把这浅浅的绿淹没在视野里。

这样的绿色是让人垂怜的。我很担心，那么多的牛羊从这里经过，是否会践踏了这刚刚冒出来的青色。

但现在不是牛羊，是一场纷纷扬扬的大雪很快吞没了这充满希望的绿色，大地变成白茫茫一片。

从《可可托海的牧羊人》的歌里，我们真切感受到一个令人动容的悲情故事，也知道了养蜂女的故事。据说，这个女子来自四川，因为丈夫去世，她便独自带着两个孩子和自己的蜂群，来到杏花盛开的那拉提。真是一个重情义的女子、一个命运多舛的女子。她和牧羊人的故事，非常适合发生在这样的草原。

她目光深情地眺望远处，一眼望尽从山脚蜿蜒而上的来路，又看着一辆辆来观光旅游的车从她脚下疾驰而去。

远方，是一条流淌不息的巩乃斯河。这条伊犁河的支流，从那拉提草原穿过，滋养了这一片肥沃丰美的草场。

养蜂姑娘，你在这里守护着那拉提，是不是也在等着远方那个骑马归来的牧羊人——那个你心中永远放不下的悲伤？

4

那拉提最让人向往的地方是空中草原。

待我们到达空中草原的观光点时，风很大，雪下得更大了。

天地一片苍茫。空中草原需要沿着台阶攀缘而上。风雪太大，我们下车不过几分钟的时间，就冻得直哆嗦。虽然我们做好了准备，穿上了羽绒服，但还是冻得不行，只好在空中草原的纪念点抓紧拍了几张照片，赶快登车离去。

留一些遗憾，期待下一次新疆之旅，等七八月，在最美的季节，我们再来。

撤退，还是前行？大伙讨论了起来。

“撤退吧，里面的风雪更大，可能会有危险。”

“还是继续前行吧！好不容易来一趟，一定要走进那拉提的深处。”我说。

大家见我态度坚决，于是同意继续前行。

惊喜的是，进去之后，大雪居然渐渐小了很多，太阳居然从云层里面钻了出来。在游牧人家，我们一边吃着刚刚烤好的热气腾腾的馕饼，一边欣赏着冰雪世界里的游牧人家的民居，看太阳和雪花在同一个世界相互辉映。

这是多么奇妙的一幅画面！

5

从游牧人家出来，我们开始返回。再次经过“养蜂女”的所在处，她依然在风雪中迎接着我们，漫天的雪像一张无边无际的网，把周边层层叠叠的山峦包裹起来。羊群还在山坡上，要不是它们还在缓缓移动，我还以为那些都是雪原上的雕塑。

不畏风雪，便前行不止。

冒着风雪，我们去参观了乌孙部落遗址。在漫天的风雪中，我仿佛穿越到两千年前，看到了彼时西域的乌孙古国。乌孙是我国的一个以游牧为主的古老部族，大约在公元前二世纪至一世纪崛起于我国西北地区，后在伊犁河流域建立了政权。他们当时是那么繁荣，在西域的土地上，也算是盛极一时的王国。可如今，除了遗址，我们再也看不见那个消逝的古老部落。

新疆土地辽阔，这里的历史厚重，那拉提所在的伊犁河谷，是祖国一块多么重要的疆土。我们重新审视历史，去了解一个遗失的古老文明，反思一个民族的兴盛与衰亡，了解一个地方从贫穷到富庶的发展，从中感受时代的变迁，领略祖国的日益强大与繁荣。

我想，这便是旅游的重要意义吧！

风雪依然很大，我们的内心既被大自然所震撼，也被历史遗留下来的古迹中散落的古代文明所震撼。后面的风景更美，千年冰川掩盖的雪山、一马平川的草场、炊烟袅袅的小木屋、积雪与树木相映成趣的森林……

在那拉提，邂逅一场不期而遇的雪！

那拉提，我们会再来的。

（本文荣获第四届中国青年作家杯征文大赛散文组一等奖）

作者简介：赵向前，笔名马湖之边，男，籍贯四川省乐山市马边县，现定居重庆。青年作家网签约作家，喜爱文字，愿在文字的家园里做一名忠实的守望者。

大鹏老师

刘相龙

一九九八年，我在离家二里路远的双塔小学上四年级。那时候，我的学习成绩不好也不差，在班里属于中等生，也属于老师不关心、父母不上心的那一类孩子。

在那个贫穷的年代，我和大多数的伙伴一样，土不啦唧还傻得可爱。吃不上好的，穿不上好的不说，一个最大的问题就是没见过世面。其实那时也不懂啥叫世面，或许是放学走的那条土路两侧开阔的庄稼地，或许是村子东南面的那个池塘，再远一点的就是那座二十里地之外的莲花山，我和伙伴们常常去采摘山上的蚂蚱菜，挖山上的地鳖和蝎子。

秋天，风起时，已经变黄的法桐树叶被吹得东飘西落。校园处处散落着黄叶。在这个时候，学校都会安排学生去扫树叶，这是我们比较喜欢干的一项劳动。有调皮的同学会把一大捧黄叶向天上抛去，等乱糟糟的叶子落到头顶时，再摆出各种各样搞笑的动作，这样就会惹得一群女生哈哈大笑。

这个金黄色的时节很美，也充满了各种各样的幻想。那时候，我心目中没有女神，但有男神。

这年秋，学校新来了一位年轻的老师，这在当时是一件非常轰动的事情。我们之前一直是由年纪大的老师执教，年轻老师的到来，就像一缕清新的春风吹进小村。

他叫大鹏，刚毕业分配到了我们这所不大的乡村小学，是我们新的班主任，教我们语文。当他第一次走进这间简陋的教室，面对几十双稚嫩眼睛注视的时候，年轻的他还是略显紧张的。他上身穿一件格子衬衫，下身是一条发白的牛仔裤，脚穿一双平底鞋。如果在现在看来，这是很土很土的装扮了，可在那个时候，这一身衣着绝对是让我大开眼界的，我从来没有见过这样好看的衣服。他个子不算高，笔挺地站在讲台上，略短的娃娃头，大大的眼睛明亮有神。他不太笑，偶尔笑起来还带着一丝羞涩。他说的普通话不太标准，带着我们家乡的土味道，但这一点让我倍感亲切。

大鹏老师教我们的第一堂课，讲的是一篇叫《小站》的课文，他用粉笔在黑板上非常工整地写下“小站”两个字。他写的字没有那些上年纪的老师写得好，没有那股沧桑的味道，就和他的笑容一般，略显生涩。大鹏老师说，写字，要写得方方正正，就如做人，要做得堂堂正正，这句话我至今铭记于心。

我很爱上大鹏老师的课，受益很多，我后来的语文成绩一直都很好，这绝对是他的功劳。他讲课有个特点，就是爱举例子，让我们多展开联想。在学会课本知识的同时，去想象，更要去关注那些唾手可得但总会被忽视的东西。因为很多有意义的事情都是围绕在我们身边的最常见的，而我们却根本没上心过。当我学着去想象、去发现、去探索之后，我才明白原来世界很大，很精彩。当懵懂的心灵受到启迪之后，新芽就已开始萌发，我能坚持在文学这条路上努力前行，大鹏老师便是我的启蒙恩师。

那时候他住校，他告诉我们有愿意放学后留下来补课的，他会随时讲。我们也是非常乐意的，放学后总有一群喜欢学习的孩子逗留在他身边，久久不愿离开。从此之后，一段夜行的小路，成了我人生里一道别样的风景。

不管多么简单的生活，人们都会发自内心地热爱，在一方辛勤劳作的热土上，童真的心灵也受到美好的歌声熏陶。大鹏老师爱唱歌，也经常在课间时候给我们唱，平时有些木讷青涩的他还有这样可爱的一面。那时候我们都觉得大鹏老师太厉害了，会唱那么多好听的歌，那些歌曲我们基本上是没有听过的，比如《新鸳鸯蝴蝶梦》《爱江山更爱美人》《样样红》，等等，直到现在我还是能够哼唱几句：

青春少年是样样红，你是主人翁。

要雨得雨要风得风，鱼跃龙门就不同。

青春少年是样样红，可是太匆匆。

流金岁月人去楼空，人生渺渺在其中。

一转眼二十多年过去了，再唱起这歌，心中是深深的怀念，还有满满的酸楚。这就如现在很流行的一句话：当年不知曲中意，如今已是曲中人。

他教了我两年，等到了六年级的时候，我去了新的学校，换了新的语文老师。毕业季的时光让这一年变得十分短暂，又飞快地催促着我这个爱做梦的孩子。

过往像是一场梦，回忆也像是一场梦。

我是幸运的，在无知的年代遇上了优秀的大鹏老师。而大鹏老师又何尝不是幸运的呢？在短暂又弥足珍贵的岁月里，他用自己独特的魅力和方式融入乡村孩子中间，把知识传递给幼小的心灵，让孩子们怀揣着梦想，并改变了他们的人生。

（本文荣获青年作家网 2023 年度优秀作品奖）

作者简介：刘相龙，山东即墨人。中国西部散文学会会员、城阳区作家协会会员、青岛市作家协会会员。爱好写作，以散文、自由诗见长。也喜欢游览大山、溪流，追求生活的无限乐趣。

回忆母亲

秦益辉

人间的江南四月天，一切都是刚刚好的样子，绿意葱茏，一派生机。扑面而来的微风，携来万物拔节、生命绽放的声音。

春天，菜园子、田垄边、山野丛林中就多了母亲忙碌的身影：采茶、育秧苗、种菜、摘艾蒿等。每一年每一天，生活里的春秋在忙忙碌碌里谱写着篇章。

母亲不识字，但是生活中的每一个字她都解读得恰到好处。

有根的日子

二〇二〇年初，疫情来袭，气势汹汹。返温州前一晚，父亲和哥哥费了好大劲，硬是把母亲为我们准备的所有东西，井井有条地把后备厢塞得满满当当，用母亲的话来说："还不知道什么个情况，手头有粮有菜心不慌！"

回温州后整理，鸡肉鸭肉猪羊牛肉、羊排猪排等就把两个大冰箱装得满满的，鲜鸡蛋足足有一大桶，还有咸鸭蛋一桶，萝卜包菜榨菜菜心一大袋……

居家的日子,也是各司其职。上课的上课,学习的学习,一家人围坐餐桌前，婆婆总会打趣地说："多亏湖南奶奶想得周全，满满的一后备厢食物让我们居家隔离的日子有了底气！"

这些底气部分滋长于母亲的菜园。

母亲的菜园子不大，据点分散，屋前屋后的空地，山边角落旮旯处，她都能开辟出来种菜。园子里四季常青，这一波时令菜吃完，下一波菜又长起来了，一茬一茬，各色菜不仅能自给三大家子，还能送给邻居们，甚至还有拿到集市上卖的。用母亲的话说就是，要不误时令，合理利用，提早准备。

年前，哥哥屋前的空地被母亲拾掇出来种上了豌豆，长势极好的豌豆苗急需搭棚架，趁天晴，母亲领头干活了。

“走走走，放下手机，今天天晴，都活动活动筋骨，一起搭豆苗架去，还不除草搭架，三四月就没有豌豆吃了！”

说干就干,母亲布置了任务,我负责松土,父亲挑肥浇根,母亲整理好架子,弟弟负责插竿子。

“还莫说，妈妈你还挺有前瞻性的，架子签都准备好了！”弟弟一边从妈妈手中接过签子一边说。

“那当然，秋天的时候，刚好要整理竹林，我就想到搭豌豆架用得上！不多想想以后，用的时候再去准备，怎么来得及？”母亲一边去掉竹子上干枯的竹叶，一边看向我，“这叫作什么来着，辉辉？”

“未雨绸缪！”在一旁洗鞋子的侄女抢在我回答之前应道。

“对对对，脑海里要经常想想以后的事情，要不我的菜园子就会青黄不接呀！”母亲颇为自豪地说道。

人多力量大，不一会儿，大片的豌豆棚架搭好了，母亲起身捶捶腰，脸上笑开了花。

“哇，到时候开花了，真好看，紫的白的花，绿的叶，想想都好看！”我憧憬道。

“到时候，给你们发视频看，等豆熟了，给你们寄过去！”母亲呵呵笑道。

细细看，眼前不就绿意盈眼，花枝招展，蝶舞翩翩了吗？

乡下的日子，向下有扎根的沃土，向上有生长的执念，就像母亲园子里的每一株菜一样，都并行于时令，有现在，有未来，有生机，有活力！

母亲的未雨绸缪，日子的熠熠生辉，都有根！

清洁的白菜

小时候，餐桌上永远有白菜的身影。

在农村，最不缺的就是白菜，随便哪个地方，除去杂草，平整土面，撒上白菜籽，浇上水，如果气温低，盖上一层薄膜，等一周左右就有小白菜吃，待长大点，就移栽到菜地里，让它们长成大白菜，一开始是一片叶一片叶撇来吃，待到冬末春初不怎么长叶的时候，白菜就会抽薹。

白菜薹不仅是记忆中的美味，样子还妩媚。园子里，整齐的菜垄上，白菜薹就那样亭亭玉立地站在阳光里，叶片像亭亭的舞女的裙。叶茎上，托着含苞欲放的菜花苞，有的泛着点点鹅黄，有的黄得灿烂。

白菜生命力顽强，只要有个分支就长一根菜薹，摘了以后还长，直到来年立春以后，所有的营养倾尽，身上的全部细胞开始迅速老化，抽出的菜薹也瘦骨嶙峋，一失以前的鲜嫩才不再生长。但那时候它们还不忘竭尽全力，牺牲自己，为人们呈上金黄黄的菜花，引来蜜蜂，招来游客，游客们往那黄灿灿的菜花里一钻，顿时觉得神清气爽！这样的阳春三月，这样美滋滋的心情，好像才不负它们曾经的成长。

蜜蜂采蜜后，花瓣凋零，就到了白菜打籽的时候。留出来年的菜籽后，剩余的就可以榨油。菜油很香，但是因为没有脂肪，油水少，在肉食相当少的年代，一般都不吃，因为容易肚子饿。但是现在却是难得的纯绿色食品。

所以，从入秋直到来年三四月，白菜是不会断的。现在，白菜一年四季都出现在我们的餐桌上。

这么多年来，我一直纳闷，明明我们吃的是青颜色的菜，为什么都称之为白菜呢？我问过母亲，母亲说多吃青菜没有病痛，百病除，身体好，所以就取谐音称白菜了吧。母亲的解释我当时是信以为真的，直到后来我才知道，青菜又叫小白菜，颜色深绿，属十字花科白菜变种，它有补骨髓、壮筋骨、润脏腑、利脏器、益心力，去结气、清热止痛，强身健体、保持血管弹性、润泽皮肤、延缓衰老、防癌抗癌的功效，青菜菜薹更是营养价值极高，对于发育期的孩子来说，多吃青菜是补充必需营养的最佳途径之一，于是人送美名“抗癌蔬菜”。

“百菜不如白菜”。

我知道这些还是源于那次的积食，上高二那会儿，学习压力大，加之在校很少吃蔬菜，上火很厉害，积食了。母亲得知后，什么都没有说，挎着菜篮，疾步到菜园，拔回一棵大白菜，开水一烫，让我就着茶油连续吃了两天，莫说，还真的有奇效。至此，母亲的牵挂里就多了这一条。以后，每次吃白菜，我总会想起母亲种白菜时流着的艰辛的汗珠、看我们吃白菜时满足的微笑、为我煮白菜时脸上挂着的种种焦急……

叫白菜为青菜，在我的记忆中，每年就只有唯一的一次。正月初一的早餐，也就是每年的第一顿饭，那时候母亲把白菜叫青菜。母亲总是一边给我们夹上青菜一边说：“喏，吃青菜，一年里身体清清洁洁，健健康康！”这时候的青菜就寓意“清清洁洁”。每年的第一口吃食一定是母亲微笑着虔诚地给我们夹的青菜，至今思来，依然那样碧绿碧绿着！

一天一天，一顿一顿，一口一口……白菜就这样被我们吃进了成长的岁月里，祝福我们平平安安，健健康康，清清洁洁！

念念不忘

老家的秋天，总是那样不热不燥，风轻云淡，就像井井有条忙生活的母亲一样，一切都是那样熨帖自然。

“空阔透天，鸟飞如鸟；水清澈地，鱼行似鱼。”夏尽之时，屋檐下的那巢燕儿们，应该已经打包好了行李，在往北飞的路上了吧！

发现有燕巢的时候，已经有几个连成一片了，我数过，四只燕子是常住“人口”，偶尔有朋友“造访”。

每年早春之时，我特别喜欢看它们衔泥补巢、筑巢的忙碌场景。它们衔起一条条树枝、一根根野草、一粒粒泥土、一片片树叶，在早春温润的天空中飞来飞去，就这样开始垒出它们一年的温暖时光，颇有“燕子来时新社，梨花落后清明”的幽雅意境，亦如“一年之计在于春”一般，春播耕种，忙忙碌碌出一年的所有希望。

夕阳下山之际，炊烟袅袅，倦鸟归巢。

特别感动于这样的画面：巢里，小燕子探身巢外的叽叽喳喳声，应和着归巢的家禽鸡鸭声，互动声中我们总能投去担忧（忧其掉下）和牵挂（是否饥饿）之情，这样的忧虑中总能被在厨房忙碌的母亲看出来：

“没有关系的，燕子妈妈一定能听到呼唤声的，不用挂念。”母亲一边用围裙揩揩手，一边说道，眼里是满满的慈爱。

关于燕巢，我听父亲说过，新屋刚建不久，就有燕子来我家堂屋前的屋檐梁柱上灯座旁边，一点一点衔新泥开始安家，时值早春，天还微寒，当时父母担心巢干得慢，担心小燕子怕冷，又很急切地想为燕子们点盏回家的灯，所以他们做了一件我至今忆起仍觉温馨无比的事情：把灯亮了十来天，无论白天黑夜。

在我家房梁上，燕儿们硬是欢腾出了一片天地。但是，燕儿们的生活粪便也影响了地面的清洁与“视容”。于是，父母干脆趁势垒出了一个花坛。说是花坛，其实就是用砖块水泥砌成的花盆，放上泥土，混着从天而降的肥料，种上几棵月季，就能喧闹出一片鸟语花香，母亲说花鸟相映成趣，这样才热闹，才喜庆！巢下月季花开，檐上鸟语相鸣，它们用它们的语言相约每年的重逢。

“几处早莺争暖树，谁家新燕啄春泥。”

每到早春，异地他乡，心中升腾起来的牵挂总会酝酿成浓浓的遐思：燕巢今年又会多几许？梁间的呢喃声又声声几许呢？历经南北迁徙的它们，在纵横交错的经纬度上，如何精准地找到茫茫人海中那屋檐下的“家”呢？我想它们一定自带定位系统，那定位系统的设置一定是心心为念，念念不忘的那个叫“家”的起始点。要不，春去秋来中，巢不换，燕定归，是如何如此地精准呢？

今心为念，念念不忘；未来可期，必有回响。随时随处，我们也需定位那个“家”的地方，因为那里有凝结了精彩生命的爱的呼唤；因为那里，有所有念念不忘的回响；因为那里，有清清澈澈的爱的泉源……

只为一个念想

窗外，阳光依旧暖暖地打着转，伸着懒腰，丝毫没有退场的味道。也好，今年寒冬应该不冷。我这样自顾自絮絮叨叨的时候，手机短信再一次响起：

“今天自愿参加献血的老师注意了，带上身份证，吃好早餐，八点校门口集合，准时出发，前往区府。”

每年，我都会自愿参加献血活动，不是为了每年生日的时候，按时发来的那一条生日祝福，也不是每年献血后定时发来的那条说我献的血已用于临床的感谢语。当然，每次接到这两条信息的时候，内心还是挺自豪和愉悦的。

但是，只有我自己知道，我每年这样地坚持只为一个念想。

小时候，家里并不很富裕，那时候赚钱的门路不多，但要强的母亲总能开发出各种补给家用的“赚钱”方法。除了种时令蔬菜外，母亲还会以采摘茶叶、晒干菜等方式赚钱，贴补家用。

突然有一天，母亲打断写作业的我，一本正经地问道：

“辉辉，你读过书，你知道献血对人身体有什么不好的吗？”

“人体本身有造血功能，献血对身体也有一定的好处，能促进血液循环……但是不能多献。”我记得的是当时刚好生物老师说到过这个知识点。

没隔多久的一个早上，四点多点，母亲就早早起来忙开了，说要和一个邻居阿姨一起去献血，因为要去市里，路远怕肚子饿。得知献血又不能吃太油腻的东西，因为怕检查不合格，一边交代我和弟弟的早餐情况，一边随意吃口白开水泡饭就出发了。

每次献血回来，母亲总带回些好吃的，但是我却总是难以下咽。

因为母亲说，虽说是自愿献血，但是也会给四十块钱的。四十块，在当时来说，可不是一个小数目呢！在我看来，这就是变相地在卖血。我劝说过母亲很多次，不要这样做了，身体吃不消的，因为父亲在外做点小生意，母亲是家里的出力大户。母亲只是笑而不答地说，没有关系，她的身体强壮得很！

因为辛勤地劳作，加上没有营养的补给，母亲献几次血后，还是明显感觉身体有些吃不消。再渐渐，生活水平提高了，母亲便不再去献血了。

读大学那会儿，学校来了一辆献血车，我出于好奇想知道自己的血型，加上也想体验一下当时母亲起早贪黑去献血的心情，我第一次献血成功了。

当我无比开心自豪地把献血证给母亲看的时候，母亲若有所思地说：

“其实我们那个时候献血会给钱。如果不是因为需要钱，我也不会要钱的，直接无偿献给需要血的陌生人，该多好！反正血还可以再生，拿钱还玷污了献血两个字。”母亲看着鲜红的献血证，陷入了沉思。

无偿献给需要血的陌生人，该多好！我记住了这句话。我想换作现在，母亲依旧年轻的话，她一定会义无反顾地加入我们自愿献血的行列。

每次献完血，我脑海中总会闪现那个消失在昏暗灯光圈外的母亲的身影。

真的不为其他，很多时候，我们坚持做一件事情，也许并不仅仅只是为了生活，更多的是只为一个念想，就是自己身体还行还允许献血，并且自己献的血还能用到临床上，免不免费不知道，只是如果有一天真的能免费地给素不相识的人用的话，或许更显出血的无价吧！亦如母亲朴素的念想：“直接无偿献给需要的陌生人，该多好！”

为了每年的自愿献血，为了能让我的血对陌生人能更多地发挥点小小的余热，我坚持锻炼。真的不是为了“献血光荣”，真的仅仅只为一个念想，一个朴素得不能再朴素的念想，一个让爱流淌的执念！

前几天，打电话叫母亲来温州住上一段时间，她说园子里的土豆快要收了，还养了百来只鸭子，也离不开人，还有……

也是的，母亲属于忙碌而又平实且有根的生活。

我不喜欢夏天和冬天，家乡的这两个季节，一个太热一个太冷，母亲的腿脚怕冷畏寒，大夏天不能吹空调，难受得很；大冬天干活太冷，手经常冻僵硬，这也是身在异地他乡的我心头永远的牵挂。

熬过冬天便是春，在生活的春秋里，母亲忙碌的身影，又该给予我们多少生活的底气呀。

母亲总是用她的身体力行，诠释着我们一生追求的幸福，告诉我们所有的幸福不在过去，也不在未来，在每一个未雨绸缪中自然而然来到的当下，眼中有风景，碗中有吃食，身边人健在，这是何等高贵的幸福标配呀。

生活是一本书，母亲虽然不识字，却总能把生活这本书写得这么有深度、有厚度，还有韵味。

（本文荣获 2023 年全国青年作家文学大赛散文组一等奖）

作者简介：秦益辉，女，青年作家网签约作家。最喜闲时读文写字，赏花跑步；最乐文字与涂鸦，为心絮窝，为生活蓄能；最愿借书之光亮心，借字之力度己。

清明想奶奶了

马沈岐

奶奶像只老鹰，小的时候这种感觉一直延续到今，为什么会有这种感觉，说不清楚，许是父亲一瞪我，奶奶就瞪父亲，然后父亲就乖乖的和颜善目了；母亲要揍我，奶奶就护着我，少了一顿揍。小时候调皮，常干些大人不让干的事情，那些事情都是有危险的，比如爬树上房，比如从平房顶上往下跳比胆量，比如看谁在井边坐的时间长，等等，长大了想想都挺可怕的，万一失足，那可真就看不到第二天的太阳了。

父母那时候工作忙，也没耐心给我讲道理，主要是他们没有接受过怎么带孩子的教育，按照传统的教育孩子方式放养，长成什么样就看造化吧。小时候挺想学扬琴的，看着大人拨弄琴弦，弹出好听的曲子，感觉特别的新鲜，好奇。但父母坚决不给买，即使在商店看到，我躺到地上要赖皮也没用。那时候三四岁，哪知道父母的难处呢！小孩子在大人不满足自己的欲望时，过一会儿也就忘了这回事了。

有点记忆的时候，常被母亲送到东家待一天，送到西家住一天，母亲要上班，父亲经常性地出差，没人看管我成了一件令人头痛的事情。

奶奶来家的那一天，我的印象挺深，她穿着一身黑棉衣棉裤，裹着裤腿，一双三角形的小脚，走路一扭一扭的，因为跟母亲穿的裤子不一样，脚也不一样，所以我印象挺深。

头一次见奶奶我感觉很陌生，怯怯地躲在门后，好奇地看着被称为奶奶的人。父亲让我叫奶奶，我吓得没敢叫。不给父亲面子，父亲就吹胡子瞪眼，奶奶瞪了父亲一眼，父亲立马老实了。奶奶从个布袋子里掏出核桃、枣、柿饼，说着我听不懂的话，拿个红枣就往我嘴里塞，我一吃甜甜的，就大着胆子吃了起来。

我们家那时候住的是单位的房子，二楼两间房，奶奶和我住外间，两个长条凳架得木板床，一动起来咯吱乱响。从奶奶来住，这种响声就一直陪伴着我和奶奶，时间一长就习惯了。

奶奶到我们家就没闲着过，每天早早地就起来下楼捅炉子。那时候烧的煤球炉子火不旺，烧壶水得半天时间，早晨要是起晚了，就做不好饭，搞得都很紧张。到上小学时，我的年龄还差半岁，上学报不上名，急得父母亲没办法，因为我不上学家里就有负担，白天奶奶管不住我，让父母操心。在父亲的好朋友缑叔叔帮忙下，在第二学期，我终于进学校上课了。也许是很不习惯吧，晚了一学期课程就跟不上了，考试一塌糊涂，气得老师来家访，拍着大腿说："你们这孩子太小，跟不上学习的。"

老师来告状，我就得挨顿揍，多亏奶奶护着我，免了一顿揍，我心里特别地感激奶奶。从那以后，我和奶奶的交流就多了起来，尤其喜欢听奶奶讲老家的事情，我想不出来，老家怎么还有那么多的亲戚，人可比我们这多多了，秋天种麦子，春天种玉米、豆子、瓜果、蔬菜，家里还养着鸡，山里有核桃树、柿子树、枣树，等等。收了秋好吃的东西可多了，馋得我真想立刻回到老家，去吃那么多的好东西。

我问奶奶叫什么名字，爷爷叫什么名字，还有其他人的名字。那么多人的名字记也记不下来，奶奶给我看她和爷爷的照片，这是我们家仅存的爷爷的照片。我没见过爷爷，听奶奶讲爷爷的故事，还真想见一见爷爷的。

看照片上的爷爷，应该是挺严肃的一个人，爷爷个子挺高，身子骨结实，肯定是地里干活的一把好手。爷爷和奶奶有四个孩子；我父亲和母亲有四个孩子，其中妹妹两岁时，因病去世，这是我一生的痛啊！留下的唯一照片就是一张合照。

奶奶在我们家住的时间不长，因为老家还有一大摊子事呢。奶奶走的时候我不在家，因此也没有送奶奶。剩下我一个人时，时常在夜里想起奶奶，奶奶讲的那些人和事，就如同我的血脉一样，那么远的地方有自己一家子的人。

奶奶第二个冬天又来到了我家，同样带了好多老家的东西，柿饼、大枣是我最喜欢吃的。奶奶的到来让我特别的高兴，问东问西的又知道了好多老家的事情，比如有多少地，种的什么粮食，老家为什么住在半山上，等等。现在想起来，奇怪自己那时候怎么会有那么多的问题？奶奶说过，我妹妹走得太可惜了，她聪明可爱，小嘴甜着呢，说到这常是一声叹息。

奶奶的身体不太好了，因为父亲领着奶奶去医院看了好几回病，奶奶不愿意去，说人老了谁还没个头疼脑热的毛病呢，不用大惊小怪的。家里有了张奶奶的照片，父亲说奶奶的照片拍得好，洗好了照片，给老家寄回去了好几张。

有一天我放学回家，家里没人。邻居的王阿姨告诉我，奶奶摔了一跤送医院了。我一听就急了，撂下书包就往外跑，王阿姨拽住我，让我在家等着，说你妈一会儿就回来了。我在王阿姨家一直等到天黑，王阿姨让我吃饭，我固执地不吃，趴在窗子上往楼下看着。

母亲回来叫醒我，我竟然在王阿姨家睡着了。妈妈眼里含着泪，哽咽地告诉我，奶奶去世了，在楼梯处摔的时候碰到头了，奶奶有高血压，结果血管破裂，到医院没抢救过来。我那时候没有人去世的概念，只想着要去医院接奶奶回来，我去了奶奶就会回来的。

奶奶走了，奶奶再也回不来了。父亲悲伤的样子我是头一次见，几天下来就看着人老了不少。奶奶去世后，奶奶常给我提起的亲戚来了不少，我看到这么多陌生又熟悉的人，心里慌慌地躲在门后看着他们，那种感觉我至今都记得，后来回老家，也常有人给我提起，这就是家里的渊源啊。奶奶被接回老家了，从此奶奶就成了夜空中的一颗星星，奶奶常说，人就是天上的一颗星星，你看着星星在眨眼睛，那就是你想的人在和你说话。奶奶走后，我时常仰望着天上的星星，奶奶说的话逐渐在模糊，在减少，但是奶奶的形象就定格在我保存的这张相片里了。奶奶是天上的一颗星星，奶奶走的时候大概是一九六四年初夏吧。如今奶奶走了快一个甲子年了，而我现在已经进入古稀之年了，想念我的奶奶，越老了越是思念得厉害，儿时的那些记忆深刻的片段已经深深印在我的脑海里了。天上的星星那么多，奶奶是哪一颗呢？

（本文荣获青年作家网 2023 年度优秀作品奖）

父亲母亲

马沈岐

没有记忆时的故事

我们中国的节日一般比较低调，没那么张扬，节日所涉及的多是大众化的祭祀先人，不忘祖德的活动。至于个人的亲情纪念，多是在家，小范围的自己祭奠一下。

亲情是共同的，父亲、母亲是儿女一生的话题，感恩父母用不着多么夸张的铺排，能回家陪陪父母就是最温暖的事。在人生中，最简单的事往往是最难办到的事。儿女长大了都是要远走高飞的，能陪在父母身边的儿女往往是少之又少，这又是人们最深的留在心底的那抹乡愁。

乡愁可贵，乡愁温馨，乡愁又很陌生，乡愁里就是有那传承的一脉幽深，将自己和宗族联系在一起，知道自己是从哪来的，到哪里去，自己是谁。

我们的父辈是第一批走出来的公家人，能走出家乡，说实在的，也是当年家乡的佼佼者。

父亲说过，老家在太行山里的平顺县实灰乡溯头村，光听这名字就能想象到父亲出生的地方有多么贫困。我们家是怎么到这里落户的，这是懂事后我向父亲提的一个问题。父亲说，村子是沿着山坡一直建到山顶上的，至于这个村子是什么时候在这里建起来的，父亲说印象中听老人讲过，我们家的祖上是从林县逃荒过来的，在这里落脚，有了自家的窑洞，开辟了耕地，延续下来了。据传，家中有一张追溯到唐朝的挂图族谱，我回老家时看到过这张图，但显示的都是些空白的牌位，可信度并不太大。

我父亲说，他小时候得了一场大病，人烧得几乎没了性命，也许是老天爷不忍，在缺医少药的太行山深处，他活下来了，这真是个奇迹。一九四五年父亲在村办的小学以第一名的成绩毕业，平顺县委急需补充有文化的人加入干部队伍，我父亲于次年走上了革命道路，那时候有个小学毕业的文凭已经算是知识分子了。听父亲说，他在县里搞的是民运工作，当时的主要任务就是招募农民参军，在极度穷困的条件下，吃粮当兵也是一条不挨饿的出路。父亲说，他招兵，最多时一天就能招到两个营的兵力。都是饥饿难耐的农民，给两个玉米面饼子就跟着带队的人走了。这些人哪里懂得当兵打仗呢，当时战场急缺兵源，而这些农民拿着铁锹、三股叉、镢头、木棍就上了战场。我二伯就是这么被招兵的，在路上捡了根木棍，算是有了武器。走了一天一夜人困马乏时，听到了前边传来枪炮声，人群一下子就紧张起来了，二伯说，他腿肚子都吓得抽筋了。带队的人好不容易把大家带到一个破败不堪的村子，吃了窝头，喝了水，人算是有了点精神，休息了一晚上，第二天就有人带着上了战场。当时是边打仗边学的，有那二杆子一听说冲，啥也不顾的空着手就往上冲，喊都喊不住。

打仗能活下来的都是人精，我二伯说，他趴在战壕里吓得都不敢动，听到枪声稀了，才壮着胆子爬起来看看，刚爬起来啥也没看到时，就觉着肚子被谁打了一拳，人就失去了知觉。等他醒来时，战场上早已是空无一人了，刚要动身子，就觉得一阵剧痛袭来，自己昏厥了过去，等他再次醒来时，才发现自己的肠子都流在外面，鲜血和泥土搅和在一起。山里的夜很凉，我二伯忍着剧痛，将肠子塞进肚子里，拿腰带紧紧地将腰缠住，凭着记忆往家的方向走回。这一路是怎么走回来的，二伯无法描述了，我听二伯讲这段故事，已经是三十多年后的事了。

二伯没文化，连自己的名字也不会写，当时参加的是谁的部队，在哪个地方打的仗，部队领导是谁，他啥也不知道，自己承受了一辈子的病痛折磨。我二伯从战场上下来，拖着受伤的身体，挣扎着回到村子已经是一个礼拜后的事了，失血加上饥饿，人已经虚脱得不成样了，但二伯还是顽强地坚持着回到了村里。那时候村里也没个什么大夫，这么重的伤，只能由着村里的游医弄些草药给糊上。

二伯在家昏迷了有半个月后醒了过来，伤口一直在流脓，经常地发烧，直到新中国成立后到长治的大医院做了手术，埋了根橡胶管引流。埋着的管子一直到他去世。二伯父顽强，乐观，在家还能下地干点农活，活到八十二岁去世。

我父亲在平顺县工作了一年多的时间。在华北地区，武安、涉县是最大的战争物资转运中心，那里急需工作人员，父亲就被调到武涉地区货物物资转运中心，将大量的军备物资分配到各战区。具体的工作父亲没有多讲，那么大的物资储备的转运工作，其工作量是可想而知的。等到新中国成立时，物资转运站撤销审查账务时，父亲说，他的账目是最清楚的，没有一分钱的差错。光听父亲讲的这一点，我就非常佩服我的父亲。

新中国成立后重新分配工作时，父亲说，当时给了他两个选择，一个是去新乡当轻工业局局长，另一个去向是到北京一级部，担任共青团书记一职。父亲想去北京，看看北京那个光听说没见过的皇城。于是，父亲被分配到一级部，当了团支部书记。

工作生活都安定下来后，就有人给父亲介绍对象了。我母亲当时是在幼稚园当保育员，她的家在河北正定县，中专毕业后，刚好北京来县城招毕业的学生，母亲是个非常自立的人，要离开家乡去外面看看，从没有离开过家的母亲既忐忑又兴奋，父母不愿意让闺女离家，外面的世界是个什么样子，家里的人哪能晓得。另外，母亲的哥哥，在铁路学校毕业后分配到了太原火车站工作，离家远，没人照顾家里，因此也不愿意我母亲远离家。但我母亲去意已决，跟着招工的人离开家去了北京。

母亲说过，她和我父亲经人介绍认识后，回正定家里去见父母，我的姥姥姥爷不同意他们处对象。我父亲的老家很穷，太行山里出行都是很不便的，另外，他们嫌我父亲的个子比较低。这些我母亲都没在乎，不同意也由不得他们，就这样他们在北京结婚了。

我的父母亲结婚后不久，一级部就开始了动员年轻的干部和技术人员支援东北建设，父亲是团委书记，这种事是离不开他的，于是我父亲母亲离开了北京到沈阳轻工局工作，这一年调级涨工资，而我的父母新到一个单位，失去了这次调级和涨工资的机会。父母亲不知道，这样的事情只是个开始。我出生在沈阳铁西区旗帜街五十二号。那一年父母亲在离沈阳四十多公里远的村子搞四清工作，大年三十晚，一岁多的我高烧不退，父母亲看着我已经烧得昏厥过去了，再不抢救我将离开这个还没看清的世界。那时候没有任何交通工具，父母亲只好轮流地背着我跑了四十多公里的路到沈阳医院。东北的雪下得厚，这一路跑来是怎样的情况，长大后母亲告诉我，想来是多么难啊！到医院大夫看了看说，这孩子没希望了，你们准备后事吧。母亲大哭着不依不饶，跑了一晚上就是这样的结果，母亲说什么也接受不了。大夫没办法，只好安排我住下抢救，也就是尽份医生的职责吧。也许是我命不该绝，也许是东北的大冷天给我发烧的身体降了温，快到中午的时候我居然醒过来了。大夫说这是个奇迹。我长大后想，这是父母的爱拯救了我。

记忆开始的故事

国家的经济建设需要大批的干部支援西北的建设，我父母亲又被调到西安，分配到电线电缆厂，我父亲依然是任团委书记，母亲的工作是管理档案。这次调动工作，再一次让我的父母亲失去了调级和涨工资的机会。这种事情影响到后来让他们失去了很多的福利和退休的待遇，只是当时感觉不到也由不得自己。

我妹妹出生在西安，我四岁那年妹妹马西丽两岁，她聪明伶俐，长得漂亮，懂事得让人心疼。有一天下午母亲拿回来一根黄瓜，母亲舍不得吃，分给我和妹妹，我吃了没事，可是妹妹就闹起了肚子，一夜不停。熬到早晨，我母亲抱着妹妹，我跟在旁边往单位的医务室跑去。路上和妹妹聊天，还安慰她病好了我们一起拔草喂兔子。妹妹难受得脸都有点扭曲，但她仍是乐观地说着宽慰我们的话，看好了病就回家我们一块玩。

医务室只有一个年轻的护士在值班,大夫开会去了。护士给妹妹打上吊瓶，我和母亲守护在妹妹床边，从上午到下午，我和母亲是看着妹妹一点一点失去生命希望的。也是的，母亲那时候没有更多的经验，无治病资格的护士就这么耽误了抢救的时间。开了一天会的大夫，晚上八点多才回到医院，那时候我的妹妹已经撒手人寰了。这是我一生的痛，我和妹妹的合照是她留下的唯一照片。

二十世纪六十年代初我父母又被调到交通部（现交通运输部）公路勘察设计院，常年的野外勘查工作，让我觉得很少能见到父亲。

后来，父母的工作更忙了，我们这群孩子基本上是没人管了。那时候放学也没多少作业，在楼下的石台子上做完，就开始玩了。那时候玩的花样可丰富了，最爱玩的是官兵抓强盗，抓三角，拍洋片，玩砸锅，捉迷藏，掏鸟窝，捉知了，弹玻璃球，只要是能玩的那就是想着法的玩，除了玩也没别的啥想法。有个别的孩子学拉小提琴、二胡、京胡，有的学下象棋，但大部分孩子对那些是不屑一顾的。

然而没过多久，父母的工作又调动了，安排到煤田地质勘探研究所，父亲继续做他的人事科长工作。他那些从农村出来的堂兄弟们，都当上了领导。父亲曾指着报纸上的照片说：他是我们一块出来的，在部队干得好。我在地方上干工作，这一生频繁地调动工作，级别就如同生了根似的，再也动不了了。

我那时候不懂这些事，母亲倒是不以为然，劝说着我父亲，常说：人这一生咋活不是个活法，干好自己的工作就行。我母亲对待工作从来都是热情很高的，光是各种光荣证，摞在一块就有一两尺高。母亲是很不容易的，带着我们哥仨，度过了那段最艰难的日子。父亲的老家、母亲的老家、大伯二伯、舅妈无私地接纳了我们，给我们在最无助的时候一个安稳的家，这种恩情是要记一生的，感念一生的。

我下乡的时候，父亲又去了延安的五七干校学习劳动，家里只有母亲带着我年幼的两个弟弟，这种家庭生活最累的就是我们的母亲了。我下乡近两年后，地勘单位为了照顾艰苦工作的职工，下文招收子女进单位参加工作。

进了单位才明白，地勘单位已经有近十年没有招收过大学生了，连工人也没有招收。“文革”前毕业的那两届大学生，现在也都四十多岁了，单位严重地缺乏年轻人，尤其是能在一线工作的年轻人。我们被招进单位时什么也不懂，没办法，单位只好给我们办培训班，基础知识从初中开始，专业知识从普及开始。那时候的我们可以说是硬着头皮往里灌知识的，懂不懂不要紧，先学了再说，以后到了具体的工作中再去深入地学习。我们是边工作边学习，走着我们那个时代特殊的工作学习之路。

高考开始后，我又增加了一项备战高考的任务，但高考对于我来说，可真不是件容易的事。在考文理科上母亲和我的想法是截然相左的，我想考文科，但母亲坚决要我考理科，她从她的一生经验中确定了理科的重要性，但我是以失败告终的。幸好，我后来考上了职工大学，算是幸运的人吧。我的两个弟弟都是我们家的正牌大学生。父母为我们三兄弟高兴。

退休的生活

父母亲几乎是同年退休的，母亲比父亲小五岁。刚退休时，老两口精力充沛地游山玩水，那几年父母亲跑了不少地方，游览了名山大川。那段时间，应该是父母亲这一生过得最快乐的日子。但母亲的身体很快就不好了，在治疗过程中，母亲做肾脏体外超声波振石治疗。

后来，母亲的肾就急速地坏下来，排尿越来越少，不得不进行透析来排除身体内的杂质和水分。母亲开始进行血液透析后，身体状况是一年不如一年，开始时一个月透析一回，慢慢地在缩短透析时间，而且身体也是越来越瘦，母亲在和疾病进行着顽强的抗争。

父亲在照顾着母亲，大弟和父母住在一块，他的付出是很多的。我那时候的出差任务很多，不能照顾家庭，更不能陪伴母亲治病，心里愧得慌。我小弟在酒泉当兵，也是根本指望不上。母亲一直是乐观的，在与疾病抗争的日子里，真的是一直令我们心碎。

尿毒症夺走了母亲的生命，从那时候开始，父亲一下子就苍老了很多，陪伴自己的老伴走了，剩下父亲孤独的身影，我感受到了人生要承担太多的失去，看着父亲自己一人走在夕阳里，步履蹒跚，孤独从心里长出来，真是活着的老人的一大痛楚。

二弟有了孩子，给父亲带来了欢乐，带孙子成了他的乐趣。不过，父亲带孙子溺爱得不行，弄得我们也看不下去，孙子娇惯得不行，都多大了还是喂饭。唉，隔辈亲成了父亲情感的依靠，我们也不能多说什么。

父亲的脉搏跳得慢，一度每分钟只有三十次，我们赶紧送父亲到医院安装心脏起搏器。大夫介绍的起搏器有两种，一种是德国进口的，价格基本上是十万块钱；一种是国产的，比较便宜，三万多块钱吧。当然是进口的好了，我们给父亲装的是进口的，父亲的脉搏跳动正常后，整个人一下子都精神了。

父亲的孤独使他一度迷上了各种保健品，结果家里成了保健品的仓库，我们怎么劝他也听不进去，说多了还跟我们急。老年人的钱好骗，其实都是由于孤独。

时间长了这股子劲过去了，热情自然就消退了。一件事刚完，又来一件事，父亲又掉进集资骗局，损失的钱追不回来了，我们也不敢再提这事，害怕刺激到父亲。

父亲活到了九十岁，在最后的日子，我们实在是照顾不了了，只好把父亲送到私人办的养老院，选了家条件最好的，养老院有这方面的专职人员，照顾方面最起码比我们强。我们隔三岔五轮流着去看望父亲。老龄化的问题在今后的日子里会越来越严重，目前老人想在养老院有尊严地生活，说实在并不容易。

父亲走得安详，九十岁的高龄也是喜寿了。在追悼会上念着父亲一生的过往，那些生活中的细节就像过电影似的在眼前一幕一幕地闪过。我哽咽了，眼泪不由自主地流淌了下来。我们的父母亲啊，你们的一生走得不容易，但你们心中的信仰始终如一，在我动摇时的疑问中，你们告诉我的错我总会纠正，心总会安宁。

深情地怀念我们的父亲母亲！

（本文荣获青年作家网 2022 年度优秀作品奖）

八年不归路

马沈岐

在陕北神木的神盘公路建设期间，我们的施工队伍驻扎在了一个名为“墕”的村落。这个村子坐落在一座黄土山脊之上，距离黄河大约十五六里的路程。据村民所述，这个地方自古以来交通就极为不便，信息也颇为闭塞。外来者难以抵达，村里人也难以外出。而现在，随着公路的修建，村子也通了电，一些年轻人外出经商，手中逐渐积累了一定的财富。因此，村里开始安装了电话和电视，使得这个原本寂静的山村也开始变得热闹起来。当我们初次抵达时，只见沟壑纵横，一片荒凉，茅草在春风中摇曳不定，而连绵的山峦则一直向远方延伸。

住在“墕”这个村子里，时光仿佛都慢了下来。清晨，鸟鸣清脆，声音婉转悦耳，在山谷间回荡，每一声鸟叫都带有长长的回音，仿佛是大自然的乐章。而每当晨曦初露，大公鸡那响亮的报晓声更是穿透了整个山谷，唤醒了沉睡中的村庄。

在这里，人们的时间观念并不那么强烈。太阳的升起与落下，自然而然地成了村民们日复一日、年复一年的生活节奏。每当太阳初升，村民们便开始了新一天的劳作；而当太阳落下，他们便回到家中，享受那份宁静与欢乐。

然而，尽管村子已经通了电，也有了电视，但总体来说，这里的农民生活依然贫困。电费对他们来说是一笔不小的开销，因此大多数村民都舍不得用电，夜晚的村子依旧笼罩在一片漆黑之中。如果村民生了病或遭遇了灾害，由于经济条件有限，他们往往只能选择硬扛，无法得到及时有效的治疗。这个村子虽然美丽而宁静，但生活的艰辛也无处不在。

我们初到此地时，便深深感受到了这个偏远山村里民风的淳朴与善良。村民们对待我们这些外来的施工人员，表现出了极大的热情和宽容。他们慷慨地让我们使用家中的物品，而对于价钱，更是让我们自己说了算。在这里，讨价还价似乎是一种陌生的概念，村民们对此感到很不习惯。这种无私与信任，在商品流通发达的地方已经变得十分罕见。我们为能遇到这样一群真诚善良的人们而感到由衷的幸运和感激。

有一天，当我从山梁下穿行而过时，忽然听到梁上传来一个妇女的声音，她的口音明显不是本地的。出于好奇，我抬头问道："你是西安人吗？怎么会嫁到这里来了呢？"然而，那个妇女并未回答我的问题，只是默默地抱着孩子转身离去。旁边另一个妇女见状，冲我摆摆手，似乎在暗示我不要继续追问。

这一幕让我心中充满了疑惑。同时，我注意到村子里还有一个疯女人，她的口音也显示她并非本地人。我的好奇心被进一步激发，于是向房东打听这两个妇女的情况。然而，房东却含糊其词，似乎并不愿意透露太多信息。这种遮遮掩掩的态度，让我更加想要揭开这背后的故事。

由于工程需求，我们从村里招了一些民工，其中包括一位名叫满仓的村民，他的妻子就是上次我喊着跟她打招呼，她不理会我的那个女子。随着时间的推移，我们与满仓及村里的其他人逐渐熟络，从他们的交谈中，我们逐渐了解到了满仓妻子的故事。

满仓的妻子，其实是他花了很多钱从外地娶来的。如今，她已经完全适应了这里的生活，安心地与满仓共度日子，照顾他们的两个孩子。村支书曾轻松地提及："满仓，你这小子真是好福气。你岳父在咱们村里捡垃圾都两年多了。前不久，我在村外碰见他，老人家已经衰老不堪。他告诉我，他唯一的愿望就是能见见女儿，确认她平安就好。他表示只希望能得到我的帮助，安排他们见一面。"

村支书建议满仓考虑这个问题，毕竟他妻子现在已经稳定下来，不太可能再离开。我们听完都感到震惊，这样严重的问题在他们口中仿佛家常便饭。

我们半开玩笑地责怪满仓："你小子真是没心没肺，让人家姑娘受了八年的苦，还不让她和父亲团聚。你就不怕夜里有鬼来找你吗？"满仓只是傻傻地笑，然后默默地走到一旁抽烟。

村支书看着我们，解释道："你们外地人可能不理解，我们这里贫穷，很多男人到了三十多岁还找不到老婆。所以，当有人贩子带女人来这里时，我们只能花钱买媳妇。这确实是无奈之举。"他的话语中充满了对现实的苦涩和无奈。

确实，我们面临的是一个深层次的社会和文化问题，这不是简单的大道理或一时的援助所能彻底解决的。在传宗接代这个传统观念上，我们的思维方式与他们的确存在显著的差异，这使得双方沟通起来相当困难。山里的变化虽然缓慢，但确实在发生。这种变化需要时间，需要随着社会的整体进步和文化的逐渐交融来推动。我们可以做的是，尽可能地提供教育、信息和资源，帮助这里逐步改变，让他们有更多的选择和机会。

一天我到满仓家借东西，满仓不在家，就顺便和满仓家的媳妇聊了起来。

她叫红霞，是临潼人，跟我讲述了她的故事。

关于她父亲的情况，我暂时还不能告诉她，因为我对那方面了解得不多。村子里有许多复杂的事情，我们可能无法完全理解。但无论如何，看到她现在能平静地生活，我感到非常欣慰。

过了些日子，我们受邀去喝拜见岳父酒。在热闹的酒桌上，我意外地遇到了一个人——那个常到我们工地收废品的老人。我曾与他闲聊过，却没想到会在这样的场合重逢。

他的眼中含着泪水，一口接一口地喝着递到手中的白酒。那张历经沧桑的脸上，泛起了红晕，而生活的重压似乎让他的腰弯得更低了。几杯酒下肚，我拉他到大门外的土坎上坐下，担心这突如其来的喜悦会对他产生太大的冲击。

我们点燃了烟，老人开始倾诉他的心声："你不知道啊，我这些年受了多少苦！我的两个女儿去西安打工后，就杳无音信。我们全家急得像热锅上的蚂蚁，我更是整整三年在西安寻找她们。这三年里，我母亲因为担忧和上火病倒离世了；我老婆身体一直不好，加上女儿失踪的打击，她拒绝治疗，也跟着我母亲去了。我带着老三，只要有一点点消息，就会立刻去寻找，无论多么艰难，我都要找回我的女儿们。”

他继续说：“后来我打听到，人贩子把女孩卖到了陕北，我就把老三寄放在他叔叔家，一个人踏上了陕北的土地。我开始一个县一个县地打听，身无分文的我为了生计，开始捡破烂。渐渐地，我和当地的拾荒者熟络起来，有人告诉我女儿可能就在这一带。于是，我在塬这一带已经寻找了两年。我知道，即使我从买走我女儿的人家门口走过，他们也不会让我见到女儿的。但我不能放弃，我的女儿们受了太多苦，如果找不到她们，我无颜面对我的家人。感谢老天有眼，终于让我见到了大女儿，我这心里总算有了着落。”

我忍不住问：“那以后你打算怎么办呢？”他深吸一口烟，缓缓吐出，眼神坚定地说：“我还得继续找我的二女儿，现在我更有信心了。我已经告诉买我女儿的人，我不会报案了，只要我的女儿过得好，我就心满意足了。我不会成为孩子们的负担，我要回临潼去，那里才是我的家。”

我递给老人一根烟，替他点着。火红的烟头在黑夜里一亮一灭的。黄土高原上的夏末夜晚，凉意慢慢袭来。我站起来，面对着漆黑的夜晚，心里很沉重，苍凉的大西北，未来的大西北。

（本文荣获青年作家网 2023 年度优秀作品奖）

作者简介：马沈岐，一九八六年毕业于河南工程学院，二〇一八年被聘为河南工程学院客座教授。在中煤科工集团西安研究院有限公司工作，现已退休。出版诗集《马沈岐诗选》，在中国煤炭新闻网、中国作家诗歌网等网络平台上发表小说、诗歌若干。并有多篇文章在各类征文大赛中获奖。

生命涅槃

李　华

回　家

六月。我从近万米的高空降下，又转乘一趟列车，车窗外又是六月的淅沥小雨，细雨瞬间打湿了眼眶。站台上只有母亲单薄的身影，除此整个灰白的天空只有雨陪伴熨帖着只影归来的我……

送给母亲一个久违的拥抱！对着熟悉的城市武汉——我的家乡莞尔一笑！

雨点含情脉脉地拍打着我的肩膀，好似友人在背后突袭般的亲切问候。母亲说："打个的回家吧，我做好了鸡汤！"我感动得含着快要流下的泪花，回母亲道："让我走走吧！"

此时，思绪飘飞，心中荡起阵阵涟漪……一股久违的气息扑面而来，而我却是久别后陌生的游子。

两年了，此时在喧嚣的城市，我就如这天空中降下的微粒般的一滴雨。静静看着雨水坠落，滴进眼里，每一滴都裹着或欢喜或忧伤的回忆。

去也只影，回也伶仃。繁华景象却让我分不清南北，过去门前的石屋变成了街道，记忆也分成了两半，一半在路上寻，一半还在回头望……

异国的电话打散了聚集的惆怅，思绪随着眼前的小雨飘散……一声温暖的问候是友人的挂念。忧欢才下眉头，又织进心头。电话挂了，而这淅淅沥沥的小雨又打湿了刚温暖的心……

回家的步履迫不及待，逼近熟悉的景物，家中的摆设和离别时候一个样，

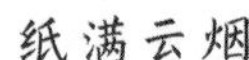

母亲说："总想着你回家的日子就在眼前，所以一直不曾改变。"平凡的感动，让我潸然落泪……再次触摸自己的物件，翻开写满心情的日记本，看着那一节节未完的篇章，又拾掇起一件件未了的心思，待我整理。

过往的每一缕轻风都让我回忆。那些日子里，飘下的落叶都若花开……可我的任性，却把拥有的一切丢进大海里，变作一条无泪的鱼……我悄无声息地潜水，今天又悄无声息地上岸。我想，我该去寻找那被遗落错过的一树花香，让我细嗅深情岁月！

回　忆

窗前穿梭的人群中没有你的影子，我捋了捋被风雨淋湿的头发，想找回遗失的记忆。拿出纸笔给你写信，散发油墨香味的书信是发给友人的最好请柬。

你来了，可我心如止水，却说相见不如怀念。你说你一直在找我，你说也一直想我，而我说我只是一条鱼，鱼知道海水的温度，而海却看不见鱼的眼泪。

点击一直灰色的QQ空间，一条条留言若片片雪花纷纷扬扬地扑面而来，看着一条条时间记录，让我懂得了你寻我的辛苦，字里行间简单的话语，是你无尽的忏悔……

而我怦然心动后的笃定内心是你无法触摸的痛楚！至少，我从不后悔当初的转身而去。因为，在我的生命里那一程是颓废虚度的光阴，我做了爱情的傀儡，而遗忘了生命的本质是璀璨、绽放。在有限的生命里，我不可以只陶醉于爱情的甜蜜而坠于只有你的红尘里……

我不眷恋于玫瑰花的艳丽，一夜晚风袭来，便是落叶飘零，我只欣赏小草的顽强和经历风雨蹂躏破土而出的勇敢。再情长的回忆，也抵不过岁月流年，我柔软的海绵心早已在深海的浸泡里沉淀出刚强，大海的深度是你永远丈量不出的难题，除非你也化作一条鱼……

踟蹰徘徊，终于放下，因为现在你有你的轨迹，我有我的方向……

爱情的逃兵

六月的小雨还在下着，我的离去和回归总是和风雨做伴，窗外纷飞的细雨催生着思念，有多少眼泪滑过脸颊，发霉的心绪蔓延到灵魂深处的每个角落。想忘的忘不掉……

夜不再妩媚，充斥着怜悯，空中飘落的雨滴毫无怜悯地拍打着善变的灵魂，一点一滴地湿润我的眼眶，是雨还是泪？扪心自问，早已无从辨别。曲终人散，那一年的转身注定剩下我孤独前行……

秋风那么凉！一抹晚风盈于心间。就在那秋风寒凉的季节，我把自己灌醉后，坐上了开往北方的列车，做了爱情的逃兵。

爱情的酒杯打碎，我的心也开始支离破碎。你的背影摇曳在前方的轨迹里。昨夜，我还在你的温度里；今夜，却就此别离，沐浴在秋风的寒凉里，指间最后的余温还未散去，但离别时你的决心却在我眼前挥之不去……

站台上弹响的情歌飞扬，我给你发了一条留言：也许放弃才能想起，不再想你，你才会把我记起……

脉　络

爱情华丽的外表下，我却遇见了荒芜，也曾固执地不肯收拾自己的旧情愫。曾经依偎在你的肩头是最初的序幕，如今各行其路是最后的落幕。爱情在这个落叶飘零、秋风萧瑟的季节，显得如此空灵。

生命，在指间飞扬，细小如丝的微粒演绎着不同的精彩，高唱着来自心灵的呐喊！我用手指轻轻作画，抛沙、漏沙、撒沙……我开始学习沙画，我把一切无声的生灵万物、世间百态、人生欢喜，用艺术去展现生命的震撼！

奇迹的产生源于内心深处灵魂的碰撞。爱情的画屏与匹配的旋律在我的指尖下却显得那般无力……我欣赏莎士比亚的文字和智慧——“我荒废了时间，时间却把我荒废了”。

爱情之玫瑰花的叶，在秋风寒凉的落雨时节凋零，我该循着生命的脉络去寻找哪一树菩提花？我一直在探索自己本身的价值，我曾过分看重他人在自己生命里的参与。于是，我曾荒芜了青春，颓废了年华，败行于人生的荒漠里。如今，我用睿智的大脑、明净的心、纯粹的眼神去看前方的行程，生命依旧可以重拾斑斓……

涅 槃

生命在岁月的年轮里涅槃，我看到老树在凛冽的寒风中更加挺拔，坚守着自己脚下的土地，凭肆虐风沙来袭也不畏惧，依旧在风雨飘摇后孕育出一枝枝的茂盛繁华，我愁烦那些灰白的云，不屑于那乌黑的天，但我要给老树点赞，它用博大胸襟绽放出又一轮生命的喜悦和丰盈！

我之所以如此感叹，感恩于老树在我眼前的一路陪伴……它激发了我对生命的热爱，剪去轻狂飘扬的长发，褪去庸俗的外衣，我以生命成长的哲理，把自己蜕变成一个安静、用心思考的女子。

你看，冬去春来，叶子和树不就是在履行着契约吗？又一轮的相恋，氤氲在天地之间的每个角落。还曾记得叶子戚戚然坠入尘土的悲凉、绝望吗？

那片我曾写下“伤心”二字的叶子，你收到了吗？把从前的一切思念化作历史，燃烧成灰烬吧！如枯萎的叶深深泯灭于尘埃中……

（本文荣获青年作家网 2023 年度优秀作品奖）

作者简介：李华，定居武汉。青年作家网文学会员，文学爱好者，热爱写作。在网络文学平台发表多篇文章，并在文学赛事中多次获奖。

晨夕朝暮间

赵美蓉

我们总是来去匆匆，在岁月的更迭里往复着春夏秋冬，在茫茫的路途中追逐流年。

有人数着年华，盼着长大；也有人在微风吹起的角落，期盼着花开的季节。这一路上，有悲欢离愁，也有清浅相逢；有年少的期许，也有晚年的感悟。伴着远近的光阴，层叠成斑斓若影的故事，浅画了我们的过往与今朝。

走过了很多路，也看过许多的景，曾春去时，为落花而伤；夏来时，因碧水而静。曾因遇见而欢喜，也曾因别离而伤愁；因时光老去而叹，也因岁月远去而念。这一切都抵不过转瞬而逝的年华和悄然间消散不见的往昔。

清晨醒来，当我们听见清脆的鸟鸣声，便可感知大自然有多神奇美妙。鸟儿动听的歌声，把我们从沉睡中唤醒，让我们感觉到晨风轻柔、晨光和煦。

好的运气从清晨开始。新的一天，愿我们晨起有微笑，心中有幸福；愿阳光洒满人间，幸福填满我们生活的每一天；心若向阳，生活才能绽放。

渐渐地，我发现院子里的花儿开了，开得那么鲜艳，那么婀娜多姿。你看，那边一丛，这边一簇。有的尽情绽放，有的还是花骨朵儿——说它们竞相开放也好，孤芳自赏也罢，因为，每一朵都各有各的颜色，各有各的姿态，还各有各的禀性。

在晨风中，爱锻炼的大叔大婶散步时路过这里，不停地赞赏花儿:“真美！美极了！”花儿们听了，涨红着脸，有的点头微笑，有的低头不语，有的却乐得摇头晃脑。

慢跑的青年人来了，想顺手带上几朵回去送给心上人。

青青绿草地，一眼望不到边际。当晨风吹拂，草的香味扑鼻而来的时候，我会昂起头，笑迎，轻风拂面而过，一切是那么柔软，那么令人舒爽、陶醉。金色的阳光洒满大地，绿色的草坪泛着闪亮的金光。我们来这里奔跑、打羽毛球，是何等快活、惬意。

夜幕降临了，亮起万家灯火。辛苦忙碌了一天的人们，渐渐安静下来，让自己疲惫的身心彻底放松，享受宁静的夜晚带来的无尽遐思。

晨夕朝暮间，一眨眼就是一天。有人说，一回头就是一年，一转身就是一辈子；也有人说，转眼一生，转身一世。时光飞逝，我们能做的，就是把握当下，过好属于自己的每一天。

（本文荣获青年作家网 2023 年度优秀作品奖）

银杏的风采

赵美蓉

此时此刻，我们行走在洁净宽阔的林荫道上，看到了一排排整整齐齐、高大挺拔、威武雄壮的银杏树，像严阵以待的士兵，气势非凡，彰显着银杏树的风采。

沿着马路两旁的林荫大道，径直向前走，有好几十公里的银杏树，直通到市区。银杏树上随风飘落的叶子是金黄色的，犹如一把把金子做成的薄薄的小扇子。

银杏叶，有大有小、形态各异，离开树，像一只只空中起舞的黄蝴蝶。

金光闪闪的银杏叶，铺得满地都是，很厚很厚；踩上去，深一脚、浅一脚，嘎吱嘎吱，人像是踩在海绵垫子上，松松软软。

在太阳的照射下，天空中闪着片片银杏叶的金光。银杏树给繁华的城市加以点缀，仿佛披上了“黄金甲”。

银杏树，别名白果树、公孙树、鸭掌树，可以长到四十多米，相当于十几层楼那么高。它的胸径可达四米。银杏树初期生长较慢，萌蘖性强。银杏树分雌雄株，雄株不结果。而雌株一般要在生长二十年以后才开始结果实。银杏树一般三四月开始萌动展叶，四五月开花，九十月份种子成熟，十月以后开始落叶。

银杏，是一种高大的落叶乔木，树身笔直、外形美观。银杏具有较强的抵抗病毒的能力和抗污染能力，在土层深厚、肥沃湿润、排水良好的地区生长最好，可以达到几千年的寿命。

银杏为喜光树种，喜阳耐寒耐旱，忌涝；深根性，对气候、土壤的适应性较强，能在夏季高温或冬季寒冷的地区生长。

银杏果，即白果——味甘、微苦、涩、性温、有小毒，具有生津、止渴、清热等功效，可入药，是营养丰富的高级滋补品，具有很高的食用价值、药用价值和保健价值，对人类健康有神奇的功效。

银杏叶，是人们进行手工制作的最好原材料。每到深秋时节，聪明伶俐、心灵手巧的手工制作爱好者们，会去拣拾一些银杏叶，制作出一些千姿百态、形状各异的手工制作工艺精品，以展示其独特的魅力和风采。

（本文荣获青年作家网 2022 年度优秀作品奖）

只为点缀这一片绿意

赵美蓉

今天我们迎来了夏天最后一个节气大暑，也要迎来一段“上蒸下煮”的酷热时光。

“赤日几时过，清风无处寻。”大暑，是一年中“最热烈”的时节。夏暑之月，寻一份清凉，神清气爽；揽清风入怀，伴明月生凉，舒舒服服过暑天，开开心心每一天。

这个世界上走得最快的便是时间，仿佛就在匆匆回眸的一瞬间，时光就从仲夏的绿意盎然，走到了酷热的七月。

大暑，让我们静下心来，细品岁月，邀清风做伴，请雨露滋润，待立秋之时，快乐亦会给予我们内心丰盈的回报。

做一个温暖向阳的人，持一颗素心，默默前行。往事不回头，余生笑着过。鲜衣怒马也好，素衣粗食也罢，只要眼中有光，心中有爱，生命就会明媚温暖，便能拥一份清凉，度一世清欢。

迎着徐徐的晨风，我慢慢来到荷塘，站在荷塘边放眼望去，大片大片的荷叶随着荷池中的水轻轻摇曳。

荷叶碧绿碧绿，有的铺在水中，是那么平展、那么大方。这时，你或许会看见——

铺在水中的一张张荷叶，会悠然地荡漾，漾起的波纹在晨光里闪耀着粼粼的光；再仔细看，那成片成片的荷叶上，有一颗颗晶莹剔透的，好似珍珠一般的水珠在滚动。

它们滚来滚去，是多么自由、潇洒，如同一个个小精灵，活泼、可爱；

又宛如一个个小天使，在这大好的清晨，在这充满绿意的荷的世界里，尽情展示天使般的“珠光宝气”，享受灵动而得意的风采。

“呱呱——呱呱——”青蛙王子跳上荷叶台，独唱一曲《荷花开》。池中有青蛙的“青青荷叶台”——荷叶台上蛙声阵阵，令人开怀。

再看那一束束挺立的荷叶，比平铺在水面的荷叶高出好大一截呢。

它们亭亭玉立在水面上，如同一把把撑开的小绿伞；借微微晨风精神抖擞，似乎感觉自己就是这荷塘的骄傲——今日高人一等的我，在此显摆一下又何妨?

看啊，高挑的荷叶上，也有大颗大颗滚动着的露珠。露珠不停地滚动，使荷叶晃得厉害，一不小心，调皮的小小露珠儿会叮咚一声，从叶面滚落到水里。

若晨阳出来了，小露珠们被一道道光线照射，便会渐渐化作水汽蒸发到空中。此时，你若再想去寻它们，它们却消失得无影无踪了，令人不免有些遗憾。

那一朵朵楚楚动人的荷花，最闪亮了。荷花上还停了一只特别可爱的小蜻蜓！粉色艳丽的荷花箭啊，真可谓是“万绿丛中一点红”“出淤泥而不染”。这不禁使我想起，像荷花箭一样纯洁高尚的人，一直默默无闻地坚守，从不倦怠，只为点缀这一片绿意。

再放眼望这满池的荷叶，有平铺舒展的，也有高高撑起绿叶大伞的，美不胜收。万绿丛中一点红的荷花箭，只为点缀这满池的荷叶。

（本文荣获青年作家网2023年度优秀作品奖）

读《徽州魂之忠烈有道》有感

赵美蓉

阳春三月，春暖花开。把烦琐的事全都放下，我端坐在书桌前，徐徐展开仍散发着墨香味的《徽州魂之忠烈有道》，这是青年作家汪鑫继《徽州魂之建吴称王》《徽州魂之率土归唐》之后，为“徽州魂”三部曲创作的收官之作。

数日之后，终于用心读完了第一遍，就整体的阅读体验来说，这本书给了我以下三方面比较深刻的印象。

书本装帧精致，让人爱不释手

手捧着《徽州魂之忠烈有道》，映入眼帘的是封面，紫、金、红三种饱满色彩的搭配，让我惊喜不已、爱不释手。

紫色封底搭配上金色的欧体书法——“徽州魂”及封面深红色的殿宇线描，在尽显尊贵的同时，更显示了整本书的古朴大气。

由此可见作者与出版团队独特的创意，以及深厚的艺术功底，同时也使得本书的内容主旨呼之欲出，真可谓是独具匠心。

全书人物刻画丝丝入扣，彰显大爱

对汪华“忠烈有道”的形象刻画可谓是丝丝入扣，彰显了其忠君爱民之心。

汪鑫凝聚十四年之心血，方才完成了历史纪传体小说《徽州魂》，生动再现了一千四百多年前的英雄汪华和他经历的那段历史。书中不仅为大家呈现了一个爱国爱民的英雄形象，也带大家见证了一个波澜壮阔的时代。

汪华,作为流传在徽州大地上被喻为“古徽州第一伟人”的人物,可谓是“古徽州的太阳”，是一位顶天立地的英雄。为了刻画好他的形象，作者不惜浓墨，穷尽细节。

在隋唐天下大乱之际，为保境安民，汪华毅然起兵统领江南六州，并建吴国称吴王，实施仁政，使百姓安居乐业。

后又为了天下一统，主动放弃王位，率土归唐，被唐高祖李渊封为上柱国、越国公、歙州刺史、持节江南六州军政，并主动配合朝廷出兵平定江南其他割据势力。

为避免君王猜疑，维护江南百姓安宁，汪华复请旨携带家眷前往长安。路途遥远、危机四伏，但其出其不意，最终顺利抵达长安。

初到长安，汪华化解了朝廷老臣的挑拨和皇帝李渊的猜疑，避开了太子李建成与秦王李世民之间的皇储之争，在玄武门之变时，又率兵保护秦王府。

由此，秦王给予了汪华莫大的信任。这份荣耀的获得，也使得汪华要承担更多的责任和使命。

李世民登基之后，汪华受到重用，执掌长安禁军二十余年，参辅朝政，忠君爱国，殚精竭虑；一切为国，一心为民，毫无私心杂念，既深得君王的青睐和器重，又深受百姓的爱戴和敬仰。

从这些内容中可以看出，作者着力刻画汪华的“为官之道”，那便是“上忠诚于天子君王，毫无二心；下珍爱于百姓臣民，倾心尽力”。说到底，就是汪华坚守忠烈之道，正因为如此，他才能在动荡不安的时代，身居高位却稳如磐石。

汪华病逝之后，李世民赐其谥号“忠烈”。汪华尽忠一生，无愧于那个气势磅礴的时代，无愧于天下苍生。

从作者的刻画中，读者看到了一位时代英雄，也不由得联想到中华民族数千年来无数的英雄。这种忠烈的精神不正是千百年来守护华夏热土、护佑一切苍生万物的精神瑰宝吗?

所以，汪华的精神魅力从未远去，一直影响着徽州大地的儿女们。徽州能有今天的发展，有大部分功劳源于汪华当年保江南六州太平、促进中原南迁的世家大族与山越族的大融合、大力发展教育和经济的一系列举措。

可以说，有了汪华精神的传承，才有了后来繁盛的徽州，而汪华文化也成了徽文化的重要源头，更是徽文化的灵魂。

故事情节张弛有度，人物描述栩栩如生

通过《徽州魂之忠烈有道》的“目录”可以看出，作者采用层层递进的叙事方式，使得整本书的故事情节跌宕起伏，并且在大开大合中做到张弛有度，从而扣人心弦。

作者在叙述每一个故事情节的时候不仅张弛有度，而且对于每一个故事发展的节奏也把握得恰到好处，并且始终以主线为基础，使故事脉络清晰明了，在展开故事情节中，对于人物形象的刻画更是栩栩如生。

为此，作者巧妙设置了人物的对话，尤其突显了汪华的语言表达力度，在至亲至爱之人面前，他风趣幽默，极有亲和力；而对待歹人他怒声呵斥，则表现出刚正不阿的一面，具有极强的威慑力。作者通过人物的对话，把主人公汪华爱憎分明的性格特征刻画得入木三分。

在本书中，故事与故事之间的过渡都很自然，可以说，这些匠心独运的过渡既是作者的点睛之笔，又是故事情节转换的生花妙笔。

通常，我们读一本书，读书中的故事，读故事中的人物……如果遇到一些错综复杂的故事，往往会使我们倍感扑朔迷离，如陷入迷雾中。

即便故事情节再复杂，可在汪鑫的笔下，却被梳理得有条不紊，从抽丝剥茧的描述中，让读者很清晰地读懂了汪华，也感知到汪华从“小我”到“大我”的涅槃重生，最终成为让后人仰望的灯塔这一历程。

整体看来，我在品读《徽州魂之忠烈有道》时，获得了很好的阅读体验，

不仅感受到了扣人心弦的故事情节，而且也品尝到自己探索的惊喜。

遨游书中，如同穿越时空，回到了一千四百年前那战乱的年代，随着作者的思绪，拨开尘封已久的历史迷雾，探求历史长河里的一盏盏明灯。

《徽州魂之忠烈有道》传承着生生不息的汪华文化及精神，也让成千上万的读者吸收到更多的精神养分。

这种阅读体验带给我们的何尝不是一种享受、一次灵魂的升华？更可喜的是，汪华的家国情怀、忠烈有道，不正是我们中华民族复兴征程上应具有的品质与作风吗？

阅读一本好书，能让我们触及灵魂深处，《徽州魂之忠烈有道》就很容易拨动我的心弦，委实值得一看！

（本文荣获青年作家网2023年度优秀书评奖）

作者简介：赵美蓉、笔名安蓉，讲师，青年作家网优秀作家、诗人，深圳市作家协会会员、湖南省网络会员、中国散文学会会员。多部作品入选《岁月之歌》《花开四季》《呦呦鹿鸣》《青青子衿》《清风文学》《文学月报》《中国教师报》《中国创新导刊》《中国农村教育》《上饶教育》等书刊。

爸爸的清风吹拂着我的夏天

曹　扬

这个夏天，我差点就失去了爸爸。

上周六清晨六点，弟弟突然打电话说爸爸脑梗，快不行了，我和老公瞬间惊起，胡乱套了件衣服就奔往我家。一路小跑到家门口，看着停在门前的救护车，恐惧一下子涌上我的心头，眼泪瞬间像是决堤的洪水流个不停。走进家里，拨开围观的人群，爸爸已昏迷不醒，医务人员迅速地用担架把他抬到救护车上准备送往医院。弟弟和妈妈在救护车上陪护，我和老公还有幺爷只能开车跟随。在路上，幺爷一直说："不要哭哭啼啼，你爸看见了更担心。"想着作为老大，我应该要冷静，于是深吸了口气，硬是把泪水憋了回去。

救护车一路畅通，爸爸很快就被送到医院抢救，医生说还好爸爸早上吃了一颗溶血栓的药，加上送得及时，这才得以从鬼门关捡回了一条命。爸爸下午醒了，除了头晕，说话、活动都很正常。经过一个星期的调理，爸爸出院了，而这一次的惊魂，让我再次深刻理解了那句话："父母在，人生尚有来处；父母去，人生只剩归途。"

爸爸在我们当地是小有名气的厨师，各家操办大事都会请他出席。所以他出院刚到家，就有大波的人来探望。爸爸是个爱学习的人，只要是网上新出的菜品，他很快就会做给我们吃，从小吃他做的菜长大，让我的味蕾很是挑剔，觉得其他人做的菜都不可口。为了能天天吃爸爸做的菜，我放弃留在大城市的机会，考回老家，就连嫁人也是选了当地人当老公，离我家只有几分钟路程，方便随时回家蹭饭。

最近因为工作忙，常常忘记年月，要不是清晨六点收到爸爸发来的生日祝福消息，我都差点错过了自己的三十岁生日。本来想着在单位随便吃点，可爸爸打电话来说：“我宝贝女儿的三十岁生日怎么能这么草率？想吃什么爸爸给你做！”我说：“你身体刚恢复，就别折腾了。”爸爸说：“没事，我就是想做饭给闺女吃。”爸爸的话说得我鼻头发酸，于是我点菜，让爸爸做干锅鸡。

下班回家，发现爸爸不仅做了干锅鸡，还给我炖了母鸡汤，他说我小时候最爱喝他炖的汤了。看着爸爸眼里的宠爱，我不由得想起抖音里很火的一个视频：一家四口外出旅行，儿子说妈妈总是默默地奉献，在镜头里是他们故事的配角，可在生活中却是主角，照顾他们及女儿的饮食起居，悄悄地宠爱着他们。

我的爸爸也是这样，他给予我的爱，像是夏日里的清风，一直吹拂着我的夏天。很多时候，我们的视线，只关注生命里的波澜壮阔，却忘了身边的细水长流。生活中的一蔬一饭、三餐四季、唠唠叨叨都是父母小心翼翼的爱，请珍惜与父母相处的时光，因为没有人能预知亲情倒计时会在哪一个刹那走到尽头，不要等到“子欲养而亲不待”时，才悔之晚矣。

我庆幸自己明白得不算太晚，愿以后的很多很多个夏天，我和爸爸都能互相陪伴。

（本文荣获青年作家网2023年度优秀作品奖）

作者简介：曹扬，贵州省赫章县人，青年作家网签约作家，头条历史领域优秀作者，文字常见于《厦门集美报》和各网络平台公众号。

畅游天涯

杨七芝

在人间一隅，有一位历经风霜的南方行者，虽然岁月已在她身上留下痕迹，但她的内心依旧坚忍如初。她承载着过往的沉重记忆，如同身负十字架，独自穿越荒无人烟的沙漠，踽踽独行。那双鬓染霜的发丝，见证了她不屈的旅程。然而，她选择了自由，选择了浪迹天涯，希望在大自然的怀抱中，寻觅内心的宁静。

离家后，她仿佛在广袤无垠的沙漠中漂泊，以天为幕，以风餐露宿为伴。干粮耗尽，水源枯竭，前路茫茫，生存的希望似乎如风中残烛。但她仍坚定地前行，因为她深知，唯有历经世间艰辛，方能领悟生命的真谛。

经过无数个日夜的跋涉，风霜雨雪与沙尘暴的洗礼，她终于走出了那片荒芜的沙漠。当前方出现一片郁郁葱葱的森林和碧波荡漾的湖泊时，她欣喜若狂，奔向了那片充满生机的胡杨林。在这里，她与古老的神树相遇，跨越了死亡的边界；她双手捧起清澈的湖水，热泪盈眶地滋润着干涸的生命。

此刻，她深刻感受到生命从绝境中重生的珍贵，一颗感恩的心在她胸中涌动。随着《蒙古人》的旋律轻轻响起，她激情澎湃，思绪万千。于是，她即兴创作了一首悲壮而激昂的歌曲——《生如胡杨》，歌颂着胡杨树的坚韧与精神。

她的生命旅程充满了艺术与激情。她自幼酷爱音乐，学习越剧、新歌、竹笛、二胡、扬琴，甚至挑战最艰难的古琴。她的心血与时光都倾注在艺术之中。在文工团的日子里，她奋力拼搏，屡获荣誉，那些辉煌的时刻至今仍为人传颂。

然而，人生之路布满荆棘，难以一帆风顺。在生命的后半程，她毅然放弃了曾经的荣耀，转而投身于书画、写作与歌唱。这些活动成了她艺术的源泉、心灵的呐喊和灵魂的净土。她希望用这些方式洗涤内心的尘埃，抚慰历经磨难的心灵。

壮美的胡杨林成为她精神上的圣地。在这里，她找到了生命的希望与力量。胡杨告诉她：生命既包含漫长的等待，也孕育着奋发向前的希望。特别是当她遇到那些无私相助的贵人时，“一见如故、相见恨晚”的温暖与感动深深烙印在她的心头。

心怀虔诚，她无惧一切困难，追求着内心的自由与顺畅。当她躺在胡杨林畔与这片神秘的自然相约时，仿佛重返那个遥远的杏花村落。在古色古香的长廊上，她轻啜香茶，打开手机音乐，放声歌唱。她的歌声清脆悠扬，引得行人纷纷驻足聆听。

在歌声中，她感受到了生命的欢愉与对上苍的感激。她明白红尘中的每一次相遇都是难得的缘分，因此她格外珍惜与每一个人的相识与相知。

夜幕降临时分，青石板铺就的小径显得格外幽静而神秘。华灯初上，行人稀少。她仿佛穿越时空隧道与那些远古的文人墨客在修复的明代古战场上相遇，而河边的渔夫们则静默地坐着垂钓等待愿者上钩。这种远离尘嚣的肃穆氛围让她感受到每一步都充满庄重与敬畏。

然而在这静谧的夜晚，她的内心却涌动着无尽的激情与活力。她继续唱着歌儿，在歌声中寻觅到了心灵的归宿与生命的意义。她渴望忘却岁月的痕迹，缠绵悱恻地追随着那些仙山福地的起伏与冰溪河的波澜。她的心灵如同一叶扁舟在心海中自由徜徉。

最终，在美妙的歌声中她豁然开朗：原来在美词与歌声中也可以畅游天涯，并欣然接受生命的洗礼与挑战！

（本文荣获青年作家网 2023 年度优秀作品奖）

心花遍野　香远益清

杨七芝

出水芙蓉

盛夏之际，我最爱欣赏荷塘，那扑面而来的青莲的馥郁，那重重叠叠的碧叶绿伞，那婀娜多姿、含苞欲放的粉红花蕾……宛如圣洁无瑕的天女仙子，在涟漪荡漾的水中亭亭玉立。它与四季同享日月精华，香气远播，清新芬芳，不蔓不枝，赏心悦目。我不禁想起北宋学者周敦颐的《爱莲说》：“水陆草木之花，可爱者甚蕃。晋陶渊明独爱菊。自李唐来，世人甚爱牡丹。予独爱莲之出淤泥而不染，濯清涟而不妖，中通外直，不蔓不枝，香远益清，亭亭净植，可远观而不可亵玩焉。”

含英咀华，细品《爱莲说》，神韵美感令人回味无穷。后来朱自清的美文《荷塘月色》更令人追慕莲花在朦胧月色下的香远益清。它通直的根茎，连着艳丽不娇的花朵和立于湖面的蒲扇翠叶，还有那洁白的莲子以及根植在污泥里的莲藕，皆洗净铅华，纤尘不染。

记得张大千和先师谢稚柳两位宗师最爱画的是巨幅荷花图，人们赏其美妙，恰似他们内在完善的高雅人品。我也曾经画过“莲花观音大士图”。画前必须排除任何杂念，关门清桌，洗脸洗手，焚一炷檀香，顷刻闭目，凝神定心在画案前，沉思那画面的构图。在执着地磨着墨的幽香里，再度集中所有注意力，一笔一画，一铺墨一敷彩，平静地去完成画作。此时似有一股股荷花的清香扑鼻而来，一缕缕香雾充满柔性，心境为此舒展开来，以臻于至善至美，物化同源。

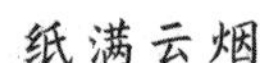

淡定释怀后，感悟人生不管有多少遗憾，多少酸痛，幸也好，不幸也好，只要静望一池青莲，一朵花，一片叶，皆有香远益清的美感，什么郁闷都可以化解。该放下的放下，该抛弃的抛弃，便觉轻松自如。如此，我浮想联翩，感受着花仙的情愫。

种善根结善果

品读宋代朱熹的《春日》：“胜日寻芳泗水滨，无边光景一时新。等闲识得东风面，万紫千红总是春。”韵味无穷，令人充满遐思……

“人生如梦不是梦，因为太真实；生活如水不是水，因为有苦涩。在生命中，许多事情在于自己，很多感受在于个人，心大路则宽，心小事则难，做人需要下心，做事需要埋头，心胸需要拓宽，心态需要放平。”“珍惜身边的幸福，欣赏自己的拥有，背不动的就放下，伤不起的就看淡，想不通的就丢开，恨不过的就抚平。人生本来就不易，生命本来就不长，何必用无谓的烦恼，作践自己，蹉跎岁月。”一段段读来很感动，网络上这些充满哲理和禅意的话语鼓舞着我。

春去春会来，花谢花会再开，只要您愿意，只要您舒怀，让美好的梦划向你的心海。

是呀！因景思物，借物喻人，愿得一花心，白首不相离。“种善根，结善果；居善地，依善人。”记得十年前曾在三清山南边江西玉山画楼阳台上种了一盆吊兰，可是第二年第一场冬雪便冻死了它，我心疼难耐。孰料，经春暖光照，它居然在阳光中冒出了绿叶，在微风中颤颤巍巍地生长出来，喜得我心花怒放。

十年后，它繁殖至今大盆小坛已有二十几株。更有六年前晨练时的种花友，送我的两盆紫罗兰。这一群小仙女们开得花团锦簇，天天开粉红色的小花迎接我。我像亲人一样爱护善待它们，精心侍弄。其间还忍痛割爱，不断地分枝送给友人，去嫁接繁殖。

二〇一二年夏日，我从上虞乡友那得来的有手指长的三枝仙人掌，现在长成一大坛了，儿孙满堂四周蔓延。一开始我不懂规矩直接用手摘它，岂料一群看不见的小毛刺拼命反击，钻进我的肉里拔也拔不出来，足足刺痛我一星期。可我还是精心地侍候它，因为它是护花的卫士大侠。原先小老鼠们总到阳台挖土吃花根，打洞生崽。可有了仙人掌，它们一爬上来碰到阳台边的仙人掌刺，痛得吱吱直叫，扑通一声从四楼跌下去，死伤难免，后来就没听到老鼠筑窝打洞，以及肆无忌惮来破坏了。为此我多么感激威武雄壮的仙人掌老友呀。不仅如此，它们在成为我家成员七年后会报答我，长得粗壮厚实，四面宽叶悬入阳台下。有一天我突然发现它们竟然绽放出四朵神奇的淡黄色花，淡如“清水出芙蓉，天然去雕饰”，竟无一丝杂色，我拍下照，珍爱极了。

我家花草铺满地，年年岁岁与吾亲。花好月圆，轻风送爽，香远益清，天道酬勤。

从容达观，轻松自在，豁达随意而凡事通顺。人生不过四季，春夏秋冬虽能轮回，但生命不会重来，只有“春种一粒粟”，才能“秋收万颗子”。

“国色朝酣酒，天香夜染衣。”在这个繁华的世界上，用情感活着是感恩，用理智活着有收获。没有崎岖坎坷不叫攀登，没有痛苦烦恼不叫人生。

心花遍野，站在山野边，仰视迟暮的美人蕉伸展腰肢滴翠娉婷，同莲花一起共舞，惹人喜爱。黄昏的夕阳依然金光灿烂，普照着美人蕉与荷花仙子，真是美不胜收。

我对大自然的崇敬始终如一。心有灵犀一点通，带上自己的阳光，做真实的自己。“不以物喜，不以己悲”，真诚坦荡生活每一天。此生无所求，唯愿细嗅岁月的花朵，不违心，不刻意，醉了欢喜，碎了忧伤，安静一生，清美一生。如此，心花遍野香远益清，是多么美好啊！

（本文荣获青年作家网 2022 年度优秀作品奖）

作者简介：杨七芝，中国管理科学研究院学术委员会特约研究员。上海市作家协会会员，江西省美术家协会会员，江西省作家协会会员，中国职工音乐家协会会员，《祖国》杂志社特约作家，中华知青作家学会理事，青年作家网签约作家等。已出版文学作品集《风雨三清路》《文韵三清路》《诗意三清路》。

遥远的故乡

马云霞

我的故乡凤凰镇，坐落在气势宏伟的越城岭下，一年四季蔚蓝的苍穹白云缭绕，苍山如海，雾霭氤氲，峰峦叠嶂，挺拔险峻，群山逶迤连绵，奇峰竞相耸立。站在高高的山巅，不觉心旷神怡；俯瞰寥廓美丽的故乡，就像一幅水墨山水画——田野纵横阡陌，湘江像一条银光闪闪的玉带，蜿蜒缠绕在家乡广袤的大地上。我美丽的故乡充满神秘的传奇。据说，在上古时期，从天子岭飞来了一只美丽的凤凰，落在湘江边的一个小镇，张开五彩缤纷的翅膀，伸出漂亮的长颈，在湘江里饮水，这里因此而得名凤凰镇！

全镇大大小小的自然村，星罗棋布在建江、湘江两岸，江河纵横交错，崇山峻岭，魅力非凡。青山绿水的故乡，以生产水稻而极负盛名。家乡人杰地灵、美丽富饶、远近闻名，鱼肥米香令人向往。挺拔的高山、清澈的绿水、厚重的文化氛围、淳朴善良的民风，家乡的一切沁入我的心中，滋润着我的心灵，红色的土壤浸润着我的灵魂！

二十世纪八十年代初期，改革的春风吹醒了沉寂多年的家乡传统戏——彩调。人们渴求和向往的不仅仅是生活上的富足，更加需求和追求的是一种能够慰藉心灵的精神食粮。简单而又单调的生活，使人们更加需要文化和艺术的熏陶，而文化和艺术既是人们不可或缺的精神养料，也是人们内心精神力量的支撑。知识可以改变命运，知识可以改变人生，而文化生活恰恰是人们调节日常生活的润滑剂，它能使人们的精神充实、道德高尚、品行美好，并对美好生活充满憧憬和希望！

古老的传统戏和现实生活剧，就像悄无声息的春雨，催生了我对文学的爱好，蕴藉着我最初的文学梦想和对未知世界的朦胧渴望，我情不自禁地走进书海，把家里书柜里所有的书籍当成了我的伙伴。有很多书我根本看不懂，越是看不懂就越想弄明白，然后就在那些精妙绝伦、扣人心弦的故事中进入梦乡……

镇里在越城岭下建起了一座大礼堂，在当初算得上是全镇文化娱乐的活动中心，大礼堂坐落在镇政府的东边，前面便是车水马龙的省级公路，以及具有浓郁神话色彩的凤凰嘴，也是红军强渡湘江，突围激战的古渡口；后面是充满神秘传奇的天子岭、飞架南北的南渠堰沟。清澈透亮、静静流淌的溪水，傍着青葱翠绿、连绵不断的群山，围绕着五岭之一的越城岭欢快地流淌。右边是红卫中学，莘莘学子从这里起航，飞向四面八方！

大礼堂是全乡人们心中圣洁的殿堂，是家乡人民文化娱乐的精神泊位，也是年轻人维系友谊的纽带。镇里有重大事情和喜讯都会在戏剧演出之前宣布，特别是每年宣布谁考上大学的时候，全场掌声雷动，欢呼雀跃，一时间便传遍四邻八乡，成为其他学生努力学习的榜样！

农贸市场就在大礼堂的前面，家乡把赶集叫赶闹子，一般规定三天一次，每逢赶闹子时，热闹非凡。叫卖声、吆喝声不绝于耳，人声鼎沸，熙熙攘攘，车水马龙。琳琅满目、五彩缤纷的日杂百货，鲜活的鸡鸭鱼，带着泥土清香的瓜果蔬菜，丰富的土特产，应有尽有，令人目不暇接。现做现卖新鲜香辣的红油米粉，令人齿颊留香，回味无穷。有的人赶闹子就是为了吃一碗米粉，一饱口福；有的人趁着赶闹子相亲，如果男女双方同意了，就去吃一碗红油米粉，情订终生。质朴善良、勤劳勇敢、普普通通的家乡人民，他们在平凡的劳动中，在简朴的生活中，追求着属于自己简单而又快乐的梦想，憧憬着美好的未来！

记得当年，学校特地邀请大队书记专程去给学生讲村史，当日本鬼子肆意践踏祖国的领土时，家乡的父辈们便自发组织抗日自卫队保家卫国，英勇杀敌，浴血奋战，后来队伍逐渐壮大，威震八方，令敌人闻风丧胆；还有舍弃家人，主动参加桂北抗日游击队的先辈们，他们用青春和热血谱写家乡的历史，用生命和鲜血保卫家乡的安宁……

还记得家乡门前的河流，每到春夏之交，连续下暴雨，河水猛涨，木桥就会被洪水冲垮，人们被困在家中，十天半月也无法出行，毁损的良田和庄稼，无情地冲垮人民群众的希望和梦想。等到大雨停了，洪水退了，村里便组织身体强壮的年轻人爬到陡峭的越城岭上，砍伐松树和杉木，然后用竹条紧紧地捆绑在一起重新架桥，年复一年，年年如此，年年望洋兴叹！

越城岭为加里东运动断裂成山，主体部分为加里东期花岗岩组成，山地东南侧为寒武和奥陶的地层露出，加之流水的侵蚀切割，以及长年累月物理风化作用，形成切割较深、沟谷发达的地貌特征。河流沿山地两岸发育，形成典型的梳状水系，分别注入湘江和资水，纵横交错的河流奔流不息。得天独厚的平坦地势，洪积扇地带便于灌溉，土地肥沃，使这里成为重要的水稻生产区。

家乡的人们每年收种两季水稻，当把秧苗插到水田里后，便将禾花鱼鱼苗放进水稻田里，鱼栖息在稻田里，与禾苗一起生长，鱼粮共存，绿谷世界春潮涌动，层层稻浪随风荡漾。稻花绽放，禾苗扬花时洁白的小花朵便散发出淡淡的清香，绿油油的禾苗像绿色的海洋泛起波浪，长长的稻穗在一望无际的田中摇曳，稻花迎风起舞，轻轻地飘落在水面，小小的禾花鱼摇头摆尾、成群结队地穿梭在稻田间，扑食坠落的小花朵，慢慢长大，鱼肥稻美。

全州禾花鱼历史久远，是生长在稻田里的一种生态鱼，是上天赐给家乡人民的宝贝。田地是农民的根，肥沃的土壤是储藏在农民心底为之终生辛勤耕耘的祈盼。绿油油的禾苗、翻滚的稻浪，是农民凝结在岁月里的希望。

可是，独特的亚热带季风气候，使得家乡年年洪水泛滥。村前那条路给人们留下了无尽的悲伤和忧愁，听老人们说，一九七六年那场洪水，是百年不遇的灾难。暴雨下得又大又急，持续一个月之久，家乡的父老乡亲整天唉声叹气，愁眉紧锁。有的人家里早就断了炊烟，揭不开锅了，只好到村里邻居家借柴借米，东家西家七凑八凑地度日，平日里左邻右舍，无论大事小事都互相帮忙，现在危难之际大家更加相互帮助，共渡难关。

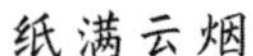

当年，有个下乡知青手里拿着大学录取通知书，担心错过了报名时间，焦急万分之下，按捺不住入学读书的迫切心情，便义无反顾地跳进滚滚洪流之中,不会游泳的他立刻被波涛汹涌的洪水淹没,会水的人纷纷跳入水中寻找，哪里还有他的身影？大家沿着岸边不停地叫喊：“小陆，你在哪里？”直到洪水退了，人们才在建江与湘江的交汇处找到他的尸体。

这件事极大地震动了大家，频繁的雨水天气引发水患，不仅吞噬了人们辛辛苦苦赖以为生的庄稼，还无情地夺去了一个年轻大学生的宝贵生命。年年暴发的洪水，给家乡带来了深重的灾难，让人们徒添忧愁和悲伤。面对一片汪洋的滚滚洪流，饱受洪水泛滥之苦的人们终于认识到“洪涝不根治，家乡无宁日”“要想富，先修路”的道理。加固防洪堤坝和修建大桥势在必行，刻不容缓，这也是家乡人民几百年来的梦想和希望。

家乡人民在政府的大力支持下,群策群力,集思广益,系统规划,自力更生，自发组织，自筹资金，开始修建大桥，男女老少齐上阵，一时间宽阔的江面上人山人海。欢歌声、笑语声、劳动的号子声，响彻云霄，全乡十里八村，中小学校，其他邻近乡镇，都前来支援。

“青年突击队”夜以继日不知疲倦,“铁姑娘队”不让须眉,大家肩挑背驮，汗流浃背。广袤的田野，百里长堤，机器轰鸣，红旗飘扬，歌声飘荡，大家团结一心，不分昼夜，艰苦奋斗，终于用自己勤劳的双手，用水泥钢筋大岩石，在江上架起了一座笔直、宽阔的大桥。大桥成为家乡的一道亮丽的风景，彰显着家乡人民辛勤劳动的丰功伟绩！大桥设计宏伟，独具匠心，凝聚着集体的力量和智慧的结晶，成为家乡的一张名片和家乡人民自力更生、艰苦奋斗的精神丰碑，值得子子孙孙引以为豪！

“唯其艰难，方显勇毅，纵横当有凌云志，万里风云入壮怀。”越城岭一代又一代的人们，历经千辛万苦，想尽千方百计，用汗水滋润梦想，真正是携手努力，同舟共济。家乡持之以恒、坚持不懈地努力治水兴水，人们终于减少洪涝之苦，能够安居乐业！

水是人们生存生活的保障，是命脉，决定其生死存亡和兴衰成败。万物无水则枯，水过盛则涝，人们因水而生，为水而治，辛勤躬耕，使沃土生金。家乡粮食年年丰收，瓜果蔬菜味美甘甜，一年四季莺歌燕舞、鸟语花香，人们用自己辛勤的汗水和勤劳的双手建设美丽的家园，用热情和热血描绘出家乡沧桑巨变的恢宏画卷！

每次从北京回家，我最喜欢沿着江边两岸修建的高高堤坝散步，呼吸着泥土的芳香，空气清新自然，令人心旷神怡。久居城市，每天被钢筋水泥的高楼大厦裹挟着，被现代化的美丽繁华和喧嚣浸染着，被熙熙攘攘的人流推动着向前走，就连空气都是汽车尾气的味道，快节奏的大都市生活，使人们忙碌得忘了抬头欣赏蓝蓝的天空和洁白的云朵，忘了亲近大自然的旖旎风光。

我庆幸自己能够生长在这片大自然馈赠的家园，站在坚实的土地上，心情无比舒畅，云彩如夏花一般在苍穹绽放，自由自在地遨游飞翔。逶迤连绵的群山，苍松翠柏青翠欲滴，鲜艳的山茶花绚烂夺目。除了大自然的美，就是人们紧扣时代的脉搏，努力创造和建设的美丽家园。高高的防洪堤坝像一条长长的银龙，蛰伏在江岸边。高耸入云的白杨树，就像防洪卫士一样日夜守卫着，使家乡免遭洪水猛兽的侵蚀，宏伟的大桥承载着家乡人们的幸福，也是沟通外面世界的桥梁和纽带。

望着故乡门前的一江碧水，绿波荡漾，翠绿的水草在微风中摇曳，鱼儿欢快地在水中游来游去，没有陡峭危深的河岸，没有峰回路转、波涛汹涌的漩涡暗流，清脆悦耳的流水声奏出“叮咚叮咚”的空灵音符，堤岸边高大葱茏的柳树在微风中婆娑起舞，一群鸭子展开翅膀在水面嬉戏，荡起一层层水花。清澈的水面溅起的水花在夕阳的霞光里闪闪发光，我的心也荡漾起一阵涟漪……

家乡变了，人们虽然说话还是朴实耿直，甚至有点粗俗，但他们绝对有着中华民族共同的美德和优良品质：诚实质朴、善良正直、勤劳智慧、敢想敢干、坚韧不拔、顽强不屈。大家用勤劳的双手努力改变着家乡的面貌，仿佛有使不完的劲，那如火如荼激情燃烧的岁月，如今还令我记忆犹新。

这就是我勤劳善良的家乡人民，在酸甜苦辣的日子里蕴育出来的岁月之歌，是平凡而又普通的日子里流淌出来的幸福旋律，是劳动号子和欢声笑语组成的高亢铿锵的交响乐曲，交织着深深的爱、浓浓的情！故乡在我心中，绝不只是四季的轮回，它是瓜果飘香、鱼肥菜美的回味，是亲人亲情血脉相连的羁绊，是我纯真的初恋和朦胧的爱情滋养的摇篮，是我终生不解的情缘和在岁月里生根长出思念的藤蔓，是在静谧的日子里静静的守望。故乡是我最初梦想起航的地方，是我砥砺前行时永不迷失的灯塔和方向！

我虽然离开了故乡，离开了生我养我的父母，远在千里之外的北方，于繁华热闹的环境中忙忙碌碌，行走在人世间，无所成就，但也无愧于心。时光荏苒，日月如梭，心中除了对家乡深深的眷恋，便是对生我养我恩重如山的父母深深的愧疚。

一个人远离家乡，常常因听不到乡音而懊恼，只要有关于家乡的人和事及新闻，都会令我兴奋不已。在北京能与故人和挚友小聚，任凭怎样理智，都无法抑制住那份喜悦和激动，那深埋在心底的最深邃、最炽热、最纯真的情愫便泛起涟漪，那带着浓浓乡音的家乡话，或是夹杂着乡音的普通话，总是那样亲切悦耳，令我幸福万分！

故乡之于我也许就是一场彩调戏、一场电影、一碗红油米粉，或者是亲人邮寄给我的带着浓浓亲情的家乡美味——禾花鱼和土特产……这些总是令我思绪万千。放飞思念的翅膀，在记忆的长河里游荡，足以让我的眼泪情不自禁地流淌，幸福激动的心久久不能平静。

故乡乘着改革的春风，搭上了时代的快车，融入时代发展的滚滚洪流，经济腾飞崛起，成为生产水稻的大镇。越城岭上那逶迤连绵的群山更加雄伟葱茏。一路欢歌的江水清澈如镜，宽阔的国道穿镇而过，衡昆高速、厦蓉高速横跨江河在镇内交会贯通。干净整洁的巷子，水泥路村村通车，文明原生态的自然保护成为振兴美丽乡村的标签。

故乡拥有大自然赐予的得天独厚的自然屏障和历史厚重的红色旅游资源。凤凰嘴渡口、大坪渡口，红军长征湘江第一渡，已成为影视基地。麻子渡是红军渡江人数最多的渡口。建安司、左家坪古墓群、天子岭探奇览胜，山清水秀，成为一道亮丽的风景。

如今，家家户户有高清电视、电脑，一排排崭新的楼房风格各异，一座座别墅式的建筑矗立在青山绿水、稻花飘香的乡间。随着时代的发展和变迁，故乡的彩调戏仿佛被遗落在深海里的珍珠，黯然失色，其传承与发展遇到严峻的挑战，但它曾经是家乡文化艺术苑里璀璨夺目的花朵，曾经高高站在桂北文化的高枝上，给予家乡人民文化艺术生活的滋养，给家乡人们带来无尽的欢乐和力量！

每一次回去，我都能感觉到家乡的飞速发展和日新月异的巨变，家乡的红色土壤及风景名胜引来八方游客。站在故乡的天空下，领略着旖旎的风光，感悟着家乡人的亲切和真诚，嗅着飞扬的稻花、泥土的芳香、百花吐蕊的芬芳，呼吸着沁人心脾、清新怡人的空气，原来清脆悦耳的自行车铃声，逐渐被飞驰而过的摩托车、小汽车喇叭声所取代，到处是莺歌燕舞、鸟语花香、欣欣向荣的繁荣景象。我相信，故乡凭借国家描绘的宏伟蓝图，踏着中华民族伟大复兴的中国梦的足音，将再一次华丽转身，实现振兴美丽乡村的宏伟愿景！

每当皓月当空，我总会情不自禁地翘首眺望那遥远的故乡，思念之情油然而生，那情会更浓，更上心头。涌动的泪花慢慢溢满眼睛，更加怀念给予我血肉生命的父母，想念有共同血缘的兄弟姐妹。如今岁月缱绻，日子生香，而我心底仍然怀念着给予我最纯真记忆，引领我走上人生坦途的挚友。

故乡的情愫沉淀在我情感的长河里，成了我情感的皈依，成了我最幸福、最美好的回忆，是我背负苦难和痛苦，独自在暮春暖风中笃志前行的支撑。自己虽然普通而又平凡，没有闪耀的光芒，但内心从容而淡定，岁月平静而丰盈！

故乡犹如母亲做的糯米酒，甘甜醇香，就像是浸润我灵魂的琼浆，让我依恋，让我沉醉，让我懂得感恩，懂得敬畏，那些执着、努力追求幸福和快乐的家乡人民，更让我引以为豪和骄傲！

（本文荣获2022全国青年作家文学大赛散文组一等奖）

作者简介：马云霞，笔名文晗，中国散文学会会员，青年作家网签约作家，作品散见于《铁道工程报》《山西日报》《广西日报》《广西交通报》《桂林日报》《漓江日报》《特区时报》《海南日报》《今日海南》等报纸杂志，其中散文《静听潮声》《洞穿遥远的梦》收录在《社会科学》第一期，《母亲·枣树》收录在《哲学与人文科学》期刊，《遥远的故乡》荣获二〇二二年全国青年作家文学大赛一等奖，多篇散文被报纸杂志转载。

文学是火源、光源、水源

李楚明

苦涩的青少年

一九七三年时，长音还是一个准备上一年级的小女孩。那年，她的爸爸妈妈响应国家号召，到距离省城昆明一百三十七公里的深山里建设三线。也因此长音、弟弟和妈妈、爸爸结束了长期的两地生活。也许现在已经没有多少人知道当年三线的生活了，但是对长音他们一家和厂里一万多职工家属来说，那是几代人艰苦卓绝的特殊日子。

爸爸妈妈是第一批到达基地建设的职工，因为爸爸是运输科的采购员，妈妈就跟随爸爸带着长音和弟弟一道过来。妈妈是老师，那时学校还没有建成，所以长音和弟弟与其他首批到的小朋友只能在荒地里玩。

记忆中，那时的家是由草席和牛毛毡、木板搭成的。邻居之间的隔墙是用草席子随便遮挡一下。邻居们没有秘密，隔壁的小凤、小妹、小眼睛玩躲猫猫不用出门就可以掀开草席隔帘从第一家跑到最后一家。吃饭的时候好开心，每家都把小饭桌搬到屋外的空地上，说笑间，筷子从这家夹到那家，品评谁家手艺好。有时几家人还凑米、油在某家搭伙。

爸爸几乎不着家，同其他驾驶员四处跑，拉回建房子的木料、砖瓦、生活物资……

第一批建好的是食堂和学校。一排排平房青瓦红墙，与家属区的草屋、土基房相比，显得豪华很多。一下雨，黄泥巴黏在脚上有几斤重，随处找瓦片刮掉泥坨，快感满满！

开学了，长音刚好上一年级，弟弟上学前班，妈妈教高年级。每天早上，妈妈一边吆喝着“起床了”，一边做早饭。那时买不到吃的东西，天天吃汤泡饭、咸菜吃得人想吐。有时候姐弟俩偷偷把饭倒给那只大花公鸡。家离学校走路要十多分钟，吃完饭一路小跑，沿途是邻居们种的各种蔬菜。因为等爸爸他们到其他地方拉菜回来是等不了的，而且那时候其他地方蔬菜也非常缺乏，要绕很多地方才拉得满一车菜回来。所以每家都学着种菜，一路绿油油的各种菜已成规模，水塘里已有鸭子悠闲自得地散步了。

长音和弟弟最开心的就是爸爸回来。爸爸一回来就会把弟弟高高地举在头顶上，给长音带回红头绳、漂亮糖纸包着的糖果，还有难得吃到的鱼和牛肉。没几天爸爸又出差去了，日子又过回原来的样子，妈妈提一大包学生的作业回来批改；长音和弟弟吃完饭悄悄在小方桌上做作业，然后洗脸洗脚睡觉，妈妈是什么时候睡觉的他们也不知道。

月光洒在窗帘上，外面小朋友们嬉笑打闹、做游戏的笑闹声传进家来，长音和弟弟躺在床上猜都有谁，他们在做什么游戏，谁要赖了……

突然一天深夜，长音和弟弟被摔东西的声音吓醒。模糊中听见妈妈大声哭喊道：“你回来做什么？不因为你我会来到这个地方受这个罪？”“小声点，别把孩子们吵醒了。”

原来是爸爸回来了！弟弟和长音兴奋得一跃而起准备冲出去。妈妈推开门厉声道：“睡觉了！起来疯什么？”他俩万分不舍缩回被子里。“离婚，明天早上十点厂办见，不去的不是人。”妈妈靠在门上一边哭一边继续道：“当初就是被你骗的，我眼睛瞎了找你，要不是因为他们两个我早走了，离开这个穷山恶水的地方。”

爸爸沉默着，每次出现这个状况，爸爸从来不出声，手里不停地找着家务事做，似乎在忏悔、自责把妈妈带到这穷山沟里，自己还整天在外出差顾不了家。长音发现好多次爸爸背着妈妈一声声地叹息和泪流满面。风雨飘摇的家啊，让长音和弟弟胆战心惊。

孤独的时候，长音唯一的安慰就是趁妈妈没有放学回家，把妈妈的那些书偷偷拿出来：《红楼梦》《三国演义》《欧阳海之歌》《三家巷》《少年文艺》，以及各种手抄本小说。坐在家后面的桃树下沉迷在阅读中，心情跟着书中人物的命运起起落落，背后家里的吵闹声渐渐远去……阅读像麻醉剂，减轻了长音那个年龄承受不了的悲伤和绝望。

颠簸的青春岁月

爱，像夜空中的明灯，出现在长音孤独悲苦的青春中。涛明亮智慧的眼睛，长音每次见到，都久久不能平复激动的心情。

一天中午刚放学，同班的涛用手帕包着一包东西跟在长音后面，一出学校大门悄悄对长音说道："生日快乐。"长音一转身，涛将那包东西塞给长音就跑了，打开一看，原来是一只卤好的鸡腿。长音愣住了，他怎么知道今天是自己的生日？从来没有人这么关心过自己，她也从来没有吃到过那么好吃的鸡腿。

这以后涛常常把家里的大白兔奶糖、鸡蛋、鸡腿、鹌鹑蛋悄悄放在长音书包里。从那个时候开始，长音感觉到自己不再那么孤单了，对周遭存有的莫名恐惧感也一天比一天少。

学习是他们形影不离的借口，公园里、图书馆、学校后面的小山坡上都是他们学习和玩耍的地方。

没有了责骂，没有了硝烟；没有了对妈妈怒吼的恐惧，也没有对爸爸无限忍让的哀伤，那鸡飞狗跳的日子似乎离长音远去了，长音以为将来自己就是这样与涛在铺满阳光的日子里一直走下去。

这段门不当户不对的恋情还是夭折了。涛的父母听闻后坚决反对：小县城的土丫头怎么可以和他们的独生子谈恋爱？于是长音和涛的恋情从地面转到了地下。

高考结束，他们没有考在同一个城市的学校。长时间的分离使得这份感情越加珍贵且扑朔迷离。无数个周末，长音坐在学校的小树林寄情于心爱的文学。读琼瑶的《窗外》《我是一片云》《青青河边草》《梅花烙》……三毛的《梦里花落知多少》《撒哈拉的故事》《哭泣的骆驼》……书中的故事，使长音更坚定不移地相信这份感情。每个故事好像是给奄奄一息的长音输入一滴滴鲜活的血液，对生离死别的恐惧在一个个故事里得到了缓解。

毕业后，长音分配到边远的小县城，涛分配在省城。二百多公里的距离意味着天壤之别。预感失去爱人的痛苦日日缠绕着长音。曾经清晰可见的英俊的脸庞变得模模糊糊，现实的疼痛时时刻刻如细虫啃噬着长音的心脏。

长音常常梦见自己站在雪原上，远处黑漆漆的树林如一群群站立的虎视眈眈的猛兽，长音声嘶力竭呼喊着涛的名字，可是没有了应答，她终究还是失去了涛。

多年的坚守化为泡影，唯独阅读和写作陪伴着长音。在阅读和写作中，现实的痛逐渐变淡、变远，文字特有的细致和体恤滋润着长音疼痛的冰冷的心。漫漫长夜，孤灯残影下，读和写一天一天陪伴着长音。这份真诚换来长音的豆腐块文章不断刊登在了各种报刊上。看着自己一天天有了成绩，她渐渐地从绝望里看见了亮光，体会到了独立于世的坚强、豪迈。小县城里的人都知道长音常去邮局取稿费，也因此给长音带来了好多朋友。单位领导从漠视到尊敬的目光，更让长音懂得爱情只是生活的一部分，在这五彩缤纷的世界里，还有比爱情更宽广的实现自身价值的道路，如此生活才有意义。

婚姻并不是港湾

也许长音对于婚姻的期盼开始就是错误的。在小县城人的观念里，如果到了二十八岁都还没有结婚，就是有问题了，不是生理有问题就是心理有问题。为了不被指指点点、说三道四，在一群追求者里长音挑了一个起码看着顺眼的，似乎真诚、似乎可以走下去的他。彼此见了第二次面，他们就找到民政局的朋友领取了鲜红的结婚证。证上是一个不熟悉的熟人，他微微笑着。长音想以后就是与这个亲人柴米油盐地走下去了。有了一些安慰，也有一些茫然。

很快，长音发现他是一个极其传统的北方大男人，俗话说的“油瓶倒了都不扶”的那种。一开始长音想多说几遍引起他的关注，发现他只是假装听着，眼睛却盯着电视，不发表任何意见。再说他就会说：“烦死了，不是这疼就是那痒。不高兴的事不要拿回家说。”然后就没了下文。慢慢地长音变得哑口无言，任何委屈、痛苦、劳累只能往肚子里咽。长音又过回了孤单寂寞的一个人。看闺密们和老公心心相印、耳鬓厮磨的样子，长音悄悄告诉自己：不用靠任何人，只有自己是自己的依靠，自己才是自己坚强的后盾。

女儿的出生让长音有了深深的依恋。寂静冰冷的家顿时如沐春风暖阳。照顾女儿和写作成了长音赖以生存的精神支柱。通常做完家务，长音把女儿安置妥当哄睡着，骑上摩托车到单位办公室读书、写作。窗玻璃上投影的长音聚精会神读书的身影仿佛回到十年前她高考的夜晚。深夜十二点长音骑车狂奔回家，耳旁凉风习习，出租车呼啸而过。这时狄更斯的《大卫·科波菲尔》在长音脑海中浮现出来：大卫母亲去世，不到十岁的大卫被后父送去当童工，洗刷酒瓶，过着不能温饱的日子。最后大卫历尽艰辛在另一个城市找到远房亲戚姨婆。早上雾气重重中，姨婆从窗子看见穿着破烂的小小的大卫，惊叫着出来抱起大卫……每次想到这里长音就热泪盈眶，悲惨的大卫终于找到疼爱自己的姨婆，大卫有了温暖的家。

深夜一点，打麻将的他还没有回来，女儿已熟睡，长音静等大门打开的声音，可是没有，不知道他什么时候回来。孤灯里，长音无数次地想，结婚对于自己意义何在？想来想去就是有了宝贝女儿，听话乖巧、学习努力的女儿是长音最大的安慰。早上六点半，长音催促女儿起床、吃早点，骑摩托送女儿到学校。中午接女儿回家、急忙做饭、午睡，又急忙送女儿到学校。晚上下班又接女儿回家、做饭……

回想自己的婚姻，长音总是检讨是否自己要求太高、说话尖刻。无数次想沟通，看他依然故我的样子，长音知道自己想多了，抱怨毫无意义。

于是长音把工作和带女儿之外的所有时间、精力沉浸在文学中。读到叔本华的《叔本华论道德与自由》，书中指出，人的行为只有三个推动力：希望自己快乐的利己心、愿望别人痛苦的恶毒心、愿望别人快乐的同情心。《忏悔录》是卢梭的自传体写作，书名是忏悔，实际是控诉、呐喊，愤怒地揭露社会“弱肉强食”、强权即公理的批判思想。余华的《活着》以简洁的笔法、曲折的故事情节，让长音着迷得一边读一边背诵默写。《傅雷家书》是傅雷夫妇写给儿子傅聪和儿媳妇的家信集。家书贯穿十二年，从文化知识、健康礼仪、做人到国家民族荣誉感。读到这些大家的名著，让长音仿佛找到父爱一般，领受到深刻的教育意义。

对文学的热爱、痴迷，仿佛黑暗深夜里的那一束光，长音凄厉的呼喊终于有了回应。文学带领着长音离开柔弱、伤痛、孤独无依，就好像在长音的头顶上打开一扇属于自己的天空，如清风朗月，如陈年老酒醇香四溢。

如今长音已两鬓斑白，女儿已经在国外工作，满墙的书籍，就像千万个智者、千万个老朋友专注地、静静地、温暖地陪伴着长音。如今长音成为签约作家、社团写作成员，参加作家采风旅游，成为公众号文学编辑。

文学是长音生命中的灯塔，救命恩人！没有文学的启发、带领和陪伴，不知道长音如今会是什么样。或许沉沦在痛苦边缘起起伏伏；或许随性失去自我流于俗事混吃等死；或许长期无法宣泄，导致生病，甚至在生死线上挣扎。

文学是火，是光，是水！

（本文荣获2023全国青年作家文学大赛散文组一等奖）

作者简介：李楚明，经济师，曾在银行工作。青年作家网签约作家。在二〇二二全国青年作家文学大赛中，其作品《蹒跚的背影给了老明无限的牵挂》获得散文组二等奖；在二〇二二年在写作技巧征文比赛中，其作品《阅读、坚持、深刻感受是写作的基础》获得优秀奖。后成为写作讲师。二〇二二年世界读书日征文获奖；二〇二三第四届中国青年作家杯征文大赛，其作品《图书馆，一个魂牵梦绕的地方》获得散文组一等奖。曾在《春城晚报》《曲靖日报》发表散文及小小说。散文《父亲，我最想念的人》收录在全国青年作家优秀作品选《花开四季》中；散文《如果有来生》收录在全国青年作家获奖作品选《呦呦鹿鸣》中。

留　学

邓　琳

对于大多数没有留过学的人，留学会是什么样的印象呢？是镀金，是浪漫，还是一种生活体验？想起从前久远年代的留洋，像孙中山、鲁迅、周恩来、邓小平的留学生活，那才真正是为了自己的梦想，甚至是为了国家、民族大业的一种举动。但对于普通人而言，留学无非是实现理想、拓展眼界、提高未来生活水平的一种选择。

隋唐时期的中国是世界的中心，吸引了多少海外学子慕名前来求学。等到了欧美领先于我们的时候，国内的人便开始去那里留学。除了上面列举的伟人给中国带来了翻天覆地的变化外，有的文人墨客、技术人才也学习到了丰富的知识和过硬的技术。其中徐志摩、林徽因的经历更令不少文艺青年神往。不知道有多少人因为《再别康桥》勾起了对异国的向往！而民国才女林徽因因为本身是作家、诗人，所以即使她学的是建筑，也让人觉得有些浪漫。中国的许多文化名人不仅有留学经历，也都曾游历诸国，不得不说，走出去的确开阔了眼界，增长了见识。改革开放以后，不仅公费留学方兴未艾，自费留学也悄然兴起。提起二十世纪八十年代的出国潮，相信至今仍有人记忆犹新。我是二十世纪九十年代初出去的，那么留学对于我这样一个普通的大学生而言，又意味着什么呢？

我是日语专业毕业的，所以去日本是提高我的语言能力，了解日本风俗、文化最好的方法。那时候什么都得靠自己的一双手去挣，这也是自费留学真正的难处。

必须讲一下，留学是艰辛的。公费留学不用操心经济问题，但专攻专业也不是那么容易。在异国他乡孤零零一个人，要攻下学位，一定要有耐心与恒心。至于自费的，学费、生活费都是一笔不小的开支。尤其二十世纪八九十年代时，中国人一个月的工资收入还不高，所以从国内汇款是不现实的。

除了学业，留学生几乎每天都要打工，一天睡四五个小时就已经很不错了，可身体的劳累却在日日累积，没有坚强的毅力肯定撑不下去。而且高强度、紧张的生活却要持续数年，所以说抗压能力弱的人怎么可能受得了！但是这也很锻炼人，特别是自理能力。

除了学习、打工，还要安排好自己的生活，事无巨细，大事小事都要操心。曾经在国内两耳不闻窗外事的书呆子，到了国外还得买菜、做饭、洗衣。甚至搬家时，也要一个人去整理收拾，总之就是两个字——累呀！

留学尽管艰难，却可以开阔眼界。拥有先进技术的发达国家让我们看到了全新的世界。国外的人文环境、文化风俗又不同于国内，具有独特的异域魅力。

在日本，每年春天观赏樱花，一年四季参加各种传统文化庆典活动，再通过与日本人的交往，你就会逐渐了解他们的风土人情以及社会的方方面面。也许因为都是亚洲文化，本是同源，所以对于他们的文化我一般都能接受，没有太多的文化冲击，也不会反感，可以说很适应。异国文化让留学有了浪漫的色彩，欧、美、日、韩，都是不同的。

尤其进入二十一世纪后，各个国家都在迅猛发展，留学不再是从前的车马很慢、物资匮乏时代的样子，我们更快速地穿行于世界，享受着人类千百年来的经济成果、文化积累和技术发展。二十一世纪的留学是现代的，许多留学生已不再打工，他们拥有的是一个越来越美好的留学时光。他们除了学业，有更多精力去了解、学习其他国家的一切。

不是每个人都有这样的好运气，人生中有机会留学，何尝不是一种幸运！在异国他乡生活一段时间，给自己的人生增添了色彩，改革开放以前走出国门很难，如今的中国人却已经走向了世界，又把越来越多的知识、技术带回来。

留学还不只是眼界的拓宽，更是思维方式的改变。对同一件事情，当你知晓别人有不一样的想法时，以后你想问题时就会多一些思路，或者学会逆向思维。不同的思维方式，会打破我们固定的思考方式。这对现代人是必要的，也大有益处，因为这是一个国际化的时代。

留学更是浪漫的，这和当地的风景、文化氛围也有关系。当你穿行在欧洲古老的教堂中间，看着阿尔卑斯雪山时；当你欣赏着日本的古都，眺望富士山时；当你游览韩国的寺庙，吃着韩餐时，你会为异国的风光陶醉，被当地的文化所吸引。不同的国度带来的是不一样的体验，令人耳目一新。

留学不仅是学习，由于也在当地生活，因此也算是体验生活，对当地的住宅、美食、艺术等的体验。那个国家特有的住房、料理，独一无二的戏剧、音乐，对于我们都富有极大的吸引力，是比书本更形象的感受和经历。这是一种很美好的感觉。生活在异国他乡，仔细品味那里的林林总总。我租住在日本木质的公寓里，家里也是榻榻米铺地，像日本人一样生活。偶尔去吃回转寿司、天妇罗，平时在超市里购买各种日式便当、副食品。学校则会定期组织我们去看歌舞伎、相扑之类的活动，放假时还有修学旅行，去著名景点游览。忙碌的日子里因为有了这些活动，让我生出了许多期盼，获得了更多乐趣。

我很感恩于留学经历，无论曾经多苦多累，但是它的好、它的妙只有经历过的人才知晓。我不是旅行家，不曾游历过千山万水，但我庆幸我留过学，我有那样的回忆与体验，我的青春曾经在那里绽放过，这已足矣！

留学真正印证了“读万卷书不如行万里路”。我们开阔了视野，提升了格局，这可能比学到的知识还重要。仅仅几年的经历却有可能影响留学生们的一生。现今的世界，留学产业的规模应该是巨大的，发达国家聚集了众多的留学生；发展中国家同样也迎来了大批学习当地语言和文化的人。文化交流、知识共享，这些对于未来的世界绝对重要。以后的留学会是何光景，我们拭目以待。

（本文获第二届“三亚杯”全国文学大赛银奖）

欧罗巴情结

邓　琳

如果说每个人都有梦想的话，那我就有个欧洲梦。可能是历史、美术方面的灌输熏陶，欧洲的文化艺术和建筑深深地吸引着我。加上它的风光闻名遐迩，从小我便对欧罗巴怀有憧憬。

二〇一一年，我终于实现了这个愿望，飞往欧洲四国。

首先来到的是世界上最小的国家——梵蒂冈。它位于罗马城中。其中举世闻名的就是圣彼得大教堂了。我在日本时去过很小的教堂，在故乡也在教堂做过礼拜。初入圣彼得大教堂，我惊呆了。不愧是世界上最大的教堂，气势恢宏，令我感到震惊。教堂里的绘画和装饰很精美。这里面保存有文艺复兴时期的许多艺术家的作品，如米开朗琪罗、拉斐尔的壁画和雕刻。我驻足观赏，久久不愿离去。

意大利的罗马不仅有角斗场，还有许愿池。许愿池是世界上最著名的喷泉，雕刻还是很美的，我也是因为《罗马假日》才认识了它，这次终于可以这么近距离欣赏了。

意大利佛罗伦萨的佛罗伦萨主教堂，也叫作圣玛丽亚百花大教堂，主教堂的穹顶被公认是意大利文艺复兴建筑的第一个作品，新时代的第一朵报春花。它的设计和建造过程、技术成就和艺术特色，都体现着文艺复兴这个时代的进取精神。

水城威尼斯则独具特色，我们坐着贡多拉在城中转了一圈，行进在窄窄的水道里，蜿蜒曲折地向前，体会当地特色。贡多拉是那种狭长的小船，有的遮着蓝色的篷，一排排地停靠在碧绿的海边，在艳阳的照射下，很有欧陆风情。

在意大利能欣赏到美丽的田园风光，修剪整齐的草地，衬着山间小屋，再配以向日葵田地或雪山，真是只有画中才有的景色。就像上帝在作画时，不小心打翻了调色盘，弄得田间、山上一片青翠。这些在蓝天、雪山的映照下，显得特别清丽秀美。从任何一个角度，都可以拍出一幅画卷。

我们旅行的第三站是瑞士。它是世界上最富有的国家之一，除了山间小屋，它的湖光山色也很有名。泛舟琉森湖上，远处水天一色，烟波浩渺，令人心醉。有一些人在湖边戏水，还有的在游船上举办婚礼。湖边的白色别墅，应该也是度假用的。

离开琉森湖，我们奔向因特拉肯。坐小火车登上阿尔卑斯山的少女峰，在山下看绿草青青，于山上看雪山威严，应该是绝美的。可惜那天阴雨蒙蒙，窗外一片雾气，山顶上更是狂风大作。我最期待的蓝天配雪山的美景，无缘见到。虽然雪山因为下雨，不能很好欣赏，但烟雨中的山间小屋在雾气中时隐时现，草地青翠欲滴，也是别有一番韵味。因特拉肯小镇街上行人稀少，我们逛了几个小店，欣赏着雨中静谧恬静的它。

我们住宿的旅店，打开窗户，就可以眺望远处的皑皑雪山。我在阳台上伸出手来，突然感觉距离天空好近。空气是那样清新，天空也蓝得那么透彻。隔壁的邻居，在露台上悠闲地读着书。我和他稍微聊了几句，得知他来自东欧某国。我只是匆匆的过客，马不停蹄地到处观光，而他却能在仙境里尽情地享受生活，做着自己喜欢的事。那一瞬间，我的羡慕溢满了心田。

我们的最后一站是法国。巴黎卢浮宫到处都是艺术珍品，凡尔赛宫是奢华的帝王宫殿。凡尔赛宫的镜厅实在是太惊艳了，金碧辉煌，而且很文艺，我非常喜欢它。塞纳河两岸的建筑和河上许多座漂亮的桥梁，值得观赏，尤其经过埃菲尔铁塔时，可以拍出不少精美的摄影作品。桥梁上都有雕塑，有些地方镶着金箔，显得格外华丽。巴黎的确是浪漫之都。戴高乐机场倒是比较现代，设计独特。另外，巴黎的时尚在世界绝对名列前茅，行人的着装就诠释了这一点。没有时间在香榭丽舍大道的街头咖啡馆小坐，感受巴黎风情，实在是遗憾！

奥地利的茵斯布鲁克和列支敦士登，是旅途经过的地方，所以旅行社名之为赠送项目。奥地利的景色和瑞士十分相似。列支敦士登是邮票之国，小而精致。

此次去的欧洲几国，其中，我最爱意大利，它拥有着美丽的风景，也有欧洲特有的文化艺术和建筑，时尚方面一点不逊色于法国。至于它的歌剧、美食，更是闻名天下。加上一路陪我们走来的意大利司机，甚是可爱、直爽，所以我从心底里喜欢这个国家。

看遍天下风景，赏尽人间繁华，也许是不少人的愿望。只是我们不可能都有这样的机会，也许有过几次已是不错。旅行让我们走出去看世界，长见识，已经成为现代人喜欢的生活方式。

人生有梦是好事，能够实现梦想更是幸福。愿我们所得皆所愿，希望我能够再次去到自己的梦想之地——风情万种的欧罗巴。

（本文获青年作家网2023年度优秀作品奖）

作者简介：邓琳，毕业于黑龙江大学和日本东京外国语大学日语系。曾在日本留学九年，对日本文学略知一二。平时喜欢写写东西，尤其钟情于散文和游记。其为青年作家网文学会员，芙蓉国文汇签约作家。二〇二二年，获得“2022·全国青年作家文学大赛”优秀奖、“第二届三亚杯全国文学大赛”银奖。二〇二三年，获得“第三届三亚杯全国文学大赛”金奖，在首届“魅力中国”当代诗歌散文大赛中也获得了奖项。另外，在“新时代·新青年”第二届全国青年作家文学大赛中，获得二等奖。

面面子的诱惑

哈玉海

初二那年的一个春天，我放学回家的路上发现了一家新开的饭馆。这是我们镇上的第四家饭馆了。早上上学的时候它还没开门，而当我放学后饥肠辘辘地路过时，我注意到窗户上贴着三个竖排大字：面面子。这让我感到非常疑惑，不知道这是一种什么新的美食。当初第二家饭馆开业时，除了常见的炒面和烩面，他们还推出了清炖羊肉。那四个充满诱惑力的字每次都让我情不自禁地咽口水。现在又出现了“面面子”，这究竟是什么呢？我整晚都在苦思冥想，却始终没有头绪。我又不敢向爸爸妈妈询问，更不敢向我的伙伴们打听，生怕被他们嘲笑。

炒面每碗售价一块五，而我手头已经攒下了八毛钱。我本来计划在学校即将收取班费的时候，和我的邻居老马合作，一起向妈妈多要一块钱。这样，我就有足够的钱去吃一碗香喷喷的炒面了。老马和我是同班同学，他性格较为胆小且一向听话，因此在村子里有着很好的声誉，被大家视为乖孩子的典范。每次学校收费，我妈妈都会和隔壁的老马妈妈隔着墙头大声核对金额。我相信，只要我稍微吓唬一下老马，让他帮我撒个小谎，我妈妈肯定会完全相信，这样我的炒面计划就能顺利实现了。

然而，新出现的“面面子”打乱了我的计划。我充满疑惑，不清楚它到底是什么，是面制品还是肉类料理？清炖羊肉每碗三块钱，这个价格对我来说遥不可及。现在，我开始担心“面面子”会不会比清炖羊肉还要昂贵？这个名词我从未听闻，更未在书刊报纸上见过相关介绍。我是否应该调整我的计划呢？但如果要改变，我又要多久才能攒够钱，才有勇气走进那家饭馆呢？

我心里真的没底。

于是，我带着对“面面子”的好奇与期待，日复一日地从这家饭馆门前经过。有时候，饭馆里人来人往，热闹非凡；有时候又显得冷冷清清，门可罗雀。每次路过，我都会远远地望着窗户上那三个大字——面面子，然后匆匆走过。

在胁迫老马答应和我一起欺骗家长后，我终于如愿以偿地获得了有生以来最大的一笔“收入”。我从墙角的窟窿里掏出用臭袜子包裹的一团旧报纸，小心翼翼地从中翻出我积攒的八毛钱，再加上刚刚到手的一块钱，一同藏进了我的鞋垫子下面。怀揣着这笔钱，我满怀信心地走出了家门。

一路上，我步伐轻快，但当我快走到那家饭馆时，却开始犹豫不决。我担心身上的钱可能不足以支付“面面子”的费用。然而，我转念一想，如果价格确实高昂，那我就选择吃炒面好了，毕竟我所带的钱足够支付一碗炒面。于是，我又信心满满地走到了饭馆门前。

当我满怀信心地抬头望向那充满魅力的三个字时，我惊讶地发现饭馆的窗户上如同变魔术般地出现了六个字:“炒面、烩面、饺子”。我这才恍然大悟，原来之前由于只开了一扇窗户，导致我只能看见“面面子”那三个字。而如今，两扇窗户都敞开了，所有的菜品一目了然。

哦，我这时才明白，那让我魂牵梦绕的“面面子”其实并不存在。而那天我盼望已久的炒面，吃起来也感觉味同嚼蜡，心中怅然若失。

多年过去了，“面面子”这三个字仍然在我的脑海中萦绕。每当我遇到困难或面临抉择时，我总会提醒自己，不要着急，再走近一点，再等一等，再仔细观察一下，事情也许会有不一样的转机。那些高大上的诱惑，让人眼花缭乱、迷惑不解，也许只是我们平常所拥有的幸福被部分遮挡而已。我衷心感谢那一扇许久未曾打开的窗户，在那个它终于开启的下午，给我上了人生的第一节哲学课，这堂课深深地影响了我的人生。

（本文荣获青年作家网 2023 年度优秀作品奖）

作者简介：哈玉海，一九七八年生于甘肃，青年作家网签约作家，爱好文学写作，有多篇文章在网络文学平台发表并获奖。

女 儿 们

伞秋月

搞 怪

小女儿的很多习惯都像我，比如重要的事情会拖到最后才做。

辅导班的作业，小女儿基本都会拖到上课的前一天或者当天早晨急忙完成，等到下课，又把作业丢到一边，各种玩耍。

一天放学，接到小女儿，说老师第二天要检查《计算能手》，而她基本没写。我说回家赶紧补起来。

晚上有个口才课要上，等上完课回到家已经七点多。小女儿先在客厅疯狂写，后来，到我房间写。等我忙完，进到房间，看见她一副奇怪的模样——辫子上绑着一根白色的带子，带子另一头系在空调管上。走近一看，发现白色的带子是跆拳道服装上的腰带。

我笑着问，头悬梁呢？小女儿回应我一个笑脸，只是那笑容里带着点无奈。然后，继续奋笔计算。

转眼，已是晚上十点多了，平常这个时间点她该睡觉了。她翻了翻没写的部分，说，唉，还有好多页。我说，欠下的债总是要还的，只准写到十一点，那是底线，剩下的，明早写。小女儿让我不要再埋怨她了。我拿起一本书，一边看一边等她，不好意思自己先睡。

耳边传来小女儿的自言自语：头悬梁，没用；锥刺股，不敢，唉，真难。我忍不住笑起来，这是把前几天听的小古文用上了，还真的挺恰当。

又想起小女儿为周末不肯起床找的理由，说是床拉着她，不让她起来。

十一点了，小女儿也坚持不住了，跑到床上，抱着比她还高的大白鹅抱枕，闭上了眼睛。很快，浅浅的呼吸声响起，像春三月随风潜入夜的小雨。

我翻了翻《计算能手》，发现还有几页没写，看来第二天要早起了。

童　言

今日放学，小女儿神秘兮兮地和大女儿说她准备犯罪。

这话说得有意思，还能准备犯罪，我十分想知道她准备犯什么罪。

“明天英语老师说要考试，妈妈给我多买了一套试卷，我准备提前做。”小女儿和大女儿说道。原来这就是她的“犯罪”计划。我的嘴角向上微微扬起。

学校里经常考的试卷，有些孩子会多买一套，提前做一做，考试的成绩可能会好一些。这样做其实也没什么大问题，只是女儿用“犯罪”来形容，实在有些天马行空。

还有一次看电视，里面有个暴躁的妈妈，因为大吼大叫的样子，被家里人称作母老虎。小女儿自言自语道：“我们家没有母老虎，只有公老虎。”

我知道她说的是先生，先生喜欢讲道理，声音也比较大，小女儿化用了母老虎这个称号，倒也贴切。我把小女儿的话发给先生，先生很快打来电话，一直说不可能，一定是我威胁小女儿说的，小女儿说的是违心的话。

为了争取在女儿心中的地位，先生表现得也像个孩子似的。

女儿这些奇妙的话，就像一朵朵神奇的花，带给我们无与伦比的快乐。

礼　物

某年的“三八”妇女节，单位安排晚上吃饭、唱歌。早晨，我告诉女儿们今天会晚点回家，让她们到时间了自己上床休息，不必等我。我会带好吃的回来给她们。出去玩，如果不带女儿，我就会带一些礼物给她们。

晚上，在去餐厅的路上，大女儿来电话，问我几点回家。我再次解释，会晚点回去，我也不太确定同事们会玩到几点钟。大女儿说爷爷在等我吃饭。我说，别等了，我和同事们一起吃。女儿问能否买一点巧克力或者果冻。我说没问题，然后挂了电话。

吃饭期间，大女儿再次来电话问我在哪里，我说还在吃饭，会晚点回去。她问几点回去，我说不太确定。小女儿跑到电话旁，问我《计算能手》在哪里。我告诉她在那个绿色的书包里，她答应了一声跑开了。大女儿说有一个大惊喜在等我，我说好的。我并未将她口中的大惊喜放在心上，她很有可能是随口一说。

吃过饭，我们去唱歌。天色已经很晚，夜空很干净，几颗明亮的星星在闪烁。唱歌期间女儿们没有再来电话，我知道已经到了睡觉时间，就放心地和同事们唱歌。

等唱完歌回到家，已经半夜，在小区门口下了同事的车。天空中不知何时飘起了小雨，落在人的身上柔柔的，像女儿柔软的小手。我快步朝家走去，心里想着两个女儿。

客厅的灯还亮着，我脱了鞋，准备换拖鞋，才发现平常凌乱的鞋架现在整整齐齐的，拖鞋一双挨着一双，像一群听话的乖孩子。

换好拖鞋，往客厅里面走去，餐桌上立着一样东西。我走近看，发现是一张贺卡，右边写着“妈妈节日快乐”，中间下面是一个用彩纸做的蛋糕，其他地方画着绽放的烟火。这就是女儿口中的大惊喜吧。

看着贺卡，我激动不已。夜深了，人静了，女儿们等不及，睡着了，她们亲手制作的贺卡像一个母亲等待晚归的女儿那样等候我。

到女儿房间里，大女儿听到动静，睁开眼睛，看到我对我说：“妈妈好。”我轻声说：“快睡吧，不早了。”大女儿说：“妈妈也早点睡。”然后闭上眼睛继续睡了。

回到卧室，看到被子被铺得好好的，枕头也摆得很正，平日喜欢抱着的小牛公仔被立在床头，它看着我，也在欢迎我回家。

我把女儿做的贺卡放在床边，让它陪我入眠，但这注定是一个幸福得难以入眠的夜晚。

背　书

学生时代已经过去很久了，可自从女儿上了初中，似乎又重来了一回。

那些停留在记忆中的文章、诗词从女儿嘴里反复吟诵出来，就觉得自己也回到了那个时代。有些文章，不管被时间怎样冲刷，都冲刷不掉。

《从百草园到三味书屋》中有段文字是这样的：“不必说碧绿的菜畦，光滑的石井栏，高大的皂荚树，紫红的桑葚；也不必说鸣蝉在树叶里长吟，肥胖的黄蜂伏在菜花上，轻捷的叫天子（云雀）忽然从草间直窜向云霄里去了。单是周围的短短的泥墙根一带，就有无限趣味。”“不必说”“也不必说”“单是”这几个词像对我施了魔法，一直记得牢牢的，现在写些东西时也时常会用一用。

还有《纪念白求恩》中的一段内容：“一个人能力有大小，但只要有这点精神，就是一个高尚的人，一个纯粹的人，一个有道德的人，一个脱离了低级趣味的人，一个有益于人民的人。”这段话虽然有些绕口，但背诵的时候倒没觉得多难，且还一直记得牢牢的。

还有一段一直牢记的文字，出自《钢铁是怎样炼成的》：“人最宝贵的东西是生命，生命对于我们只有一次。一个人的生命应当这样度过：当他回首往事的时候，不因虚度年华而悔恨，也不因碌碌无为而羞愧——这样，在临死的时候，他能够说：我的整个生命和全部精力，都已献给世界上最壮丽的事业——为人类的解放而斗争。”

“虚度年华”“碌碌无为”，在最好的年纪似乎还不能理解这两个词，却把它们刻在记忆里，人到中年，突然领悟了。

每天接送女儿上下学时，很享受和女儿一起说这些内容，就像自己回到了学生时代。学生时代的生活现在回忆起来是那样美好，无须忧虑其他事情，只需要专心做好一件事即可。

（本文荣获青年作家网2023年度优秀作品奖）

作者简介：伞秋月，扬州市作家协会会员，青年作家网签约作家，中国散文协会会员。

一缸绿荷

张　雪

乡下旧居改造完成，院中旧家具连同旧电器在父母的不舍中一并被几个收废品的洗劫一空，偌大的院落里空落落的，几口盛粮食的水泥缸默默地蹲守在西院墙根儿，与枣树为邻，餐风饮露。

时下，水泥缸留之无用，弃之可惜。想起好友小院里的荷缸，遂刻意效仿之。用父亲的电动三轮车从地头取回一车泥土，装了半水泥缸，塑料软管接水龙头注水，直至缸满水溢。

我问好友，种荷有何秘诀。她说：“简单，埋下莲子即可。”我读过季羡林先生的《清塘荷韵》，莲子外壳坚硬，需借助外力，机械破壳，埋于水中污泥，三年方能发芽。我是急性子，等不得这么多时光，巴不得幼荷的尖尖角像电影里的特效镜头，这会儿正从缸的水面徐徐冒出。

时令虽过立秋，但正午阳光还烈。父亲赶集回来，笑容满面招呼我，手里举着几节莲藕给我看。父亲说莲藕有芽，就能长出新叶。我半信半疑将几节莲藕芽朝上埋入水泥缸中水下的泥土，俨然种下一个绿荷翩翩的期待。

大约一个礼拜我会回乡下老家一趟，耄耋之年的老人是我心中永远的牵挂，西墙根儿的水泥缸成了我难以释怀的心事。每次回老家，有事没事我总要到缸前转转，仔细端详清澈的水底是否有新生命诞生的迹象，只是现实让我失望得很。

我问好友种莲的季节，她回复：“初春种下，初夏发芽。”我才知道自己是莽撞人，播种需要时令，发芽更需时宜，勉强不得。这以后我回家的次数不少反多，只是不再奢望水泥缸里这么快就有新生命的诞生。心有不甘的我时不时还会在水泥缸前屏气凝神，渴望一个奇迹的发生。

期待令人心动，等待却是一种煎熬。

隆冬季节，泼水成冰，院中的自来水水龙头冻裂了。换水龙头的工夫，我仍不忘看一眼身旁的水泥缸，水面结了厚冰，用手中的扳手砸一下，冰面出现一点白痕。想那厨房里的萝卜白菜都被冻得硬邦邦，更何况这埋在冻水冻土中的莲藕，怕是等不及年后春暖花开，就已经腐烂成泥了吧。普天下再没有比希望化绝望更让人无助、无语、无奈的了！

冬去春来，气温回升，缸中水面渐低，失去了藕芽冒出的奢望，也便没了给水泥缸续水的殷勤和执着，好在这年春夏之交天公作美，雨水不断，水泥缸里的水未干涸过。

一个周末的午后，我照例回老家，开了院门，瞥了一眼水泥缸，奇迹竟然出现了，水泥缸的水面上漂着两片小碗口大小的荷叶！顾不得放下手提的物品，我快步走近水泥缸看个仔细：两片荷叶并不嫩绿，叶面微皱，倒像是刚出生的婴儿就带有小老人的褶皱，颜色浅黄，各有一条细线般的根茎从水底拽着，一如空中的风筝，又如儿童手中的氢气球。另有两个尖尖角似乎羞于见人，深藏水中。

我还有什么不满足的？人世间再没有比奇迹出现更能令人欣喜若狂！我不知该如何描述自己此刻的心情。我并不关心荷的叶片是否会长大变绿，我也不在乎以后荷叶能不能长成婷婷舞女的裙，我甚至不奢望荷开花结莲子。人需要知足。我再次回到老家，大门锁尚没打开，门缝里我就瞧见蓊蓊郁郁的绿荷高出水面许多，笼罩了整个水泥缸。

喜欢荷的人不需要去找理由，有人喜欢荷出淤泥而不染的高洁，有人觉得藕茎是上等的食材，有人崇尚莲藕的寓意最符合人的主观意愿。我独喜欢它强大的生命力，也许是我生活中太缺乏惊喜的缘故吧。

如今父亲已驾鹤西去，断然看不到那葱翠欲滴的满满一缸绿荷，从集市回来他手举藕芽那憨憨的笑容定格在我的心底，这缸绿荷是我们爷儿俩现存为数不多的联袂之作，是老人家留给我弥足珍贵的家私和念想。

不见去年人，泪湿衣衫襟。

（本文荣获青年作家网 2023 年度优秀作品奖）

大李集情思

张　雪

很多年前，我喜欢在桃李公路上游荡。路旁白杨树的叶片唰唰作响，催促着我的脚步，脚下的路面默默向我身后延伸，稀疏的行人行色匆匆，没有人会在意我这个穷学生，偶尔有人骑自行车与我擦身而过，头都不会回，傲慢绝情地拉开我与他之间的距离。桃李公路连接桃园李集两个集镇，宽阔、平坦、笔直，一头连接落后，一头连接先进，我就住在落后的一头。走在桃李公路上，离桃园渐行渐远，距李集却渐行渐近，希望就在前面不远处等着我，这种思维曾一度左右我三年中学时光。

初识大李集，是那年我中考，第一次走出偏僻小村庄，去看外面的大世界。期待、兴奋和渴望令我夜不能眠，就连多年以后我第一次相亲也没有那样心慌过。父亲不止一次说："大李集发达得很，那可是苏北的小南京。不信，等等看，到了大李集，你那两个眼睛都不够使的。"

中考考场设置在李集中学。大门古朴、端庄、气派；宣传画廊张贴的光荣榜喜庆醒目；校园内竟有小河流水，每间教室照明日光灯多达六盏；河边的垂柳柳丝低垂，几乎挨到水面上。我就像刘姥姥初进大观园，目之所及皆是新鲜。站在高耸入云的旗杆旁，想我那乡下中学寒酸的校舍、坑洼的操场，土墙围就的院落，半截槽钢就是我们朝夕相伴的信号铃，我除了目瞪口呆就是叹为观止，没想到还有校园可以气派得如此夸张。

中考最后一门科目结束，新华书店在校园内摆起长摊，拉起条幅，低折销售一些读物。我挤进围观的人群，像饥肠辘辘的乞丐面前突然出现一桌大餐，每一盘菜都是我的最爱。琳琅满目的书目令我眼馋，杂志刊物、小说多

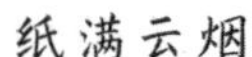

到令我眼花缭乱，遗憾的是我口袋里钞票有限，精挑细选的刊物大多与我无缘。它们爱不爱我我不知道，我是真的打心底喜欢它们。明眼人都看得出来，营业员看着我的窘况都忍不住要笑。我恨我不争气的嘴太馋，鸡蛋油条肉丝面花费了我身上仅有的银两；我抱怨新华书店的营业员为什么不早点来，我愿意一天不吃饭也要省下买书的钱。

外界称呼李集为大李集，那时我还不能理解这大字的含义，一直固执认为这是对李集与众不同的褒奖。比如那时李集的油条是一毛钱一根，其他集镇包括睢宁县城油条都是五分钱一根；喇叭裤最先由李集人穿出来，李集男人着红衬衫引发着装新潮流；《红楼梦》《少林寺》电影在睢宁晋陵电影院和李集影剧院同时上映，其他乡镇的居民除了嫉妒就是埋怨，只恨自己生错了地方。女孩家以嫁到李集街为荣，男孩进李集即便入赘也无怨言。进李集比进县城还风光，一时李集街面上俊男靓女扎堆，成为远近闻名的亮丽风景线。

李集街姑娘是米脂的婆姨，可我不是绥德的汉。父亲的心思再直白不过，有谁瞧得上像我这样家境的穷小伙呢？更何况其貌不扬。庆幸的是家境的贫穷并没有阻碍我学业的发展，只遗憾那一年睢宁教育局普通高中划片招生，李集中学与我擦肩而过。这是我涉世之初的痛。

大李集给我以冷漠，幸运女神却待我不薄。三年的寒窗苦读终究换来一纸高校通知书。同宿舍的舍友来自五湖四海，听说我来自徐州睢宁，家居安徽阜阳的林姓同学迫不及待追问：睢宁在大李集哪儿？大李集“一步两桥”“三山夹一井”景点还在吗？“四大会馆”是否安然如故？旗杆街的旗杆挑什么旗？天哪！大李集一直是我心中的王道，这些我竟闻所未闻。我才知道世人知大李集却不知睢宁，大李集大在悠久的文化积淀和蜚声远近的声望上！

让一个人余生仍能惦记着的地方，要么这个地方有过你的憧憬与向往，要么这个地方有过你的遗憾与惆怅。

（本文荣获青年作家网 2023 年度优秀作品奖）

作者简介：张雪，又名彭向东，笔名“一江春水”，江苏省睢宁中等专业学校教师，中国现代作家协会会员，青年作家网签约作家。

镌刻传承喜迎二十大

王安冬

喜迎二十大，旗帜鲜明树光辉，冠荣接续永传承。伟业传承家国梦，伟绩垂成丰功史。丹青不渝，韶光不负。燃情岁月，清可见底。竹韵清风，磊落光明。基因镌刻亘古，血脉偾张传承。中国梦，四海行，勇担当。爱国情，五湖兴，永传承。江河湖海运游千秋万代，五谷丰登唱响万家灯火。青山如黛，碧水蓝天。艳阳四溢，福汇东方。向阳花开，花开向阳。强国复兴，复兴强国。神州大地，万古豪情。凝聚精神，汇聚力量。扬威立万，气贯长虹。政法干警，壮志忠魂。

喜迎二十大，家国功勋永续传承，家业万千匠造百年。中国梦，劳动美，实干兴邦。龙江行，黑土地，汲取甘甜。坚韧力量，拼搏尊严。奋进征程，永跟党走，永恒坚守，永葆誓言。平凡非凡，耕耘收获。瑰丽梦想，力量期望。感悟感触，理想信念。青春永驻，足迹长存。蓝图美景，盛世繁华。不弯脊梁，无愧历史。高风亮节，无愧民族。血液流淌，灵魂沉淀。无愧党，无愧人民。不忘历史，不忘初心。无惧风雨，无谓沧桑。

喜迎二十大，强国有我辈，我辈共强国。车轮滚滚，势不可当。大海滔滔，风雨无阻。勤劳奋进抒写不朽功勋，千年文化绽放流光溢彩，英姿勃发洋溢幸福美满。辉煌永驻，一脉相承。永葆初心，勇担使命。

百年沧桑，经典传承。挨过涯，擎过天，生与死，涯客天间。悲与喜，梦行繁杂。忆往昔，仗剑天涯。怀古今，征战血影。缥缈苍穹，沸腾热血。风雨百年，巍然万巅。霞满天，雨露均沾。地无垠，盎然生机。风云磐石，燃灯有力。同舟共济，共担风雨。生死与共，共克难关。不畏苦，不惧难，累与痛，协力当先。无畏何时，无惧何地，政法英豪誓死捍卫，不忘初心，牢记使命，团结一心，众志成城。奋勇向前，捍城为家，集结冲锋，越过崎岖，披荆破浪，踏雪无痕。精湛技艺，立意榜样，廉洁自律，根净沃土。朝霞云天，光辉党旗，华夏儿女，踏浪险滩，豪情满怀。党旗麾下政法干警，铭记历史，砥砺前行。千古征途，百年历程。满阳光，尽挥洒，喜与乐，和谐家园。璀璨星空，浩瀚苍穹。政治纯洁，永葆党性。晴空暖阳，朝暮并往，沁水百合。无谓赞美，只为安定。无畏牺牲，只为祥和。用拳心擎起蔚蓝天，用步足踏实平安路。用成果犒赏疲乏，用成效捍卫公正。为人民服务，为大局司法。

生在龙江家，长在国旗下。生而有家，美满幸福！沧桑家园给予宽广豁达，生命长河永赋盛世安康。感谢强大祖国，给予安宁祥和；寄予希望，赋予美满。因梦开启职业生涯，因梦想而努力奋斗。迎着朝阳，披着晚霞，乐此不疲。温暖的国度，温馨的家园；新时代，新征程，新梦想，新收成。踏着铁人的足迹，鹏程万里。乘着追梦的航号，飞拓今朝。伟大富饶，安定祥和。感谢太平盛世的家，感谢实现梦想的家长，感恩团结奋进的家人。

祖国，我的家。大气磅礴，历尽沧桑；繁荣昌盛，力挽狂澜。用强大捍卫无疆国土，用富饶补给数亿子民。伟岸宏大，兴旺富足。黑龙江，我的家。驻守于祖国东北边疆；冰天雪地，纯净洁白；神奇黑土地，富饶北大仓。漫步同程岁月，踏过每步征程。是岁月割舍了沧桑，是年华顿悟了霞光。踏实迈进每一步，从容面对每一天。荆棘坎坷，风雨兼程。

感谢沧桑家园宽广豁达，感恩时代璀璨辉煌。不为赞美声声盈耳，只为家园安定祥和。赞最美基层，丰盈龙江。司法为民，公正司法，为政通人和，为日新月异，为平安中国。因国泰民安，时代机遇，而创设多彩梦想。因多彩多姿梦想而不断拼搏，奋力前行。面对威坐门前的石狮与楼顶飘扬的红旗，圆梦政法干警。

因梦想而生生不息，因梦想而勇往直前，因梦想而为之努力奋斗。追忆往昔坎坷路，用时间打磨历史的沧桑，用事实捍卫过往的真迹。前行的掌舵者，命运的主宰者。从众口铄金、积毁销骨中辗转前行，从顽疾病痛中砥砺前行。

在暴雨泥泞中乘风驰骋，在乌云密布下破釜沉舟。

钢铁毅力锻造闪光年华，不悔豪情铸就热血青春。消磨殆尽中辗转反侧，时光更迭中默默前行。用清泉滋养生命，用汗水补给人生，用泪水诉说辉煌。日月轮换，生命不息。劳苦作业，循环往复。慷慨激昂，奋勇拼搏。不气不馁，无私无畏。精干务实，严谨高效，恪尽职守。义务与责任并重，廉洁与自律同行。与时俱进的政治意识，日积月累的业务能力，乐于奉献的牺牲精神，勤奋认真的工作态度。踏踏实实为梦想努力，兢兢业业为事业拼搏。一切都在不息的生命中不止地奋斗着。

生在铁人家，大庆；职业开启于农垦家，北大仓；今天改革成就梦想——铁人精神永存！北大荒精神永驻！融于血液，浸入骨髓。精忠贯日月，大义薄云天。骨气，亘古不变；志气，历久弥新。不垮的精神，不弯的脊梁。感谢我的家，给予强大保护力的家；感谢我的家人，给予强大精神动力的家人。感恩我的家——强大的祖国，梦想实现的家园。感恩我的家人——赋予力量，给予甘甜。

祖国我的家，在五星红旗呵护下，在义勇军进行曲旋律中，我们同庆辉煌历程史，我们共贺非凡今朝年。梦想成就永辉煌，太平盛世永安康，镌刻辉煌永传承。喜迎二十大！

（本文荣获“新时代·新青年”主题全国青年作家文学大赛三等奖）

作者简介：王安冬，女，汉族，黑龙江大庆人。文章《放飞青春梦想扬起远航风帆》《青春梦想法魂》《生命不息奋斗不止》《最美基层幸福担当》《司法良知在我心中——热宝与暖宝》《人要有质量的生活》《烟火人间》《庆七一·颂党恩》等在各个文学平台发表。

诗歌天地

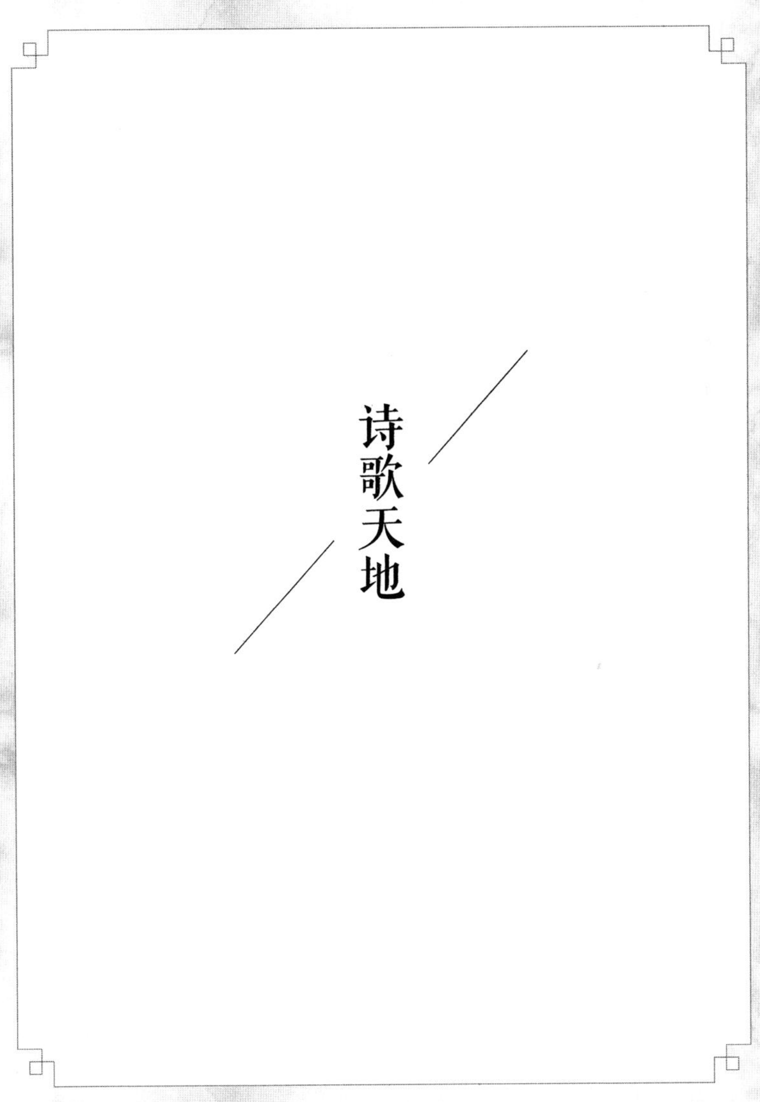

兵马俑（外二首）

张青山

每一尊兵马俑都具有
英雄的血性和早日归家的念想
未曾想，一朝出征
再见，已是千年

他们依然自信地微笑着
那是大秦的坚毅和气吞山河之气魄
烽烟已逝，风骨犹存
一统天下之志，永刻子孙血脉

一旦号角嘹亮
必将唤醒地宫内的千军万马
奔赴疆场
再展当年之英姿

柿　　树

漫山草木
在深秋，卸下一生的沉重

只为静下心来
过冬

而你则不同
缀满枝头的红灯笼
那是熬过艰难苦涩后的
暖和甜

簇拥在蓝天下
你，一身红装
是霜天里最娇美的
新娘

我似乎什么也不在乎

也许到了一定阶段
我不会对生活抱有太美的期望

不谈雅俗，不谈格局
许多行为方式，那是天性使然
与道德、品行无关

尽力收缩我的版图
只想与自己好好交交心
拒绝那些是是非非的言语

每次想起一生中最遗憾的事

天空就下起了雨。那是江南烟雨里
永远写不尽的诗行

夜半。窗外。雨打芭蕉
这世间究竟还有什么？值得
残酒未消的我，去牵念

（本文荣获第四届中国青年作家杯征文大赛诗歌组一等奖）

作者简介：张青山，四川南充人，常居成都。青年作家网签约作家，湖南省网络作家协会会员。曾在全国青年作家文学大赛中荣获诗歌类一等奖。出版个人诗集《西边太阳东边月》。

尘封（外五首）

韩东君

打开尘封的记忆，
释放出一缕淡淡的清香。
清风有意带走，
回味不愿其随，
因为早已沁入心扉……
你是我心底的痛，
你是我难以触摸的梦，
而梦的温馨却拦不住破晓的鸡鸣。
追寻的脚步，
踩不到你飘忽的影。
懵懂的少年，伤怀的歌，
唱完一首又一首，
伴着痴情，迎来又一个黎明……

清　江　夜

月游清江寂无声，
渔火独闪照乌篷。
夜融山水成一色，
撒网捞尽满天星。

秋 月 夜

风轻柳静草虫欢，
池塘蛙鼓闹翻天。
静如处子菡萏立，
绿掌托月向琼天。

静 与 闲

静池如镜映石桥，
山掩行踪任喧嚣。
游人如织留影去，
夜临虫鸣风摆梢。

渔 船

渔火映孤舟，
水清任自流。
撒网捞孤寂，
收网聚寒秋。
满船装月色，
一江装心愁。

寒 江 月

舟独苇枯鸟鸣哀，

江寒影孤自徘徊。
注目水中蹒跚月，
缘何天地两分开。

（本文荣获第四届中国青年作家杯征文大赛诗歌组二等奖）

作者简介：韩东君，本名韩建胜，河北昌黎人，资深媒体人，从事过教育事业，曾任中华新闻报社会观察周刊副主编，青年作家网签约作家。

天宜居士诗词十五首

天宜居士

元阳梯田

秋赴元阳长度假，
与仙同住水云间。
赤霞万朵跌田垌，
红日灿灿坠玉盘。
溢彩层层弥碧宇，
流光道道映青山。
月明醪绿长街宴，
醉卧哈尼夜不眠。

重游北大红楼敬怀先贤

博雅塔尖立巍巍，
未名湖水绿茵茵。
图书馆里观天地，
北大园中话古今。
文化救国传马列，
相约建党定乾坤。
红楼论演光芒射，

引领潮流日日新。

一剪梅·西江千户苗寨

吊脚楼头星海柔。
千灯点点，
一月如钩。
烟村夜宴正狂欢，
篝火熊熊，
银饰闪闪。
你舞我歌任自由。
锣鼓咚咚，
笙笛悠悠。
高山流水惹愁思，
醉眼酣酣，
娇面羞羞。

青玉案·南海观音

神奇三亚风光秀。
海澄净，
城剔透。
南海观音开笑口。
众生普度，
禅心不朽。
德润齐浃宙。

病危老母求天佑。
千里驰行夜奔走。
儿跪佛前频叩首。
慈悲菩萨，
颙祈康救。
祷母南山寿。

多丽·康养胜地——兴义

万峰湖，
水天一色滢滢。
万峰林，
磅礴千里，
浩瀚二万余峰。
锦云下，
万峰竞秀，
霁野上，
红日当空。
抱木山巅，
万千气象，
彩霞满天韵犹浓。
大峡谷，
百溪飞瀑，
险秀古奇雄。
濮越寨，
风情浓郁，
魅力无穷。

四季妍，
黄金纬度，
世界康养春城。
野钓天堂，
登山胜地，
又添最美马拉松。
我来矣，
宜居仙境，
安此度今生。
重追梦，
放情丘壑，
乐在其中。

诉衷情令·梦游珠峰

珠峰神圣路维艰，
冰雪竞争妍。
梦中与君跻览，
绝景漫无边。

风怒吼，
醉云翻。
立危巅。
羲阳灿烂，
众山翘首，
一岭擎天。

一丛花·贺母寿

观山湖畔绿芊芊。
花绽青草繁。
天清气爽闲云荡，
水岸外，喜鹊儇儇。
桥横径曲，柳垂莲动，
斜日鹤翩跹。

煎茶煮酒绣筵欢。
祥庆满庭园。
亲朋好友来添寿，
共祝愿，好运连连。
寿比南山，
福如东海，
驻世永康安。

逆　境

——读《任正非传》有感

但凡丰业险中求，
时运维艰莫感愁。
绝处逢生强竞奋，
功彪青史把名留。

花甲感悟

一生追梦欲高飞，
历尽沧桑头不回。
一半阳光一半雨，
亦无惊喜亦无悲。

（本组诗荣获青年作家网 2023 年度优秀作品奖）

作者简介：天宜居士，本名夏金峣，另有笔名天元、金峣，贵州贵阳人，欧洲大学工商管理博士，青年作家网签约作家，青年作家网 2023 年度优秀作家。

烟雨（组诗）

叶美果

烟　雨

天微冷，倏地发现
你已漫过群山悄悄地来到了我的身边
你，还如往昔一般
若即若离
你总是将眼前的新绿清晰地展现在我的眼里
忆往昔，那年
我在竹林邂逅了你
我在茶园邂逅了你
我在小池边邂逅了你
我在古刹边上也邂逅了你
……
你都赠予了我出奇的惊喜
那时，我想靠近你
将你捧在手心，抱在怀里
你却总是把我带到如梦如幻的世界里
……
我擎着一把美丽的小伞
独自行走在山林小道上

转眼，你又与我邂逅
在这个相同的季节里

逐　光

春光正好的日子
过街的斜阳平铺在马路上
车窗外，那束闪亮的光照在孩童欣喜的脸上
他们惦记着校园里的落叶
那被风一吹，像满天金黄的
又或是多彩的蝴蝶在舞动
让人怀想起绚烂的童年之梦
迫不及待地奔向有光的地方，逐一道光
不管是在山头，还是在转角的街口
走过长长的堤岸，蹚过缓缓的河流
柔柔的风，拂过脚下的草
迎着光，拾一朵春花
哪怕，在一个陌生的路口

（本组诗荣获2022全国青年作家文学大赛诗歌组一等奖）

作者简介：叶美果，笔名青丘莫上，小学教师，青年作家网签约作家。

我本无意

黄　瑶

执一支笔　一时起意
纸页留痕　万籁俱寂
青柠的叶　藏匿在我写下的字句里
一行又一行　洋溢着初恋的馥郁

浪漫的晚霞　堆叠在天际
捕捉暮色里　一抹温柔的云霞
暖黄的光影　交织成年少的秘密
想象着你的眼眸如水　泛起涟漪

情歌响起　乱了风息
雨也打湿了　泛黄纸页上的谜题
并不想你　只是未眠的玫瑰花瓣
悄悄地　落进了我的心里

（本文荣获青年作家网 2023 年度优秀作品奖）

作者简介：黄瑶，笔名紫潇瑶，一九九八年出生于福建省漳州市漳浦县，《2023 中国诗词大会》千人团选手。现为福建省作家协会会员、漳州市作家协会会员、漳浦县作家协会会员、青年作家网签约作家。曾出版小说《班级辣事串串烧》，文章得过“中国少年作家杯”“中国青年作家杯”“新人杯”“江南杯”等国家级奖项，另有作品获省、市、县级奖项。文学作品散见于《福建日报》《福建法治报》《潮州日报》《金浦报》等报纸。

捧 河 岩

杨凤宝

一

谷幽潭碧镜，青山倩影斜。
意揽九天月，林深鸟声绝。

二

鸟憩山林静，蝶吮七彩珠。
人近浅草笑，曲径花无声。

三

青山叠翠霞，锦鳞衔荷花。
涧泓云戏影，溪岸醉翁家。

（本文荣获第四届中国青年作家杯征文大赛诗歌组一等奖）

作者简介：杨凤宝，北京人。青年作家网文学会员、密云区果园文学社会员。一九八七年创作电影文学剧本《阴影》。一九九六年开始小说、散文、诗歌创作。小说《一张火车票》荣获东京文学第二届全国文学征文大赛二等奖。小说《乳香四溢》荣获青年作家网二〇二〇年全国青年文学大赛小说组一等奖。小说《老乔》荣获青年作家网二〇二二年全国青年文学大赛小说组二等奖。散文《流金岁月》荣获青年作家网二〇二三年全国青年文学大赛散文组二等奖。诗歌《捧河岩》诗词三首，荣获第四届中国青年作家杯征文大赛诗歌组一等奖。

重阳有感（外二首）

王利宏

今逢九九又重阳，
秋色吐艳绽芬芳。
露重霜浓云影飘，
举目山川落叶黄。

七绝·咏霜

落叶梧桐如蝶舞，
撒落院中似舟旋。
霜打枯叶星满地，
泽光银妆美渭源。

七绝·游春

居邻北郭古寺空，
杏花两株泛白红。
曲江满园不可到，
看此美景与谁共？

（本作品荣获青年作家网 2023 年度优秀作品奖）

作者简介：王利宏，字豫陇，号原居士，甘肃渭源人。毕业于西北师范大学，擅长写意花鸟、书法、诗词创作。河南省美术家协会会员，河南省诗歌创作研究会会员，曾任河南省郑州市商业中等专业学校书画教师。作品曾入选各类书画展获奖，被相关机构和个人收藏。诗书画作品在多家报刊发表。

路　遇

胡建林

在那条蜿蜒曲折的小路
淡淡幽香迎面袭来
你从拐弯处走出
突然来到面前

朱唇映衬的玉齿
整齐得洁白亮丽
白里透红的皮肤
犹如二月盛开的桃花粉底

你美丽无瑕的形象
已经闯入我慌乱的心底
我天天去那条弯曲的小路
希望你又出现在那个拐弯的地方

美丽的姑娘
你究竟去了哪里
你在我的视线中消失
为何还要躲藏在我的心底

我早晚时时地寻觅
盼望再一次见到你的身影
我如此的不离不弃
多么希望能够感动上天
再一次给我惊喜!

（本文荣获第四届中国青年作家杯诗歌组三等奖）

作者简介：胡建林，云南昆明人，一九五二年出生，汉族。昆明市官渡区第六中学退休教师。爱好文学，一九九三年开始写作。有二十余篇文章在省市各级刊物发表，几十篇文章在网络平台发表。现昆明市作家协会会员。

最美青春献给祖国

李广鑫

新时代，我立下报国之志建设美丽山河
新时代，我怀着伟大梦想谱写青春之歌
新时代，我要把青春奋斗融入党和人民的事业
新时代，我时刻准备着接受祖国和人民的检阅

新时代，我们未改初心，不变本色
我们知道：青春的力量，是理想信念的灯火
二十四岁的周恩来为追寻正确信仰与方向，为寻求救国真理奔走求学
二十五岁的蔡和森赴法勤工俭学，“猛看猛译”马列著作
二十八岁的夏明翰追随心中的“主义”，从容留下了绝笔
二十九岁的陈望道心无旁骛地翻译《共产党宣言》，甘饴以墨

新时代，我们听党话、感党恩、跟党走
我们知道：青年是祖国的希望，青年是民族的未来
我要认真上好历史课，深刻诠释红色政权来之不易
新中国来之不易，中国特色社会主义来之不易
我要认真上好思政课，努力弄懂中国共产党为什么能
马克思主义为什么行，中国特色社会主义为什么好
我要认真上好军体课
牢牢记住“体育强则中国强、国运兴则体育兴”，锻炼强健的体魄

我要认真上好专业课，系统掌握基本原理、科技知识
努力成为民族复兴重任的接班人和建设者

新时代，我们仰望星空、脚踏实地，接续奋斗、奏响凯歌
我们知道：青春的模样，是实干奋斗的模样
“最美快递员”汪勇，以非凡之勇守护人间温暖
“最美奋斗者”黄文秀，把青春奉献在脱贫攻坚第一线
“时代楷模”杜富国，不顾个人安危保护战友
“戍边英雄”陈祥榕，以血肉之躯写下“清澈的爱，只为中国”
奥运健儿，让国旗在国际赛场高高飘扬

新时代，我们不负时代，不负韶华，增强做中国人的志气、骨气、底气
我们与时代同向同行、共同前进，奔赴远方
“神舟”上天、“北斗”组网、“蛟龙”入海、“嫦娥”奔月
接续科技强国的事业，需要我们上下求索
产业扶贫、文化消费、直播带货
传承乡村振兴的事业，需要我们担当开拓
生态文明、绿色低碳、美丽中国
绿水青山就是金山银山的事业，需要我们接力建设
新阶段、新理念、新格局
坚持中国特色社会主义道路的伟大事业，需要我们奋斗拼搏

新时代，我们立大志、成大才、担大任、明大德
我们知道：我们都是新时代的追梦人和奋进者
我们在改革开放的春潮里
感受到奋进的时代脉搏
我们在建党百年的献词里

听到了“请党放心，强国有我”豪迈的青春誓言

我以青春理想，为国家发展聚能
我以青春活力，为民族复兴蓄力
我以青春才智，为社会进步拼搏
我以青春奋斗，把个人的小我融入祖国和人民的大我
奋斗正青春，青春献给党
新时代，我们要把最美的青春献给伟大的祖国

（本文荣获“新时代·新青年”第二届全国青年作家文学大赛诗歌组一等奖）

作者简介：李广鑫，辽宁西丰人，中共党员，工程硕士。曾携笔从戎二十三载，现就职于渤海大学。辽宁省全民国防教育讲师团成员，中华诗词学会会员，中国诗歌网认证诗人，青年作家网签约作家，锦州市作家协会会员，锦州市文艺评论家协会会员。其作品曾获教育部和中华诗词学会联合主办的“诗词创作征集活动”优秀奖，第二届、第三届“中国青年作家杯”诗歌组一等奖，“全国青年作家文学大赛”诗歌组一等奖，“中国知青作家杯”征文二等奖，第二届全球华人好家风征文大赛二等奖。

新时代的青葱之歌

姚　锦

在我眼前，
一群朝气蓬勃的新青年正以他们的热情和坚韧，
描绘着新时代的画卷。
他们是这个时代的骄傲，
是未来的希望，
他们用青春的力量，
书写着属于新青年的篇章。

他们有的在科技前沿
用智慧的头脑和灵巧的手指
探索着未知的领域。
他们用创新的精神，
打破传统的束缚，
为人类社会的发展贡献着力量。
他们是新时代的创造者，
他们的存在，让世界变得更加美好。

他们有的在教育领域，
用他们的知识和爱心，
培育着一个个未来的接班人。

他们以无私的奉献，
传承着人类的精神财富，
培养着一代又一代的优秀人才。
他们是新时代的传承者，
他们的付出，让未来充满希望。

他们有的在服务社会，
用自己的勤劳和善良，
为社会注入温暖和力量。
他们以真诚的笑容和温暖的关怀，
给予那些需要帮助的人以力量和信心。
他们是新时代的守护者，
他们的存在，让社会更加和谐。

他们在时代的浪潮中奋斗，
他们在人生的舞台上翩翩起舞。
他们用自己的青春，
诠释着新青年的定义。
他们用行动证明，
新青年不仅有梦想，更有行动；
新青年不仅有理想，更有担当。

这就是新时代的青年，
他们是这个时代的骄傲，
他们是未来的希望。
他们用青春的力量，
书写着属于新青年的篇章。

他们是青葱岁月里的歌者，
用他们的歌声，唱响了这个新时代。

让我们为这些新青年鼓掌，
让我们为他们的坚韧和勇气点赞。
他们是我们的骄傲，
他们是我们的未来。
让我们一起期待，
他们将在未来的岁月里，
创造出更加辉煌的成就。

在他们的身上，
我们看到了青春的活力，
看到了奋斗的勇气，
看到了担当的力量。
他们是新时代的象征，
他们是新青年的代表。

然而，他们并非一帆风顺。
他们也会遇到困难，也会感到迷茫，
也会在黑夜中寻找方向。
但正是这些困难和挑战，
让他们更加坚韧，更加成熟。
他们从失败中学习，从挫折中成长，
他们以坚定的信念和无畏的精神，
迎接每一个新的挑战。

他们是新时代的勇士，
他们是新青年的旗帜。
他们在时代的洪流中奋力前行，
用他们的青春，
为我们描绘出一个充满希望和梦想的新时代。

这就是新时代的青葱之歌，
一首关于新青年，
关于梦想，
关于奋斗，
关于希望的赞歌。
让我们一起倾听这首歌曲，
感受新青年们的热情和坚韧，
期待他们在未来的岁月里，
创造出更加辉煌的成就。

作者简介：姚锦，一九八一年出生，江苏南京人。毕业于南京旅游管理学院，现系江苏省作家协会会员，河北文学艺术研究会会员，湖北野草文学工作室签约作家，一九九七年以撰写散文开始了文学创作生涯。获奖作品与发表作品有《幸福随想》《蓝天下的祈祷》《独白》《桂花雨》《十人烧香九为财》《我醉了》《人生三人》《心若向阳，何须忧伤》《黄泉路上借碗酒》《奈何桥上皆是鬼》《风中飘落的叶》等。

让思念随风

潘淑萍

思念像一张网
不留一丝空隙，紧紧缠绕着我
思念像一个茧
不管何时何地，团团包围着我
思念像一只手
不论如何挣扎，牢牢抓住了我
思念像一支歌，
不分白天黑夜，时时包围着我
把目光转个向，让心事随风散
把所有藏心间，让未来可期盼

（本文荣获青年作家网 2023 年度优秀作品奖）

作者简介：潘淑萍，女，高级教师，山东青岛人。作品《感恩别样母爱》《生活教会我感恩》《人生路上，朋友伴我走一程》收录于丛书《争鸣·夕雅文集》；诗歌《爱是什么》《岁月的痕迹》《如果母亲还在》收录于丛书《争鸣·人生几味》；诗歌《让思念随风》在 2022 年全国青年作家文学大赛中，获诗歌组一等奖。

小说世界

午　后

妙　瓜

一

柳芳菲打着橙红色的遮阳伞，在热浪滚滚的街上走着。

她刚从康复医院探视父母回来。与其说是探视，倒不如说只是去送了一趟水果、牛奶等食物和一些生活用品，她并未见到双亲的面。

因最近流感传播极快，康复医院住的大都是老年病人，属易感人群，为保护住院病人的安全，医院婉拒家属探望。柳芳菲只得把东西送到大厅受理处，医院自会安排人负责送达。

柳芳菲撂下东西，拨通了护理阿姨的手机："吴阿姨，你好！我是芳芳……"

"噢噢，是我呀，是我呀，你是芳芳啊……"手机那头蹩脚的普通话里夹带着吴越山区浓重的俚音。

"医院不允许我上去，只能把东西放楼下了，要麻烦你下楼来拿……"二老的病房在三楼B区。

"晓得啰……晓得啰，我去拿啰。"吴阿姨的话语里常有一些运用得很娴熟的后缀，这个"啰"是一个略上扬的音调，像一节委婉的拖音。柳芳菲很熟悉这种口音，她也曾在各种后缀音近乎泛滥的语境中生活过一段时间，那里的乡亲管这叫乡音。

"我爸妈今天状况怎么样？"柳芳菲边问边往门厅那边瞅了一眼，刚才对她例行检查的那位保安和另一位护士正苦口婆心地在劝阻一位刚进门的访客。

“好的啰……好的啰，大伯插管后脸色好些啰……不过啰，大妈还是那样啰……脑筋有点不清爽啰……”

这些情况都在柳芳菲意料之中。父亲已九十岁高龄，前些天因不能正常进食，身体越来越虚弱，医生征询柳芳菲的意见后给他插了进食管。母亲有点轻微的老年痴呆，大部分时间头脑是清醒的，但有一阵子也犯糊涂，好在起居尚能自理。询问完二老的身体状况，又交代了一些注意事项，柳芳菲只好悻悻而回。

医院离家不算远，坐公交车途经八站，中间换乘一次，再步行一里多地就到了。这在省会城市算很方便了。柳芳菲在换乘站下车后，余程选择了步行。因可以抄近路，与换乘公交车需要绕一个圈相比，到家的时间也基本上差不多。况且今天街上行人稀少，步行也可减少一点被感染的概率，回家也没啥急事，不如慢慢逛逛。

中午的太阳直射着这个城市，南北走向的街道看上去几乎没有阴影。

几年前这条街道经过改造拓宽了一倍，街道中间的一条绿化带将两边分隔成单向车道，绿化带里面间种着桃树，春天望去，一道粉红的花墙统领了整条街的春色。眼下桃花虽败，但低矮的映山红却星火燎原般开放。

路两侧也各有一条绿化带，每相距几十米即有一株高大的法国梧桐树，这个季节梧桐树正争先恐后往外冒着碧绿的叶子。这些梧桐树本已在人行道上扎根了数十年，路拓宽后，它们虽原地未动，却站在了隔离带的位置上，树荫只惠及脚下的小灌木和修剪成球状的大叶黄杨。人行道上后补植的景观树才碗口粗细，树冠暂时还未如盖，正仰望法桐默默成长。

途中路过一座过街天桥，柳芳菲对此很熟悉，这是整条街上仅存的一座天桥，其他天桥在城市改造中均已被拆除，交叉路口都修建了地下通道。这个路口虽然也建了地下通道，但天桥仍然保留了下来，大概得益于它的位置正处于整条街的中间，像一个中央观景台。

柳芳菲不喜欢走地下通道，她更喜欢走天桥，顺便可以俯瞰一下街景，且上下行都有电梯，比走地道敞亮多了。今天因时间很宽余，她就索性于桥上驻足片刻，欣赏起街景来。这些日子来来回回从桥上走了多少遍，也没有像今天这样刻意四望过。

桥下是一条笔直的大街，如同中轴线一般没有半点弧度。北边尽头处一幢嵌着蓝色玻璃墙幕的摩天大厦限制了视线的延伸，那是这个城市的标志性建筑。

向南望，视线被一座海拔不高的青山阻挡，山顶的楼阁像凌霄宝殿，琉璃瓦一闪一闪地折射着金光。沿街高楼鳞次栉比，三条绿化带花红叶绿。若没有往来车辆的噪声，站在这里看风景也确是一件很惬意的事情。

路过的几个年轻人朝她的背影回眸了好几次，一把橙红伞、一袭湖蓝色的亚麻布连衣裙，她的背影也是一道风景。

柳芳菲并未感受到别人的目光，此刻她正触景生情，心里涌起那首早已背得滚瓜烂熟的诗："节物相催各自新，痴心儿女挽留春。芳菲歇去何须恨，夏木阴阴正可人。"

秦观的这首《三月晦日偶题》是柳芳菲少年时夏老师教她的诗，夏老师说，她的名字就来自这首诗。因为诗里有她的名字，所以她特别喜欢这首诗。许多年来，柳芳菲总感觉这首诗里还藏着另外一个人，一个与她有过千丝万缕联系的人。这种感觉曾经只是隐隐约约，有时会一闪而过，而这几年却愈发强烈了。

此时，她转过身来，见一个大男孩从天桥的另一端走来，那男孩高挑的个子，穿着浅蓝色的T恤，单肩挎着一个牛仔布双肩包，行至她左前方两三米处时，眼光有意无意地在她身上滞留了片刻。就在她与他四目相对的刹那，柳芳菲的心忽然颤动了一下：她看不见那男孩口罩后面的脸庞，但这双眼神却让她不由得想起了另一双令她魂牵梦萦的眼睛。

她不敢想下去，自己已是年逾花甲之人了，怎还会冒出这样的念头？她生怕心里的秘密从脸上泄露出去，伸手整理了一下口罩，将悄悄涌上来的红晕藏好。同时，她也收敛起游览街景的兴致，缓缓走下天桥，往家的方向走去。

二

回到家里，柳芳菲觉得有点疲惫，从一楼走上六楼，中间歇了两次，一进屋就一头栽倒在床上。这段时间她也确实乏透了。这几年二老身体每况愈下，二老身边只剩下柳芳菲一个亲人，里里外外都需要她照顾打理，确实够她受的。自从二老住进了康复医院，柳芳菲的负担自然减轻了不少，但她还是坚持天天去医院陪伴二老。这两天因自己也病倒了，卧床休息了两天，今天稍好了一点，她心里惦记着二老，便打起精神去医院看看，结果白跑了一趟。

她连鞋也懒得脱，仰面躺在床上，眼怔怔地望了一会儿天花板。转过脸来时，她看见了墙上的日历，心中不由感叹时间过得真快，今天又是六月二十日。她想闭上眼睛休息片刻，却不料一闭上眼睛，犹如开启了泄洪的阀门，往事像洪水般一泻千里，思绪便一下子被裹挟进回忆的漩涡里。

柳芳菲是个孤儿，六月二十日正是她被孤儿院收养并登记的日子。

她去康复医院探望的并非她的亲生父母，而是她所在孤儿院的夏老师他们两口子。柳芳菲至今都不知道自己的亲生父母到底是谁，因为她被遗弃时，还是襁褓中嗷嗷待哺的婴儿，她是在湖畔公园一棵大柳树下的长椅上被人发现的。

民政部门将她送进医院，观察调养了数天后，又托付给孤儿院抚养。

孤儿院院长兼保育员夏阿姨接过孩子一看，好可爱的小天使，红嘟嘟的小嘴正咿咿呀呀地说笑着。

“起名字了吗？”夏阿姨问。

“没有，姓名一栏现暂时标注‘弃婴’。”负责向孤儿院办理托付手续的人说，“不过，捡到时襁褓中夹着一张纸条，想必是孩子的父母留下的。”

“在哪里？”

“在这个信封里。”

夏阿姨接过信封打开一看，一行工整的行楷写着两句诗：“芳菲歇去何须恨，夏木阴阴正可人。”那字，笔力甚为遒劲，隐隐力透纸背。

“想不到还是一个有文化的读书人，怎么会这么狠心呀？！”

“可能有什么难言之隐吧？……”

“他们把孩子放在柳树下，一定有着某种暗示，不如就让孩子姓柳吧。”夏阿姨用征询的眼光看着民政局的同志。

“当然可以，柳是常用姓氏，合情合理。那名字呢？”

“还是应该从诗中选取，也可看作是她父母的意愿，既然是女婴，就取‘芳菲’为名，怎么样？”

“好啊，很好听的名字，就用这个名字给她办理登记吧。”

从那一刻起，柳芳菲不再是“弃婴”，她有了一个法定的名字，六月二十日也成了她的法定出生日。

柳芳菲到了学龄，夏阿姨又成了她的文化老师。夏老师每每想起柳芳菲的身世就联想到那两句诗，总觉得冥冥之中自己与柳芳菲之间有着某种缘分。而柳芳菲从小就聪明伶俐，乖巧懂事，夏老师自然对她钟爱有加。

柳芳菲十六岁那年，正值“上山下乡”高潮，孤儿院十二名学生一起报名要去北大荒插队落户，她是其中年龄最小的一个。夏老师觉得她年纪太小，总有些放心不下，临行前再三嘱咐他们一行中年纪最大的男孩秦可人，一定要照顾好柳芳菲。

那时候她还小，觉得只要能与这些一起长大的伙伴们在一起，去哪儿都是无所谓的。而且听说一起去的有上千名知青，火车要发整整一个专列，她虽然不知道一趟专列有多少节车厢，但光听“专列”这个名称，就能想象一定是一支浩浩荡荡的队伍，大家排着队，举着红旗唱着歌，想想都觉得意气风发。出发那天，其他学校的知青在和亲人告别时都哭得稀里哗啦，他们几个反而没哭。在这个城市里除了孤儿院的老师们，他们没有亲人，反正没有家，去哪儿还不都一样。

四天四夜的行程把他们送到祖国版图上最北端的一个名叫福利屯的小火车站。下车时天还没亮，大概是停电了，没有电灯，四周黑黝黝一片。接他们的汽车还没来，什么时候能来，谁也说不清，只能在寒冷的露天地里着急地等待。

寒风像刀子一样刮在脸上，出发时统一配发的黄棉袄和大衣全都上身了，柳芳菲甚至觉得自己已经臃肿得像个不倒翁了，但还是挡不住北大荒冬季的寒冷，刺骨的寒风很快就吹透棉袄，钻入骨髓，鞋底迅速冻得硬邦邦，脚板像光着脚踩在冰面上一样，针扎般疼痛。

孤零零的候车室里亮着一盏马灯，可惜屋子太小，哪容得下一千多号人，里面早已挤得水泄不通。大部分人只好在黑灯瞎火的广场上跺脚取暖。叫骂声、抱怨声、打招呼声此起彼伏，乱作一团。

柳芳菲第一次觉得血液仿佛在凝固，四肢逐渐麻木，她像个孩子一样哭出声来，泪水很快在眼睫毛上结成冰碴，这更增加了她内心的恐惧。这时，秦可人想到了抱团取暖的办法。他招呼十二名同学聚拢到一起围成一团，并喊道："让小不点儿在中间！"

"小不点儿"是柳芳菲在孤儿院的外号，那时候她也确实长得很单薄。

随后，秦可人又打开手电筒夹在腋窝下，双手抄进袖筒，站在最外圈。手电筒的光随着他跺脚在大家身上晃来晃去。借着光亮，柳芳菲看见从每个人口中吐出一团团白雾，又渐渐在帽子、衣领及眼眉上结成了冰霜。

好不容易挨到天亮，接站的客车一辆接一辆地驶进站前广场。在一片吵嚷声中，柳芳菲和同学们终于找到了去往他们公社的那几辆车，瞅准一辆稍空一点的，便一蜂窝地挤了上去。

中午，他们抵达了县城，离他们要去的公社还有几个小时的车程，一位身着翻毛领羊皮大衣的地方干部来接他们去吃午餐。柳芳菲看了一眼他那件脏得有点油亮的大衣，瞬间明白了凌晨大家差点被冻成冰棍的原因。

下午到达公社后，来接他们的是两辆马车，连同行李，正好载满。

天色已渐渐暗了下来。车把式在空中甩出一记响鞭，马儿欢快地在冰面上小跑，马脖套上的铃铛叮叮当当地响着，马不时打着响鼻。

走了一阵子后，前面那挂车的车把式回头喊道："孩子们，冷不冷啊？不行就下车走一会儿吧，别把脚冻坏了。"

有了在车站挨过冻的经历，大家都知道车把式说这话绝不是儿戏，便争先恐后地下车跟着小跑，跑累了再上车。

到达生产队时，四周又已漆黑一片。马车在生产队大门前停了下来，这里有几间矮小的土房，里面亮着昏黄的灯光。

三

外边烈焰一般的阳光似乎特别眷顾这个房间，闷热让柳芳菲有些烦躁，也迫使她从深陷的回忆中迅速回到现实。她起身打开空调。这套房子位于老旧楼的顶层，房顶的隔热功能较差，即使开了空调，制冷效果也大打折扣。她面对空调站了片刻，享受着扇叶里缕缕凉风轻拂过脸颊。忽然，那眼神又清晰地浮现在眼前，也是在这样炎热的午后，那双泛着迷人光芒的眸子曾引得她怦然心动。

那是北大荒的麦收时节，生产队里能动员起来的男女劳力都上阵了，大家在炽热的阳光下挥镰抢收。柳芳菲自然也不例外。但她的劳作水平实在是太差劲了，一般劳力割四条垅时，她只能割两条垅，仍然跟不上趟，手忙脚乱地，越着急就落得越远。

每到歇气儿时，别人都歇下了，但她不能歇，要追上进度才行。所有人都已累得筋疲力尽，都要抓紧歇一会儿，哪有精力来帮她。只有秦可人默默地过来给她帮忙。每次直起腰来休息一下时，柳芳菲都不敢直视他的眼睛，她把目光移向秦可人衣服上白花花的汗渍，而秦可人似乎并不在意她的目光，总是淡淡地说："是夏老师嘱咐我要照顾好你的。"

在这个世界上，孤儿院的老师是他们唯一的亲人。那天他们安顿下来后，第一件事情就是给老师写信。委屈、失望，理想中的广阔天地与现实中的情况形成巨大落差，心理承受的底线被一下子击穿，这一切，他们都迫不及待地要向老师倾诉。

原来，柳芳菲他们插队落户的地方只是一个仅有十八户人家的小屯子，算是一个小生产队，距大队部还有二十多里地。这里是方圆几十里沼泽中间的一块低岗地，化冻后四面环水，这里就成了一个孤岛。沼泽里更是危机四伏，不谙其径绝不敢贸然涉水。屯子南边有一片一人多高的水生红树林，密密匝匝，绵延数里，通往沼泽深处。因易于隐蔽，过去这里曾是个土匪窝。

东北解放后，经过土改和剿匪，土匪绝迹。后来，有几户闯关东的山东移民来到这里开荒种地，陆陆续续也有来投亲靠友的，逐渐形成了一个小屯子。当地人都管这里叫“山东屯儿”。

过去，化冻以后有半年多时间里，山东屯儿与外界是隔绝的，通信也很困难，周围都是水泽，邮递员唯一的交通工具是自行车，根本进不来。屯子里的人都是“旱鸭子”，也不会划船，所以也就没有船。反正这里的人家很少有信件，即使有也都是等到解冻之后再送进来。屯子里也没有电话，在沼泽里竖杆子架电话线的耗费在当时是个天文数字。

乡邮递员老孙是个热心肠，知道这些知青都盼着他，所以夏秋季也常穿着水衩子，涉水数里把信送进来。他说，虽然他对这一带地形很熟，但进进出出也是冒着几分危险的。

夏老师在接到无数封来信后，对他们的境遇深表担忧，尤其对柳芳菲更是挂念。特别是秦可人每封信的主要内容都是请求夏老师尽快想办法让柳芳菲“病退”回城，但这又谈何容易。绞尽脑汁后，夏老师终于通过张教授一个学生的帮助，疏通关系，在本省A县找到了一个同意给柳芳菲落户的生产队。

第二年，大地刚解冻，柳芳菲就以回乡青年的名义迁到了江南A县那个后缀音很具特色的山区。虽然她的农民身份没有变，但毕竟回到了江南，生活环境也比北大荒好了许多。更重要的是离夏老师相距不过数百里。

后来，柳芳菲还兼任了生产队的赤脚医生、会计，与村里的一位小学老师恋爱并建立了自己的家庭。结婚前，柳芳菲和未婚夫到城里来看望夏老师。张教授对柳芳菲说：“我们有个儿子，还缺个女儿，你要不嫌弃，就给我们老两口做女儿吧。”

夏老师说：“本来就是女儿，还需认吗？”

张教授笑道："名正则言顺嘛……"

柳芳菲赶紧拉着未婚夫跪下，脆生生地叫了一声："阿爸！阿妈！"

这一认，让张教授和夏老师脸上都笑开了花。

四

时间过得很快，世间变化更快。数年后，柳芳菲被招工进了县城一家国企，丈夫也调进县城一所小学当老师，他们还有了一个可爱的儿子。这几年，是柳芳菲人生志得意满的时期。从北大荒到江南水乡，从农民到工人，从农村到县城，从孤儿到拥有一个温暖的三口之家，生活正在从一个幸福走向又一个幸福。

幸福的人是相似的，不幸的人却各有各的不幸。柳芳菲的不幸是从丈夫出轨开始的。对于女人来说，婚姻很像在一场赌局中押注，押对了，幸福到白头；押错了，便是一辈子挥之不去的阴影。

自从有了孩子后，柳芳菲除了工作外，余下的精力都放在了哺育孩子身上，可能是忽略了对丈夫的关爱。直到有一天，丈夫因偷情被人捉奸在床，被扭送派出所。这事闹得沸沸扬扬，柳芳菲才得知真相。好端端的一个家庭从此陷入冷战，勉强维持了两年，夫妻俩终于分道扬镳。

柳芳菲独自含辛茹苦将儿子抚养成人。儿子成家立业后，又帮助操持家务、照看孙女，一直到孙女考入高中。

有一天，她对儿子说："阿妈不能照顾你们一辈子，我要回省城照顾你的张爷爷和夏奶奶。"

儿子很理解，说："妈妈，你也要照顾好自己，爷爷奶奶那边有什么事情随时通知我们。"

"好的，反正也相隔不远，你们可以随时去，我也会抽空回来看你们的。"

孙女说："奶奶，学校放寒假我就去看你。"

"好孙女，到时候奶奶陪你逛省城。"

就这样，柳芳菲又回到了夏老师身边。

夏老师有一个令人羡慕的家庭，丈夫是受人敬仰的大学教授，儿子学习也很优秀，大学毕业后赴美国攻读硕士，后又获得博士学位并成家立业。

夏老师两口子每年飞到大洋彼岸去帮助照顾孙子，折腾了十几年。待孙子大了，代沟也深了，老两口也年老体弱折腾不起了，便守着老巢安度晚年。前几年身子骨还硬朗，平安无事。

后来张教授得了一次脑梗，经抢救虽性命无虞，但基本处于半卧床状态。夏老师也多种疾病缠身，老两口的晚景有点凄凉。

就在这时候，柳芳菲回来了，二老自然喜出望外。在柳芳菲的悉心照料下，他俩的身体和精神状态都好了起来，有说有笑的日子持续了一段时间。前些日子张教授再次脑梗，住进了康复医院。夏老师也不慎摔了一跤，虽未伤及骨头，但毕竟也是年近九十的人了，需要搀扶行走。柳芳菲既要照顾夏老师，又要跑医院照顾张教授，日日忙得身体透支。

夏老师几次打电话要求儿子回来照料。怎奈儿子工作忙不说，他自己也有家要照料，又处疫情防控期间，进出海关都存在许多障碍，有点力不从心。但夏老师觉得与儿子相隔的不仅是这些，还有心与心的重洋。

“阿妈，您就别难为他了，我会照顾好你们的。”

“你也一把年纪了，身子骨又单薄，时间长了怎么吃得消啊……”

“阿妈，没事的，我没那么娇贵……”

“要不，我也住医院吧，与老张也好有个照应，你也省得两头跑了。”

就这样，夏老师也住进了康复医院。医院将她与张教授安排在同一病房。尽管已雇用了护理阿姨，但柳芳菲还是坚持白天在医院陪护，她知道有她在旁边陪着说说话，二老的心情自然就会好一些。

现在，医院因疫情又加强防控，家属不能陪护了。但不知怎的，她一点儿也没感到轻松，反而觉得心更累了。她从二老的现状，想到了自己的过去，也想到了自己的将来。人生，无论你有多少悲欣交集的往昔，终将归于寂寞，如同一场梦，云烟散尽了无痕。

胡思乱想了许久，柳芳菲觉得有点饿了，她才想起自己还没有吃午饭。她打开冰箱，里面能简单处理即可食用的东西都没有。吃点啥呢？她心里盘算着，忽然想起还有两张必胜客的优惠券。二老去康复医院前，柳芳菲经常去给他们买比萨饼，这是二老最喜欢的美食。买的次数多了，有时候就会送优惠券，前一阵子送的优惠券还没用完。必胜客就在小区南门右侧街对面，距家不到五百米。如果从小区北门出去，左拐穿过马路沿西墙角走还可以避开烈日。

主意打定，柳芳菲简单梳洗一下就下楼了。

五

日头稍有些偏西，街道西侧已出现了一条不规则的阴影。柳芳菲朝那家熟悉的必胜客走去，到店门口时不经意地朝隔壁一瞥，发现不知什么时候这里新开了一家名为“旧日印象”的商店，门口特意摆放了一辆锈迹斑斑的老式自行车、一台旧缝纫机，一台旧的三洋牌录放机正播放着那首名为《回到那年》的歌：“那年 / 是哪年？那年 / 是一张褪色的照片……”

柳芳菲瞬间就被这旋律吸引，人的一生中，有许多个“那年”。那年有说不尽的往事，有感叹不已的情怀，也有令人唏嘘的沧桑，不要说蹉跎坎坷，只说那人世间的友情关爱，就足够回忆的了。

都说人的好奇心是随着年龄递减的，而怀旧，一定要用岁月才能堆砌出来。此刻的柳芳菲既好奇又怀旧，便不由自主地踱了进去。

“欢迎光临！”售货员笑脸相迎。

“随便看看。”柳芳菲也微笑着回答。

货架上的东西都是仿制品，样子虽像，但神韵差了许多，表现的年代也参差不一，显得有点杂乱无章，没有一个鲜明的主题，有些物品更复制得不伦不类。如那些白色的搪瓷茶缸，上面印着“为人民服务”“广阔天地，大有作为”等字样，本来是带有那个时代特征的，但汉字下面又都印有同样含义的英文单词，这就脱离了那个年代的实际，有点儿画蛇添足。看来，这些创意都是没经历过那个年代的人设计出来的。

柳芳菲看了一会儿，觉得兴趣索然，正准备离开，货柜拐角处挂着的一个帆布书包突然勾住了她的目光。这是一个军绿色的帆布书包，印着“为人民服务”的红色手写体，是那个年代人人都有的标配。也许是售货员的创意，在兜盖上别了一枚杯口大小的有机玻璃质地的毛主席像章，红彤彤的，散发着金光。

回忆又倏然而至，像一帧帧永不褪色的照片，也是在午后，一个冰天雪地的午后。

那年，柳芳菲是第一个离开“山东屯儿”的知青。队里套上一挂马车，嘚嘚的马蹄拖着车轮碾过如镜的冰面，把她和送行的知青们载到公社所在地，那里每天都有一班通往县城的客车，上午来，下午回。

临上客车前，秦可人也是把这样一个别着伟人像章的绿军包小心翼翼地挎到她肩上。与眼前这个军包不同的是，那个包经过多次洗涤已经褪了颜色，里面装满了白面馒头。是秦可人用从牙缝里省下的白面，托房东大娘帮着蒸的。那些年他们每人一年的细粮只有四十斤小麦。

“路上吃……”秦可人似乎还有话要说，却欲言又止，到嘴边的话又咽了回去。

“谢谢啦！”柳芳菲忽然觉得鼻子酸酸的，眼圈红了。

“保重！记得来信……”

“我会的……”

柳芳菲与几位女知青握手道别，对男知青只是挥了挥手，那时她还没有勇气去握任何一个男同学的手。她在秦可人面前有些局促，很想握住他的手，甚至想扑进他的怀里，但她忍住了，只是与他深情地四目相对。

“等我的信。”

车走了，车窗上挂着厚厚的霜，看不见窗外，但柳芳菲感觉到他们一直在向她挥手。

一兜馒头伴着柳芳菲穿过漫漫旅途，也给了她一个朦胧的憧憬。

六

此刻，柳芳菲觉得饥肠辘辘，便转身离开，推开了隔壁必胜客的玻璃门。

“欢迎光临！”甜美的声音伴着凉爽的空调扑面相迎。

店堂正面挂着一张印有海蓝色天空与白云的背景画。

“阿姨，您好！”迎宾小姐的声音甜得恰到好处。

柳芳菲点了点头，微微一笑，迎宾小姐做了一个请的姿势：“阿姨，请到二楼用餐。”

柳芳菲从语音里读到了她口罩后面的笑意。

楼梯转角处有一张海报，上面是四个醒目的舒体字“虎年发财”，中间陪衬着几帧套餐图片，下面是一行同样醒目的黑体字，写着“下午茶套餐39元”。

楼梯整洁而温馨，米白色的瓷砖，阶口都镶嵌着黑色的防滑条，玻璃梯墙上是锃亮的不锈钢扶手。

柳芳菲一边往上走一边想，春节过去快半年了，怎么还虎年发财呀，显然这海报是数月之前的，不知这下午茶套餐还有效吗？

楼上顾客寥寥，略显得空荡，柳芳菲拣了一个靠窗的位置坐下。服务员迅速端上一杯柠檬水，这是免费的，同时又递过一本彩印的餐单，又为柳芳菲铺好餐巾，放上餐碟，摆好刀叉羹匙，然后非常礼貌地问：“阿姨，想吃点什么？”

柳芳菲掏出一张优惠券：“请问，这还能用吗？”

“当然能用，买一个比萨饼可以优惠5元。”

“下午茶套餐39元是哪一种？”

“阿姨，是这样的，您购买了这个套餐，就可以享受四次下午茶打折优惠，每次均可打六折，很划算的。”

“那我就买套餐吧。”柳芳菲并没有听懂服务员的介绍就不假思索地选择了购买套餐，她掏出一张百元钞票递给服务员。

“谢谢阿姨。”服务员接过钱麻溜地转身去服务台办理，很快就将余钱和一张精美的套餐凭证送到柳芳菲手里。

“阿姨，今天吃点啥呢？”

“不是点了套餐吗？”

“套餐有四种，您选哪一种？”

服务员帮柳芳菲展开餐单，上面有套餐的图文简介。但柳芳菲不想当着服务员的面戴上老花镜，不戴又看不清，就对服务员说：“你推荐吧，我听你的。”

服务员给柳芳菲推荐的套餐是一个小号比萨饼、一份水果沙拉、一份美味鸡翅、一杯奶茶、一份果味冰激凌。

柳芳菲慢慢地品着食物，安静地望着窗外，这条街储存着她的很多记忆。

以前每次来给二老买比萨饼，她都是在吧台交完钱后，坐在楼下外卖取餐口旁边的椅子上等。今天是第一次坐在二楼的餐位上享受美味。四顾空荡荡的餐厅，流露出一种十分典雅的风格，墙上几幅几何形的图案，她虽然看不懂，但觉得很有艺术感，几盏乳黄色的吊灯调和了窗口投进来的日光。她忽然觉得，吃东西也是需要一个环境、一种心情的。怪不得有人说，认真地对待吃饭，就是享受惬意的人生。

前面一角的餐桌旁一对情侣大约聊到忘情处，笑出声来。柳芳菲下意识地瞟了一眼，又忍不住回头扫描了一圈，后边也有两对情侣在卿卿我我。唉，爱情是年轻人的专利，可我们那个年代的专利呢？

“芳菲歇去何须恨”，可自己何曾芳菲过？即使有，如今也是“人间四月芳菲尽”。

柳芳菲忽然觉得，自己似乎从来没有真正地生活过，大多数日子都是过了今天，不知道明天。

她再次把一块比萨饼送进嘴里时，一片遮在心灵上的云翳突然飞了起来，像揭开了一块布，露出一兜白花花的馒头。久已凝闭的心海悄然漾起一丝波澜，那些年，那些事，不由自主地又一次涌上心头。

从北大荒回来后，她与秦可人一直保持书信来往，而且感情发展越来越亲密，这种情况大约保持了一年光景。

后来不知什么原因，秦可人不再给她回信，她的每一封去信都石沉大海。再后来，从同学那里得知秦可人当了生产队长，忙得很。

直到知青返城，秦可人也没有回来。回来的同学说，他已在公社当了助理员，并与当地姑娘处了对象，准备在那扎根一辈子了。

唉，当年无微不至地关心和照顾自己的秦大哥现在怎么样了？听李同学说他最近已经从北大荒回来了，不知什么原因仍孑然一身，在城乡接合部独居。大约是处境不佳，无颜见故人吧。其实，那又算什么呢？我们这一茬人不都这样吗？有几个处境好的？

无端想起一个人，他曾让你对明天有所憧憬，但他最终却完全没有出现在憧憬的明天里。人生很多事，真的可以释怀吗？

“芳菲歇去何须恨，夏木阴阴正可人。”可人，一丝风掠过，这两句诗不仅有自己的名字，难道还暗示着某种人生的偈语？夏老师也许早就看破，只是没有说破。柳芳菲越想越觉得这两句诗的奇妙。但不管如何，她决定趁这几天康复医院谢绝探望的空档，去寻访秦可人。

想到这里，柳芳菲忽然觉得心情如春波荡漾，一扫往日的沉闷。

用完餐后，起身下楼，迎宾小姐为她拉开玻璃门，依然笑容可掬：“谢谢！欢迎下次光临！”

阳光已经偏西，阴影已漫过街心。

柳芳菲沿着来路往回走，路口恰遇红灯，她站在路口等待时想，只要秦可人愿意，无论多么艰难，她都要照顾好他的后半辈子，做人最重要的是知恩图报。再说，再难还能难过当年吗？

正想得出神，忽然身后响起一个年轻男子的声音：“阿姨，您的账单还没付款。”

循声回头，是一个必胜客服务员装束的年轻人。柳芳菲便说：“你弄错了吧，不是交过钱了吗？”

“阿姨，您交的是购买套餐的钱，餐费没有交。”

“噢，那对不起了，这就交。”柳芳菲瞬间脸颊发红，恨不得地上有条裂缝可以钻进去，稍微镇静一下，拿出手机打开支付宝，并将手机递向那个年轻人道：“小伙子，该怎么交，我弄不好，你帮我弄一下吧。”

“不行，阿姨，需要您到吧台结账的。”

身后两位年轻姑娘见状，憋不住扑哧一下笑出声来。柳芳菲觉得丢人丢大了，幸好口罩遮住了她的一脸尴尬，只好跟着年轻人返回必胜客。

走到吧台,柳芳菲情不自禁地笑了,自嘲地说:“好不容易吃了一回霸王餐，却被抓了个现行。”

“没关系，阿姨，是我们的服务员讲得不够清楚，让您误会了……”

“对不起！”

“不，应该我们向您说对不起！”

再次走出必胜客的玻璃门，柳芳菲的心情反倒快活起来。

一辆有轨电车驶过，两根长长的“辫子”像触角在轨线上划过，不时擦出点点火花。

有轨电车在这个城市已基本绝迹，只保留了这一条线路在运营，像飘荡着的一个时代的尾音。

柳芳菲觉得自己这一代人，就像这有轨电车，生命的轨迹在一个已经逝去的时空中时隐时现，如同这两条半悬于空的轨线，迟早要从时代的洪流中消失的。

幸运的是，自己还有时间沿着这条即将消失的轨迹，去找回一些失落的东西。

（本文荣获2023全国青年作家文学大赛小说组一等奖）

漂　泊

妙　瓜

一

老穆一大早起来，就对着窗外发呆。

今天是老穆下乡当知青的纪念日，屈指算来已五十二个年头。每到这个日子，老穆心里就会涌起一种莫名的感触，怀旧、伤感、叹息，甚至还有一丝亲切。

老穆的性格里有种“一条道跑到黑”的犟劲，脾气也特倔。在他还是小穆的时候，就常与父亲唱对台戏，惹得脾气暴躁的父亲火冒三丈，抄起家伙就要揍他。幸亏父亲腿有残疾，小穆总能顺利逃之夭夭，免去了皮肉之苦。

十六岁那年的三月九日，小穆与一千多名知青登上一趟专列，去黑龙江农村插队落户。大家都穿着统一发的黄棉袄，扛着打成背包的黄棉被，颇有一支预备役部队的架势。因送行的人太多，极易造成杭州站秩序混乱，所以发车地点改在了闸口货场。

车刚一启动，好像触发了集体的泪点，车上车下都哭将起来，呜咽的、泪别的、哭喊的、号啕的，汇成一片。小穆没有哭，他已经提前哭过了。

前两天因瞒着父母把家中的户口簿偷出来，去派出所办了迁出，父母知道真相后，家里吵翻了天。小穆心一横，便离家出走，在同学家挨过两天后，就到了出发的日子，一大早在校门口集合，天下着毛毛细雨。

这时，母亲在弟弟和一帮发小的陪同下找来了。

小穆见到母亲，赶紧迎上去，想说几句告别的话，但母亲一张嘴就让小穆乱了方寸。

“你阿爸昨晚一直坐到天亮！在等你回家。”

“你知道这一走要啥时候才能见面？”

“你为啥要到那么远的地方去？”

母亲的发问像连珠炮，眼泪也像断线的珍珠。没等小穆回答，母亲便一把将小穆拽进怀里，号啕大哭起来。母亲的眼泪最容易融化儿子心里的坚冰，小穆心头一酸，像一只受伤的狼，也泪如雨下地跟着号。弟弟和发小们在一旁，本来就眼圈红红的，此刻也都情不自禁地大哭起来。

要出发了，两辆解放牌大卡车披着红色的标语横幅，一前一后停在校门口。小穆抬起胳膊用袖口拭了下眼泪，毅然爬上后面一辆卡车。这时，雨也停了。

卡车启动，行驶几十米后拐进另一条街，母亲和弟弟、发小们即刻消失在小穆泪眼模糊的视线里……

小穆觉得这是有生以来他流泪最多的一次哭泣。

二

一个月前，就有许多“龙江哥们儿”张罗着要聚聚，纪念一下。和老穆一起下乡的知青每逢这个日子都会自发地聚会，规模大小不一，内容也不尽相同，大家有时聚在一起豪饮，有时择一清幽处回忆，也有喝着、聊着还穿插演几个自编的小节目。有的知青称这是纪念日，有的称之为“荒友日”，还有的称其为“受难日”。也有知青认为这个日子不堪回首，不值得纪念。众说纷纭中，只有对“龙江哥们儿”这一称谓，大伙儿倒是认同感比较一致。

今年的情况有些特殊，防疫这根弦再次绷紧了。知青们虽然年纪都大了，但大局观念丝毫不减当年，自然对聚会这件事多数人也都闭口不提了。很多人都选择宅家，和家人团聚自斟自酌也是不错的选择。

但老穆已戒酒多年，又是独居，所以，只能每日望着窗户发呆。

他很想摆脱这种无聊的状态，想找点事情做以转移心绪。其实也是有许多事情可做的，只是心里有一种莫名的抵触，故不愿去做。他起身在屋里走了一圈，还是没有决定接下来该做啥，便随手从书架上拿了一本书，觉得阅读是此时的最佳选择。

这是一本美国女作家玛格丽特·米切尔的长篇小说《飘》。老穆文化程度低，以前没读过原著，只看过根据小说拍摄的电影《乱世佳人》，看的时候又漫不经心，也没觉得有什么特别精彩之处。退休后老穆很喜欢在网上东看看西看看地打发时光，经常接触到他认为很深刻的诸如心灵鸡汤之类的文字，时间越长兴趣越浓，不知不觉养成了一种浏览网页的习惯。前些日子偶尔浏览到一篇关于《飘》作者生平及轶事的文章，突然产生了想读原著的兴趣，即网购了这本书。

这是一本装帧很精美的书，封面是硬壳的，浅黄与土黄相间的底色，上面有一对情侣对视的剪纸画，轮廓的线条是墨绿色的，与底色搭配，和谐又养眼。书买来后，老穆已断断续续地读了一半，此刻他就坐在阳台上一边沐浴着阳光一边续读。

读了一会儿，老穆便觉得字迹越来越模糊，他明白自己的老花眼度数加深了，况且在阳光下阅读也刺激眼睛，他便合上书本，做短时间的闭目养神。

老穆闭上眼睛，不一会儿，刚才书中的话就在脑海里浮现了出来。“她伏在地上，疲倦已极，许许多多的苦恼和回忆，不停地向她扑来，使她摆脱不掉。”

记忆总是很奇怪，那些往事，你想忆起的时候常常想不起来，而在你不想的时候却又冒了出来，让你毫无准备，有时甚至都无法停下来，除非有意外打扰来制止。可今天却格外平静，没有访客，没有来电，隔壁在建的小区工地上平日里的喧闹让老穆烦不胜烦，今天却出奇地寂静。小区向北七公里处有一个军用机场，每天上午，战机的轰鸣声像小时候上课的铃声一样准时，震得门窗都会产生一丝共鸣。今天，轰鸣声也爽约了。

这样的情景确实很适合回忆往事。

三

小穆下乡的地方离边境很近。到了那里后，他就选择了扎根边疆，很少回过家。

他父亲是抗美援朝老兵，在战场上失去了一只左脚，不知何故，言谈中最恨逃兵。母亲颇能夫唱妇随，以扫盲班学到的文化知识，把“逃兵”二字诠释到极致，凡是她认为的无故请假、半途而废、没坚持到底等行为，都认之为逃兵。小穆第一次和几位已成“龙江哥们儿”的同学经历逃票、扒火车、露宿街头等一番艰辛回到家里，不仅没受到母亲的怜爱，反而被母亲天天以逃兵之名数落。那时，小穆就暗下决心，以后再也不回这个家了。

后来，身边的知青通过病退、上学、返城等渠道一个个都走了，小穆就有一种备感孤独的失落。不知是骨子里的倔强还是对“逃兵”二字的反应太强烈，小穆就是没有动过回城的念头。有时候，还用没当逃兵这样的理由来宽慰自己。

不过命运还是对小穆网开一面，在历经农民、工人、转干、调进县城等转折后，他也成家立业，并混了一个芝麻绿豆官。几年后，又有了一双儿女，以前的失落感渐渐淡化，他从心底更认同这个自己创建的家。

儿子渐渐长大，继承了小穆的犟驴脾气，甚至更加叛逆。在经过与青春期的儿子数次交锋后，小穆突然觉得理解了父亲，也读懂了父亲的一些行为。当年父亲并非打不着他，其实是舍不得真打呀。

那年，接到父亲去世的电报，小穆千里奔丧，在父亲灵前哭得伤心欲绝。这是他一生中第二次流了很多眼泪的哭泣。

在父亲的葬礼上，小穆见到了几位久违的同学及发小。处理完父亲的后事，与他们小聚了一次，算是告别宴，因工作上的事，小穆准备翌日就返回黑龙江。席间，大家几乎不约而同地问了小穆几个问题。

“你这么来去匆匆，什么时候还能再相见？”

“你该考虑一下落叶归根的问题了……”

“难道真的要在黑龙江待一辈子？”

面对大家关切的问题，小穆也不知道该怎么回答，因为他心里也很矛盾。半天，他憋出一句：“哪里的黄土不埋人！”

嘴拙语迟却语惊四座，连他自己也没想到。

归途，小穆选择乘坐“红眼航班”，因价格比较便宜。窗外一片漆黑，小穆闭上双眼，回味着席间那句脱口而出的话，当年自己是如何争取去黑龙江插队的那些往事也随之涌上心头。

四

小穆从小学考入初中仅一年多，学校便停课了。小穆那时候有点淘，还跟其他班同学打过架，在很多人眼里他是个坏学生。他只好和街坊上一帮发小混日子打发时光，倒也落得个自由自在。

这种逍遥自在的日子并不长，学校就复课了。小穆的班里也来了一位穿军装的和一位穿工装的领导。

刚返校那段时间，小穆有点不太适应，班里那些根正苗红的进步同学投来的目光让他有些不自在。他心里明镜似的，自己在很多人眼里是个坏学生，肯定不受待见。好在复课是象征性的，只是坐在教室里读读报，学习一些社论等时事文章。

读报这种活儿，当时也是很彰显身份的，一般都由军代表、工代表或班主任指定一些表现好的同学来读，其余同学在座位上听。小穆没有资格读，只有听的份儿，倒也省心。更让他放松的是学校对学习的要求并不严格，坐姿可以稍微随便些，记不记笔记也没有具体要求。他观察到，除了少数几位同学在装模作样地记笔记，大多数同学也都是心不在焉的。

小穆在班里属于基本没有发言权的那种人，但这并不影响他在心里对其他同学进行评价。他最看不上的就是同桌女生，头发像马尾巴束得很高，瘦而白净的脸，高颧骨，红眼圈，表现欲极强。刚入学那会儿，小穆在课堂上

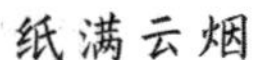

搞些小动作，第二天肯定被班主任叫去训话。他打心底恨透了这位同桌，与班里几个男生背地里给她起了个外号“白骨精”。

这次，轮到“白骨精”读报了，她从容地站起来，展开手中报纸，清了清嗓子，有意识地把握住语速，用带着浓重吴语口音的普通话抑扬顿挫地像朗诵一般读着。不知怎的，小穆觉得身上的鸡皮疙瘩都要起来了。

散漫了一年多，要把大家的心一下子收拢，着实不是一件容易的事情。

那天下午，小穆被军代表找去单独谈话，他感觉有点拯救失足少年的味道。他心里不服，嘴上也不敢说。那时候他才十五岁，对穿军装的人不仅有一种敬意，心里还有点儿发怵。

军代表个子很高，身材魁梧，脸上有几粒青春痘。小穆从他身着两个兜的军服判断他只是个兵，虽然那时不实行军衔制，但军官的上衣应该是四个兜的。

军代表操着一口地道的东北腔，像是对小穆说，又像是自言自语，但说的时候与小穆四目相对。

“我看你也不像个浑蛋的人儿呀。”

当时小穆对东北话并不熟悉，没完全听懂这话的意思。但从军代表较为和缓的口气上，猜测他没有敌意。军代表看了一眼小穆懵懂的表情，下一句就开门见山了：

“直说吧，现在我带这个班，你老老实实别闹事就行，能做到吗？”

“我也没想闹事啊！”小穆小声嘀咕着，但觉得自己的语气还是坚定的。

“好！说话算数，就这么定了，我信你了。”军代表笑了笑，站起身来。

“走，咱俩出去走走。”像提议，又像命令。

小穆自然得服从，跟在军代表身后。军代表却有意与小穆保持平行，这样更容易拉近两人的感情距离。路过一家糖果店时，军代表还进去买了一小包奶糖，还有花生牛轧糖，那年代吃这么高级的糖还属于比较奢侈的行为。

军代表把装着牛轧糖的纸袋举到小穆面前：

“吃吧，吃吧。”

“不吃，不吃。”小穆受宠若惊。

军代表见小穆不吃，便亲手剥开一粒送到他嘴边。小穆不敢怠慢，赶忙双手接过，有点儿不好意思地塞进嘴里，一边嚼一边想，这套路好像在哪部电影里见过。

学校离西湖很近，约一里路，两人一直走到湖边，在临湖的一张长椅上坐下。

有糖做黏合剂，接下来两人的谈话就轻松了许多。军代表说到兴奋处，竟炫耀起他的学校来了。

“我念的那个中学，那个高级啊，每间教室都有一架钢琴……”

小穆判断他在吹牛，但不便揭穿，假装认真地听，还不时地附和几声。不过从军代表的话匣子里，也了解到一些信息，他参军还不到一年，在校也是个初中生，比自己大了几岁而已。

那次谈话让小穆心情好了很多。往回走的时候，军代表还将一只胳膊搭在小穆的肩膀上，像哥哥和弟弟一样，这让他心里温暖了好些日子。

有一段时间，小穆甚至觉得与班上那些进步同学之间的差距基本要消失了，但一次突如其来的打击使他刚树立起的一点自信又跌入了谷底。

五

那是发生在几个月后的一段小插曲。本来小穆与几名要好的同学都已分配到郊县农村插队落户，名单已经张榜公布，只是尚未成行。这时，去黑龙江支边的任务下达了。小穆与几名要好的同学都转而去申请参加支边，其他同学都获准了，只有小穆没通过。小穆想起军代表与他谈过话的“交情”，想请军代表帮忙做一下疏通工作。

小穆忐忑地走进教师办公楼。那是一座老式二层洋房，砖木结构，一楼的地板踩上去嘎吱嘎吱地响。楼梯看上去倒很结实，扶手和立柱都是实木的，木质梯面已磨出明显的凹痕，却没有一点松动的地方。小穆沿楼梯走上二楼，

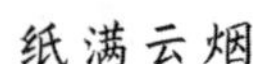

军代表、工代表与班主任都在二楼同一间屋里办公。小穆的右脚刚跨上最后一级楼梯，就听见军代表那一口东北腔从房间飘到走廊，办公室的门一定没有关或没关好。

“不能让这小子去，那可是屯垦戍边啊！”是军代表的声音。

刹那，小穆停住了脚步，不知所措，他意识到军代表说的“这小子”十有八九是指自己。

“年轻人嘛，淘是淘一点，但不能一棍子打死嘛。”这是班主任张老师慢条斯理的声音。小穆几乎可以判断出张老师在说话的时候又习惯性地用手指在鼻梁处往上扶了一下眼镜。

“那可是边疆，出了问题谁负责？”军代表的话里透着强烈的政治责任感。接下来，一阵沉默。小穆心跳骤然加剧，同时还伴有一种偷听的惶恐，怕被别人撞见，迅速蹑手蹑脚地退了回去。路上，他恼羞至极，原来军代表对他的看法如此不堪，他的上进心被一盆冷水从头浇到脚。

那时候小穆毕竟年纪小，心眼也小，心里装不住事儿，他迫不及待地将事情告诉了几个要好的同学。几个人煞有介事地聚在一起分析，给小穆出谋划策。

这个说：“找张老师啊，他不是还帮你说好话来着。”

那个说：“对呀，张老师的家我们还都认识。”

小穆急忙说：“那你们得陪我去，我一个人不敢去。”

“怕什么？我们陪你去，张老师也不是外人。”

晚上，小穆和几位同学去了张老师家。

张老师很客气地把大家迎进家里。张老师的家只有一个房间，屋里很窄，一张床、一张书桌，便占据了大部分空间，厨房在走廊的另一头，是几家共用的。小穆和同学们进去后，屋里马上变得很拥挤，张老师的爱人张罗着给大家倒茶水。由于屋里太挤，大家也不好意思多待，赶忙七嘴八舌地讲明来意。

张老师习惯性地扶了扶眼镜说：“不是还没定下来嘛。”

“名单不是已经公布了吗？”同学们有所疑惑。

“第二批名单还没确定呢。”张老师也实话实说。

“那我还有机会吗？我是真心实意想去支边的。”小穆不失时机地跟进。

张老师笑了笑：“这可要看你的决心了。”

从张老师家出来后，几个人边走边讨论，怎么才能表现出决心大呢？这个说，再写一份决心书。那个说，应该用毛笔写，像大字报那样挂在校门口。另一个说，不行，现在不允许贴大字报了。最后，还是小穆自己想出了办法，斩钉截铁地从嘴里蹦出三个字：“写血书！”

这一宿，小穆辗转难眠，一直在构思这封血书。

第二天，小穆当着同学的面，用铅笔刀划破食指，写下了一封简短的决心书，主要内容由四句诗构成：“热血男儿何为家，志在四海守边疆。昙花一现无人爱，草扎山崖人人夸。”

别小看这几句顺口溜，以小穆的文化是写不出来的。其实这首诗是军代表的杰作，原本写在军代表的笔记本上。那天在湖边，军代表从笔记本上撕下来送给他的。军代表说，那是他入伍时写的一首诗，表达了他的志向。小穆觉得把这首诗写进决心书，一定可以打动军代表的心。

当小穆非常恭敬地把决心书递到军代表手里时，军代表大略一看，用右手食指指了一下小穆缠着纱布的食指，又指了一下血书，然后手指朝小穆脑袋点了三下，也蹦出三个字：“好小子！”

小穆心有灵犀，知道这三个字翻译过来就是“批准了”。

果然，第二批支边名单公布了，“好小子”榜上有名。

六

小穆这一走，就是四十多年，等他回到故乡时，已变成不折不扣的老穆了。

现在，老穆坐在他租住的一间公寓的阳台上，他慢慢地睁开眼睛，轰鸣声又响起来了。这一次，老穆感到飞机直接从屋顶上方掠过，他看见前方湛蓝的天上延伸出两条线状的云带，像只无形的手把思绪扯向远方。

人到中年后，老穆的人生败笔一个接一个。先是事业原地踏步，在单位被逐渐边缘化。继而婚姻破裂，夫妻分道扬镳。儿女都有了各自的家庭后，老穆又陷入成家立业前那段时期的孤独境遇。

一种落叶归根的强烈愿望驱使老穆退休后只身返回故乡定居。

在故乡美丽的西子湖畔，龙江哥们儿经常聚在一起嗨聊，都退休了，有很多时光用来打发。大多数龙江哥们儿都习惯把曾经下乡的地方称作第二故乡，老穆却有不一样的感触。尤其是涉及的一些别人看来都习以为常的话题，常常触到老穆的痛点。因老穆的户口在黑龙江，一切福利待遇对他来说都是水中花，老穆觉得自己在故乡也被边缘化了。

有一天，老穆去游览西湖，小时候曾认为“花港观鱼”是环湖景点中最美的公园，当然是首选之地。他从一个洗手间出来后，发现旁边有一古朴精致的小院，便漫不经心地移步踱入，原来是马一浮先生纪念馆。

老穆寡闻，此前不知马老先生为何方人氏，但见墙上老先生送丰子恺的诗中有两句让老穆怦然心动：“身在他乡梦故乡，故乡今已是他乡。”

高人啊！七十多年前就把老穆今日的心境写进了诗里。老穆恨自己浅薄孤陋，又一次发誓要发奋读书。然而岁月不饶人，这不，刚读了几页，上面的字就模糊了。

手机的提示音响了一下。老穆摘下老花镜，擦了擦镜片又戴上，打开手机，是女儿发来的一条微信：“老爸，您最近身体可好？我们不在您身边，一定要注意爱惜自己的身体。这个年龄得注意心脏、血压、血脂啥的，睡眠质量好吗？如感觉哪儿不舒服，就马上到医院去做个常规体检，以便及时调养。我们都很挂念你！”后面是几个表情包。

老穆隐约觉得，这一生无论身在哪里，无论生活多么平静，他的心注定要一直漂泊下去。

（本文荣获 2022 全国青年作家文学大赛小说组一等奖）

作者简介：妙瓜，本名缪东荣，生于杭州。长期从事文字工作，喜欢读书写字。中国网络作家协会会员，中国诗歌学会、散文学会、小说学会会员，湖南省网络作家协会会员，青年作家网签约作家。著有纪实文学《青春富锦》，诗集《我的故乡是天堂》《我还有一个故乡是北大荒》。

电　　话

高　翔

他来城里工作已经有五六年，在一小区做保安。这天他早班结束，刚刚赶上一趟公交车。

上车后，他寻思着给在县里一家便利店工作的女朋友打个电话。

“这几天天气转凉了，出门多穿点衣服。再过一段时间就过年了，咱们又可以天天见面了……”

“知道啦，你没感冒吧？”

“没……没有啊，我哪里感冒了啦？……”

“行了，你别骗我了，你这声音还当我听不出来？药有吗？明天是周六，我来看看你……”

“哎呀，这多大点事，不用不用来，你千万别来啊，我自己会吃药的，周末休息一下，多喝点水就好啦……”

车玻璃窗上渐渐贴满了斜斜的细雨丝，最后变得朦朦胧胧。报站广播的声音、公交车发动机的声响、车窗外汽车的尾灯、城市高楼大厦的霓虹，模模糊糊地交织在一块儿，像波纹一样晕开去，又像潮水涨落般时远时近。

“你和我打电话，别忘记下车哦！”

“知道啦，知道啦，你可说了好几遍了。”

“你又忘了上次你给我打电话坐车坐过头……”

“放心放心，现在我可长记性了。你那边最近可有什么新鲜的事？”

“今天倒是有一件。今天有个姑娘，看样子应该是城里来的，来便利店里转了好几圈，最后在柜台边的桶里挑了一枝花。”

“这有什么稀奇的，哦，我知道你意思了，咱们过年见面的时候，我送你一束花，就一大捧的那种……”

“不是不是，我才不需要你送，你听好了，千万不许送，听见没有，你真的要送的话，送一枝就够了，别瞎浪费钱。”

“什么叫浪费钱？这是我的一片心意……”

“行了行了，让我先把话说完。那姑娘挑完花以后，在店门口站了好一会儿，一直望着店对面的那一排房子。大概十分钟了，我看那姑娘还站在那儿，我走过去问问她是不是有事。她一开始说没事，后来我和她聊了好一会儿，她总算和我说了，她男朋友家就在对面那排房子里。”

“那她是去见她男朋友喽，可为啥站在店门口望着对面？”

“这我不知道，我和你想的一样，她肯定是来找她男朋友的，我和她说你不能就这样等着呀，要不打个电话，她说不用，就这样看看就好了。”

“这倒让我想起来今天白天的一件事，上午我值班的时候，有个小伙儿在咱小区门口张望了好一会儿，我走过去问他是不是找谁，他支支吾吾地也不说，我只能盯着他，他在门口待了好一会儿，离开之前和我说，如果有人问起是不是有人在小区门口张望，不要提起这件事。我说你这人怎么这么可疑呀，叫他等一下先别走，这回他倒赶紧解释了，他女朋友就住这小区里。我说那你怎么不去见她，他也说不用，就这样看看就好了。他怕我不信，和我说了他女朋友的名字，我打电话问了物业的领导，一查，确实有这样一位业主。他最后还自愿登记了一下访客信息，但就是一个劲儿地求我，让我别告诉他女朋友他来过这里。”

“听你这么说，我突然想到，这两个人会不会刚好就是男女朋友？”

“哪有那么巧的事情？”

“但这两个人不都说了差不多一样的话嘛。”

“照你这么说来，也不是没有可能。但如果说真这么巧的话，他们为什么不电话联系一下呢……”

“等下说话，我电话里听见广播声了，你是不是到站了？”

“哦哦，哦，好像是的……”

“赶紧赶紧，别再错过了，等你到家了继续聊！”

“好嘞好嘞，我下车了，这次不会错过了，哈哈哈，还有，这雨停得真及时哈，我下车这会儿，你说巧不巧，这雨就停了……”

“你出门带伞了没有？肯定没带吧！你下次一定不要忘记了！”

“我带了，我带了……”

“你先小心看路，注意红绿灯，我先把电话挂了，到家再说，到家你一定要打过来哦！”

“好嘞好嘞。”

他到家了，换了拖鞋，放下背包。

“喂，我到家啦。”

“你饭吃过了吗？没吃的话，先吃饭，吃完饭再和我打电话……”

“吃过啦，今天换班之前，物业发了盒饭。咱们接着刚才说的话题，你说呀，如果说真的是那么巧的话，那你说这两个人之间会不会是闹了什么矛盾呀？”

“我感觉应该不是，但也不好说。”

“你觉得咱们能做点什么？”

“要不这样吧，要是下次再有机会，你碰到那个小伙儿，我碰到那个姑娘的话，咱们都再好好和他们聊聊，如果他们愿意说的话，再劝劝他们吧，无论发生什么难事，只要两个人愿意坦诚沟通，都是可以克服的嘛。”

“你说的有道理，咱们要是有机会再遇见他们，那我就按你说的做……”

“你到底吃过饭没有？和我实话实说。”

“我吃了，真的吃了，今天盒饭味道还真挺好，有番茄炒蛋、红烧鸡腿……”

“你肯定没带伞吧？听话，下次千万别忘记了！”

“好嘞好嘞……没……没有呀，我带了，我今天真的带伞了……”

（本文荣获第四届中国青年作家杯征文大赛小说组一等奖）

作者简介：高翔，青年作家网签约作家，中国网络作家协会会员，个人文学作品散见于各报纸杂志、网络文学平台等，多次获得文学类征文奖项。

苦　等

陈红旗

保南市新城县机关事业单位新招录的人员中，周军和李燕是同时招聘到劳动人事部门的员工，一同培训的几天里，周军了解到李燕是从沧吴市报考来的保南市，是外地人。而周军作为本地人，自然在许多方面给予李燕很多帮助，如租房、购物、熟悉环境等。

到了工作单位，两人都步入正常工作状态，在各自的岗位上积极、认真地忙碌着。每逢节假日，李燕便回沧吴市与父母团聚。周军也从县城回到市里的家中改善一下生活。

李燕家中就她一个女儿，她长得很标致，母亲本不情愿女儿离开他们，但考虑到招考单位的职位很适合女孩子，又是与公务员相同待遇的事业单位，先解决身份问题，再考虑以后。李燕也争气，用心一考就成了。

一想起女儿去到二百多公里外那么远的地方上班，以后个人问题怎么办，二老就犯愁，在当地找，他们不情愿；回家找，两地分居不方便。对父母来说，真是旧愁刚了，又上新烦。女儿上班没多久，他们就开始考虑如何让女儿回到身边，可是现在工作调动很难，单位现在是逢进必考，所以他们就与女儿商量，一旦有合适的职位，就考回老家。李燕想想也是，父母就自己一个孩子，退休后年龄大了，又不想出来，还是自己找机会回去吧。

周军大学学的是物流专业，毕业后工作不好找，招考单位大部分不对口，报不上名，好不容易考上了这个单位，父母都很高兴。工作落实了，年龄也不小了，父母就开始为他寻找合适的姑娘，张罗婚姻大事。

周军身高一米七八，不胖不瘦，面目清秀，是个很帅的小伙子，性格也很腼腆，并且乐于助人。他家中有一个姐姐，已经结婚生子，在医院上班；父母都已退休，家庭条件也属上乘。周军也是孝顺的孩子，在学校和毕业后遵照父母的意愿，没有处过对象，总想等工作落实了再说，所以也算耽误了几年，但还不算晚。

周军与李燕在单位互相帮扶，工作很顺手，进步都很快。二人在生活上也是互相体贴，互相照顾。在同事们看来，男孩阳光帅气，女孩体贴温柔，他们二人是机缘巧合，天生的一对。可是二人却谁都不往这方面想。

周军觉得他和李燕之间是纯友谊关系，因为太熟悉，自己要是提出让人家成为自己的媳妇，那接近人家不是目的不纯吗?

李燕也觉得目前他俩关系处得极好，如要进一步发展反而会拘谨的。周军家里介绍女朋友给他，他只是应付一下了事，不再往下进行，父母干着急也没有办法。李燕也是谁与之谈论找男朋友的事，总是一笑了之，不予理睬。事情的转机，却是李燕在与一位闺蜜交谈时，不经意间透露了一个信息。

闺蜜问："在你心目中，男朋友到底要什么样？"

李燕答："我觉得周军这样的男孩子最适合我的想法。"

闺蜜立刻心领神会，找到周军，把李燕的原话告诉了他，周军也好像大彻大悟的样子，对李燕闺蜜说："我似乎也觉得，如果我和李燕成为夫妻，一定会是和和美美的一对。"

这层窗户纸被捅破，二人正式以男女朋友的身份开始交往，而且正如同事们和他们二人预料，两人非常和谐默契，但此事他们对双方父母还都守口如瓶。

第二年，李燕家乡一个单位招考公职人员，父母坚持让她报考。她是一个孝顺的孩子，同意了父母的安排，开始备考。周军也支持李燕的想法，不为别的，只要李燕想做的事，他都支持。如果李燕真的考走了，以后的事再想办法，总不至于为了自己，伤了李燕父母的心吧。

可事情往往就是这样捉弄人，李燕通过了考试，很快便调离了保南市，回到了家乡沧吴市。

李燕离开前，与周军进行了长谈，两人都忍受着极大的痛苦，商量尽量还是往一起调动，如实在不行，谁遇到合适的就可以谈着，不能一直等下去。

李燕来到新单位之后，一头扎进工作之中，单位虽有很多年轻小伙子，条件也不错，但怎么也入不了李燕的眼。父母也努力寻找目标介绍了几个，李燕也像应付差事一样，不与之深交。她总是拿他们与周军相比较，发现没有一个能比得过周军的，被父母逼急了，她便说出了与周军的关系和商量的办法。

父母知道了女儿的心愿，退了一步说："让周军想办法调到沧吴市来，哪怕辞职都行，我们也接受，你不能再等下去了，也不能再离开我们。"李燕把父母的想法告诉了周军。

周军自李燕走后，郁闷了好长时间，每时每刻都在想着李燕，整天不思茶饭，眼看着瘦了下去。在父母的一再追问下，周军如实地告诉了父母他与李燕的事。

父母觉得人一旦离开，感情就会淡下去，劝说周军还是面对现实，虽说男孩子结婚晚两年不要紧，但到了结婚年龄，总得进行，人生处于什么阶段就要完成什么阶段的任务，不能就这样等下去。

父母就开始给他张罗对象的事，周军本就一表人才，条件优秀，介绍的女孩子也个个长相标致，出类拔萃，但总是到关键时刻周军就打退堂鼓，在他心里没有谁能取代李燕的地位。

一转眼两年就过去了，自打李燕告诉周军让他想办法调入或考入沧吴市后，周军便四处打听，并找熟人帮忙，寻找调动机会，但都无果。

这一年的春天，沧吴市一个机关单位发布消息，招考工作人员，周军迅速报了名，开始备考，并与单位说明了情况，单位领导很是惋惜，本来还想培养他做后备干部呢。

考试对于周军来说，并不在话下，笔试进入前三名，只录取一名，但他也很有信心，开始准备面试。可当面试日期刚刚确定下来，因特殊原因，面试又被迫推迟进行，一推就不知到什么时候。

随着李燕年龄的增长，其父母很着急，就一直催促她。李燕有什么办法呢？想尽快，但她又不能左右形势，周军能否通过面试也是一个未知数；走调动之路，又没有门路，而且单位都是逢进必考。李燕愁得都有白头发了，也想不出好办法，母亲又发话了，说：“想结婚，让男的先在沧吴市买房吧，或辞掉那边工作，一心来这边发展。”

周军父母知道后，坚决反对，八字没有一撇就买房，成不了怎么办？辞职更不可能，好不容易考上的工作，怎么能说辞就辞了。

周军也是在煎熬中度日如年，苦苦等待，这样的滋味，谁人能承受得了，渐渐他身体又瘦了一圈。

周军的父亲为此急得住了院，母亲急出了满头白发。让周军辞职去女方那边，是万万不可的，那就成了“倒插门”，要仰仗女方来养活，名声不好听啊。这孩子怎么就这么犟呢，非要一棵树上吊死，现在年轻人婚恋观比以前开放洒脱多了，像他这样的还有吗？怎么就让我们赶上了，老天爷饶了我们吧，也放过孩子们吧，让他们各自寻找幸福去吧。与他们同龄的男女，孩子都打酱油了，可我们还见不到孙子呢。

爱情是美好的，但过程也太艰难啊。都说“好事多磨”，这要磨到什么程度？都说“有情人终成眷属”，这终点又在何处？

过了一段时间，周军的面试时间定了，他跃跃欲试，李燕也非常兴奋，再一次看到了希望，他们甚至都开始计划婚礼在哪儿举办、房子购买户型等事宜。但面试成绩第二名的结果又一次让他们失望，因为单位只招一名人员，这一次真正使他们陷入了更加痛苦的深渊。

李燕母亲发出最后通牒：“闺女，别再抱希望了，我们的条件他们都达不到，只能说他们没有诚意，放弃吧。你都三十啦，不能再等，原先介绍的老张家儿子还没有找对象，一直等着你，明天你们再去见面重新建立关系，尽快结婚吧。”

周军父母也是极度难过，一方面为儿子落选，另一方面为儿子的婚事。孩子这么努力，这么坚持，结果未能如愿，打击太大了，又听说女方传来这样的消息，唯恐儿子承受不了而走极端，只能好言相劝，事事都要向前看，没有过不了的火焰山。可这“火焰山”又该咋过呀，真的很愁。

父母们考虑的角度与儿女们的想法很多时候是不能达到一致的。这一次周军和李燕虽然很难接受现实，但也确实无计可施。放弃喜欢的人，放弃多年的等待，二人于心不忍。不放手继续等待，可希望在哪儿？时间在啥年月？向父母怎么交代？“难道我们的心还不诚吗？我们的情还不真吗？可又能怎么样呢？谁来帮帮我们，我们可真难呀。”二人陷入了深深的愁思。

（本作品荣获 2023 年全国青年作家文学大赛小说组一等奖）

作者简介：陈红旗，河北省诗词协会、河北省采风学会会员，青年作家网签约作家。喜欢散文、诗歌写作，作品散见于报纸杂志和网媒中并获奖。诗歌《党旗颂》获得第三届中国青年作家杯征文大赛诗歌组一等奖，小说《恐慌》获得 2022 全国青年作家文学大赛小说组一等奖，小说《恐惧》获得第四届青年作家杯小说组一等奖等。他被青年作家网授予“2021 年度优秀作家”“写作讲师精英”“最美文学天使”和“写作之星”等荣誉称号。获奖文章多被收录到《花开四季》和《呦呦鹿鸣》等作品集中。出版了散文诗歌作品集《时间风景》。

爱情故事

李泽军

一

瑾瑜家庭美满，她是老师眼中的乖孩子，她不知道叛逆是什么滋味，她也不知道喜欢一个人会是什么样的感觉，她只知道在上大学之前自己只是一个小孩，就应该做好小孩应该做的事情。上大学的第一天她却认识了明林哲，那个从此改变她生活的大男孩。

明林哲是学院公认的“大哥”，惹了他的人都不会有什么好下场。明林哲和他的兄弟们打算在圣诞节这一天干一件大事，就是明林哲会向学院大美女管彤表白。明林哲早早地便准备好了鲜花和礼物，换上了西装和皮鞋在候场室准备着，等兄弟们的号令就开始行动。

瑾瑜是圣诞节晚会的主持人，她需要在晚会开始之前在台上完成一段讲话，而大美女管彤班级所处的位置正好在台下正中的第一排。晚会即将开始，时间进入倒计时，瑾瑜开始演讲，明林哲的眼线便开始报信，当话传到明林哲耳朵里，恰好是瑾瑜走下台子的时间，一切就这样按照计划完美进行着。

不巧的是，由于瑾瑜过于紧张，在台上出现了忘词的情况，当明林哲上台之时，瑾瑜还没有下来，明林哲本以为自己已经充分掌握了时间，朝着台上飞奔而去，却没想到被地上的灯线给绊倒了，直接朝着台上摔去，并单膝跪在了瑾瑜面前。

顿时，整个学院沸腾了，所有人都以为这是明林哲为瑾瑜准备的惊喜，而瑾瑜面对这一切没有任何的经验，她的脸瞬间通红，明林哲尴尬地望了一眼大美女管彤，他知道一切都完了，这年圣诞节便在这样的闹剧下结束了。

后来只要有人碰见瑾瑜都会调侃她和明林哲之间的关系，他俩也成了学院公认的一对，虽然两人之前并不认识。

二

瑾瑜刚上完体育课跟同学走在回教室的路上，被明林哲一把给拉住了。

“跟我走，谈谈。”

四周的同学立刻起哄，瑾瑜有些尴尬，没等瑾瑜回应，明林哲直接拉着她走了。

天台上，两人之间的距离像隔着一辆大车，尴尬的气氛就像是冷空气在直吹，明林哲率先打破了宁静。

“你知道的，我是不会喜欢你这样的女生的，那天只是一个意外。”

瑾瑜没有说话，只是默默地低着头，明林哲见她没有说话，朝她径直走过去，一把把她抓了起来。

“没听懂我说的话吗？我希望你可以主动澄清跟我没有任何关系。”

瑾瑜摇了摇头：“凭什么是我？是你做错了事。”

明林哲嘴角上扬，一脸坏笑。

“可以，看来你是心甘情愿当我女朋友，那我们走着瞧吧。”

明林哲说完话，便转过身走了，留下瑾瑜一个人待在原地，她不知道明林哲是什么意思，不过她知道一定不是什么好事情。

三

瑾瑜再回到班上的时候桌上放了一杯奶茶，上面贴着一张小纸条：给我最心爱的女朋友。一见瑾瑜进来，整个教室的人都簇拥过来。

“瑾瑜，他对你可真好。”

“瑾瑜，你俩在一起多久啦？”

“瑾瑜，喝呀，快喝！告诉我们是什么味道的，好吗？”

……

瑾瑜尴尬地笑了笑，拿起奶茶，当她喝下第一口的时候，她的脸色瞬间变得通红。原来奶茶里放了芥末，瑾瑜想把它吐出来，但是面前这么多同学，自己也没有办法跑出去，她只好强忍着喝了下去。

明林哲的眼线一见瑾瑜喝下去，便立刻跑去给明林哲报信。

“瑾瑜，好喝吗？什么味道？”

瑾瑜没有说话，默默地点了点头，然后把奶茶放到了一边，她的同桌贱贱地笑着说：“一定是爱情的味道。”

午餐食堂，明林哲故意坐在了瑾瑜的旁边。

“我送你的‘男友牌’奶茶好喝吗？想清楚了？还不澄清吗？”

瑾瑜看了一眼明林哲，然后端着餐盘转身离开，边走边说：“恶心！幼稚！”

隔日，明林哲又送来了“男友牌”早餐，瑾瑜在心里暗暗下定决心，一定要好好地报复明林哲，不让他得寸进尺。

瑾瑜得知明林哲在操场上打篮球，便带着自己准备的饼干去了。

“林哲，这是我专门为你准备的饼干，尝尝吧。”

明林哲看了一眼瑾瑜，一眼便看出她是想报复自己。他靠近瑾瑜，贴近她的耳边，轻声地说：“我想和你吃同一块。”

明林哲话音一落，四周便沸腾了，起哄声此起彼伏，瑾瑜想逃离却被明林哲一把抓了回来。

“想跑，男女朋友就要有福同享、有难同当呀！”

瑾瑜狠狠地瞪了明林哲，没想到明林哲反而更加不要脸，他将瑾瑜的饼干抢了过来取出一块叼在嘴上朝瑾瑜不停地靠近，瑾瑜朝着四周看了看，大家把他俩围在一起，根本逃不出去。没想到明林哲一把搂住了瑾瑜的腰，咬断饼干，两个人的嘴唇挨在一起，瑾瑜猛地朝后退了一步。一巴掌朝着明林哲扇了过去，怒骂：“王八蛋！”

瑾瑜朝着一旁跑开了，留下明林哲一人站在原地，明林哲摸着自己的脸回过头看着跑开的瑾瑜，嘴角上扬，看来自己是真的喜欢上这个女孩了。

四

之后的几天瑾瑜一直躲着明林哲，因为她心里想不明白：既然明林哲说不喜欢自己，为什么还要做这些事情？难道是为了整自己吗？明林哲曾几次从瑾瑜的教室门口走过，但是瑾瑜都装作没看见的样子，周围的同学都开始议论着他俩是不是吵架闹分手了。

放学，瑾瑜刚走出教室便被早就在门口等待的明林哲给抓住了，明林哲这次并没有暴力地拖走她，而是很认真地问道："我们可以好好谈谈吗？"

瑾瑜没想到明林哲会说出这样礼貌的话，这完全不符合他的性格，看着明林哲真诚的样子，瑾瑜答应了。

两人走到了他们第一次面谈的天台。

"找我有事吗？"

"对不起，上次的事情，我只是想跟你开个玩笑而已。"

果不其然，明林哲还是一副不上心的样子，瑾瑜心里有委屈说不出口，这次终于爆发了。

"大哥！那是我的初吻！"

"所以我的意思是我会对你负责呀！"

瑾瑜十分轻蔑地一笑，道："负责？怎么负责？"

"以前我们只是名义上的男女朋友，以后我们就成为真正的男女朋友，可以吗？"

瑾瑜脸上露出了一丝苦笑，心想：为什么这个男生的表白方式这么直男呢？明林哲见瑾瑜迟迟没有回应，他默默地低下头，露出一副很委屈的表情，看到这样的他，瑾瑜竟然觉得有些好笑。

"好吧，我可以考虑一下。"

明林哲见瑾瑜答应了，抬起头朝着她走去，一把拥住了她，把瑾瑜搂在自己的怀中，呛得瑾瑜差点没有接上气。

之后的明林哲就像变了一个人一样，他发誓为了瑾瑜自己要认真学习，每天早晨明林哲都会为瑾瑜准备好早餐，下午放学送瑾瑜回宿舍。

瑾瑜的爱情就这样出现在了大学一年级，她未曾想过一个看似与自己大相径庭的人竟然有一天会成为陪伴自己的人，也许这就是上天的安排吧。

（本文荣获2022年全国青年作家文学大赛小说组一等奖）

作者简介：李泽军，瑶族，广西荔浦人。中国少数民族作家学会会员，中国小说学会会员，广西作家协会会员，桂林市作家协会理事，青年作家网签约作家。出版长篇小说《轮回》《客家传奇人物张高友》《岁月》《爱与痛的边缘》，短篇小说集《梦回大唐》，散文集《一念之间的悲欢》，诗集《李泽军诗词选》。主编《秋意浓》文学丛书一套。

铁 栅 栏

周泠伶

今天是周六，凌一帆拎着水果和营养品从超市出来，他准备去养老院看望母亲。

养老院离市中心有三十多公里，是一处清静的所在。

车行驶在出城的景观大道上，凌一帆手握方向盘，脑子里却闪现着他出差前的画面。

一天，凌一帆加班回家已经快凌晨了，他洗完澡从卫生间出来，发丝上还凝着水珠。抬头间，猛然看到母亲静静地坐在客厅的沙发上，他知道母亲是在等他。

“妈，你怎么还不睡，有事吗？”

“轻点。”母亲招招手，怕他吵醒了他老婆。

“坐下，我有话跟你说。”

“大晚上的，什么事？”他大大咧咧地问。

“我准备进养老院，明天是礼拜天，你和我去办一下手续。”

因为进养老院必须要有家属的同意和签字。

“为什么？”他的声音不由得高了个八度，握着毛巾揉搓头发的手直接一顿。

“我同学刘平，你以前也见过的，他们两口子也在那里，我去看过了，还可以。”

“不！我不明白也不同意！”

凌一帆真的不明白，他一下子搞不懂母亲的态度怎么突然间来了个一百八十度大转弯，她从前是非常抵触进养老院的。

他不知道，在半个月前的一个周六的早晨，母亲打开房门时听到：“我不过是想搬去那边住，有个二人世界，又不是让你妈搬出去，凭什么不行。”

是儿媳妇的声音，她的陪嫁里有一套房子。

“乖，别闹，你不是不知道，我和我妈相依为命。”

的确，他生下来就患上“漏斗胸”，父亲在他周岁时就抛弃了他们母子，母亲一个人把他养大。原来他的名字叫“一凡”，后来母亲给改成了“一帆”，是期望他一帆风顺，圆圆满满。

“那你就不要和我相依为命了？”

“傻呀，这又不矛盾。”他耐心地哄着。

“不，我不自在、不喜欢、不舒服！”老婆娇嗔道。

“不行。”他声音不觉高了个调。

“为什么？为什么非得和你妈一起住，我总觉得有双眼睛在背后盯着我。”

“啪！”的一声，似有什么东西砸落在地上。

……

他俩以为母亲像往日一样锻炼去了，说话声音就放肆了些，这对话也就一字不落地都进了她的耳朵。

凌一帆知道母亲虽然看上去性格温和，但骨子里的执拗却是难以撼动的，所以在他出差前就顺应着母亲送她到了养老院。

一晃两个月过去了，母亲总在电话里说养老院这好、那好，让他在外不要挂念。他昨晚半夜才回到家，今天上午也不敢贪睡，想着赶紧到养老院亲眼看看。

车在养老院不远处的临停点停了下来，凌一帆从后备厢拎出东西，快步向养老院大门走去，他想要给母亲一个惊喜。

渐渐地，“颐养天年中心”几个大字出现在眼前，高高的铁栅栏把里外隔成了两个世界。

走近些，只见几个老头老太太趴在铁栅栏上，目光直愣愣地盯着前面的马路。

“别看了，回去吧，来了我叫你们。”院长说。可他们谁也没有要走的意思，抓着铁栅栏的手反而更紧了。

凌一帆在护工的指引下来到了院子里。晴朗的春日里，老人们在阳光下聊天、打牌，他一眼便看到了坐在院子的椅子上发呆的母亲，她的脸上没有了以往的光彩。

“妈！”

响亮而熟悉的喊声让母亲回神张望，瞬间，她眼中噙满了泪花。

“帆崽！”

母亲从小就这样叫他，此时只是多了些颤音。

“妈！”

凌一帆飞奔上前，蹲在她面前……

母亲的房间里，放着一张轮椅，上面有她的毛毯和她喜欢的松柏的香气。她用那双温柔的眼睛看着他。

“累吗？”

“不累。”

“利利她好吗？”

“她很好。”利利是他老婆。

“你要好好待她，你们是要过一辈子的人。”

“嗯，我知道。”

凌一帆此时心里百感交集。

吃完了午饭，母亲说：“回去吧，你也难得休息，我也要休息了。”

“好，你睡下，我就走。”

是的，母亲有午休的习惯。

从养老院出来，凌一帆忍不住回望了一眼，那铁栅栏竟让他有种莫名的熟悉感，似乎他也曾在里面待过一般。

噢，是的！幼儿园！

三岁半的时候，母亲给他灌输了上学的概念。

开学的头一天，母亲和蔼地笑着说："帆崽，明天你就是一个学生，要去上学了，这是妈妈给你买的新书包，好看吗？"

他开心地点点头，但他没想到第二天到了幼儿园，他心中竟会那么恐惧。

他们到幼儿园的时候，高高的铁栅栏外挤满了家长，耳边不断有"你下班早点来接我……""在学校要听老师的话"的喊叫声，另外还有好多孩子抱住妈妈的腿不撒手、紧紧吊着爸爸脖子不放……这样重复的场景在栅栏内外层层叠叠，他终于忍不住了，破开嗓门大叫："妈，我要回家，我要回家！"

那时对于他来说，陡然离开妈妈已是不能用语言来表达的痛苦。

教室里，他拉开教室的门想要逃跑，却被老师一把抓住，于是他放弃了"逃跑"，爬上窗边的椅子，抓紧窗户的防盗网，踮着脚尖向大门口张望。

远远地，看见母亲也抓着铁栅栏，头紧贴着栅栏空隙向里张望……

老师把他抱了下来，他便扯开嗓子哭，老师们都不知道该拿他怎么办，直到一个老师给了他一包跳跳糖。糖非常好吃，渐渐地，他睡着了。

终于放学了，大家排着队，老远他就看见母亲挤在最前面，紧贴着铁栅栏朝他的方向挥手，她的身后，已然是密密麻麻的家长们。

"嗤！"

瞬间的冰凉让凌一帆迅速缩回了拉车门的手。他忽然明白，瘦小的母亲，当年每天要提前多久才能占上那样的位子，让他一出教室就看到妈妈。

骤然之间，他眼前升腾起了薄雾，陡然转身向着"颐养天年中心"飞奔。

几米外，凌一帆忽然定住了，他不敢相信，前方双手紧抓栅栏、踮着脚尖向外张望的人，竟然是他的母亲！

这一幕是那么熟悉！

一个向里看，一个向外看！

只是，她都是在看自己的孩子！

（本文荣获2023年全国青年作家文学大赛小说组二等奖）

作者简介：周泠伶，女，贵州师范大学中文系毕业，当过老师，做过企业管理，喜欢文学和音乐。青年作家网签约作家。

麦客不割麦

白云强

塬上，一条狭长的黄土路沿着上上下下的坡弯弯曲曲地拐着。远远望去，路是土黄色的，在太阳的照射下显得没有一丝生机。

坡两边是深深浅浅的土沟。浅凹子里有几棵酸枣树，已经枯掉了，孤零零地杵在沟里，就像七老八十、瘦骨嶙峋的老人，目光呆滞地望着生养他的黄土地，无声又无助地等着太阳落下山去。

路上走着两个人，他们一身陕北汉子的打扮——头上扎着羊肚子毛巾，上身套着白短褂，下身是黑色的大裆裤，脚上蹬着布鞋。他们的腰间缠着布绳，别着一把镰刀，吊着一块磨刀石。刺眼的阳光照在弯弯的刀口上，反射出一弧亮光，投到路边的麦田里。

他俩一个叫强柱，一个叫强树，都是麦客。

麦客就是割麦子的人。在广袤的黄土高原上，每年麦子成熟的时候，麦客就从家里出发了。他们赶到最先收割麦子的地方，寻到雇人收麦的人家。这些人家不是有人在城里吃公家饭，就是有人在外面捣腾买卖，家里没有人愿意再吃这个苦。

强柱和强树也不想吃这个苦，但他们两家太穷了。两个人干这一行好几年了，可家里依然还是穷。

“二哥，这次额们（我们）走哪里？”强树问强柱。

强柱和强树是远房堂兄弟。强树从小就跟在强柱的屁股后面，强柱爬树，他掏鸟窝；强柱下河，他捞鱼。强柱家几辈子是穷人；强树家不是，他家祖上曾经是塬上的大地主。

强柱擦了擦脸上的汗，咽了咽口水，干巴巴地说道：“今年额们换个地方……”“走哪里？”强树扯着嗓子问。“走……走渭河……”“渭河！”强树听到后，显得很兴奋。

往年他们走的都是泾河，泾河那边的活多，基本上天天不落下。但今年强柱想换个地方，前两天他梦到自己在渭河，那边有个女人在等他。

这个梦他没有和强树说。

麦田里，强柱弯着身子，左手扯过麦秆，右手挥动着镰刀。伴着他的喘气声和疯子般的动作，麦穗子在他的眼皮底下扭起了秧歌，很快又被他发狠似的扔到了身后。一袋烟的工夫，几分地的麦子就被强柱割了个底朝天，一摞摞的麦秆没有打捆，全散在地里，就像一摊乱草堆，把他困在了里面。

强柱挺起腰，抬头望着天上的太阳，猛地大吼了几声。此时的他，就像一匹走进戈壁滩的孤狼，对着冷月长啸。声音落下，他将手中的镰刀用力扔了出去，镰刀打着转，在麦田上空划出一道弧线，像一把暗器，一头扎进了旁边的泥沟里。他高高地举起两只胳膊，又是几声绝望的大吼，然后直挺挺地向后倒下，把自己砸在了一片麦堆上。

不远处的坡上站着一个女人，她穿着一件大红色的长襟褂，胸前抱着一双黑色千层底布鞋。她一动不动地站在那里，目光就像一把闪着光的镰刀，扎在眼前的麦田里。麦田里，一个赤裸着古铜色上身，胯间只围着一条白色大裤衩的男人，像个“大”字一动不动地躺在一片金黄色的麦堆上。他的眼睛死死地盯着天上，一眨不眨，任由火辣辣的太阳刺着他的眼珠子。他的身上黏满了麦穗子，被麦芒扎到的地方，起了很多红点，又痒又疼。

强柱想了想，对强树说：“我们还是走泾河吧！”“啊？”强树一脸的惊讶，他不知道强柱为什么又突然变了主意，因为他想去渭河。昨天强树做了个梦，梦里有个女人让他去渭河找她。

这个梦他没和强柱说。

太阳照在地上，天上一丝风都没有。在土坡拐角的地方，几块歪歪扭扭的麦田挤在一起，收好的麦子被扎成一捆一捆的，整整齐齐地堆在地头。

强树坐在田边，麦子已经割完了，是他一个人割的。今天他像是打了鸡血，浑身是劲。他想让麦花看到，他是田里的好把式。

麦花是强树的雇主。

麦花家的男人在矿上挖煤，挖煤挣钱多，村里的人遇到缺钱的时候，会上门借几个，每次都不会空手而归。有了这份德行，她家的田一直是村里人帮着种、帮着收的。年前井下塌方，麦花的男人被砸死了，她成了寡妇，村里的人不仅赖了她家的钱，田里有活时也不见了人。

“小兄弟，喝点水吧……”

强树正想着心事，耳边传来了女人的声音——是主家来了——他的心猛地一颤，脑子里不由自主地想起了村里娶婆姨闹洞房的场面来，全身跟着一阵燥热。

麦花端着大瓷碗，瞅着跟前的麦客，眼睛里闪着光。她能感觉到自己的脸在发烫，心在扑扑地跳，就像那年从山沟沟里嫁出来，又害羞又期待。

两天前的傍晚，麦花在院子里纳鞋底子，心里想着田里的麦子没人收。

“姐，能给碗水喝不？”

麦花抬起头，看见院子门口站着一个年轻汉子，汉子穿着白短褂和黑大裆裤，头上扎着羊肚子毛巾。他二十来岁的年纪，黑黝黝的脸庞，五官硬朗。两条长长的胳膊结结实实，一看就知道是干苦力活的。他的腰间别着一把镰刀，吊着一块磨刀石。

是个麦客！

麦花心里不由得一喜，真是想什么来什么！她正愁田里的麦子没人收呢，眼前就来了麦客。这些日子，村里的男人，不管是家里有婆姨的，还是打光棍的，又开始深更半夜地躲在家里的窗户下，偷看自己洗澡睡觉，村主任更是拐弯抹角地暗示她家的麦子可以用她的床来换。

麦花知道保护自己最好的办法就是把自己变成泼妇。她在门后和床边都放上了镰刀。

“小兄弟，出来走麦田的吧？”麦花从屋里端出一大碗水递给强树，大大方方地笑着问道。“是的呢。”强树接过碗怯生生地回答，眼睛还瞅了瞅女人。

女人长得真好看嘞，像个仙女似的。一双眼睛水灵灵的，笑起来露出一口雪白的牙齿，脸颊上带着两个小酒窝。强树觉得自己更渴了，他仰起脖子咕嘟咕嘟地喝光了满满一大碗水，打了个嗝。

“还要吗，小兄弟？”麦花从强树手上拿过大瓷碗，冲他微微一笑，转身朝屋里走去。

强树盯着女人的背影，愣了神。这是他在梦里见到的女人，长襟褂上的小碎花就像她的脸，红扑扑的，带着陕北婆姨特有的山丹丹花的味道。

强树晚上歇在了麦花家。自家里的男人走了后，麦花头一回睡了个安稳觉。天刚刚发亮，强树就上了麦花家的地。

麦花家住了个麦客！这事很快就在村里传开了，村里人说什么的都有。麦花好像什么都没听见，一大早就在灶上忙开了。她在几大碗的扯面上放足了辣椒面，撒上葱花和蒜瓣，将一勺勺滚烫的热油泼到面上，碗里顿时发出“滋啦啦”的声音，就像一大群羊在黄土地上撒着欢儿地跑。

强树望着脚下的沟沟壑壑，扯着嗓子唱道：“妹子啊，你可跟着额回家……”

强柱推了推强树的胳膊，问：“大白天的，做甚梦呢！”

强树有点蒙，随口问道：“额们这是去哪里？”

“回家，没人叫额们割麦子了……”强柱说。

（本文荣获青年作家网 2023 年度优秀作品奖）

摇　　号

白云强

这两天凌云觉得自己有点神经质了，手机抓在手上一刻也不敢离身。睡觉的时候都放在枕头边，生怕错过了那件非常重要的事。

以前他不是这样的。他对手机的态度就像对待现在无所不在的网络，如果不是活在现实的花花世界里，他宁愿回到驿马传书、鸿雁飞信的过去。车、马、邮都慢，他觉得那才是日子原本的模样。

他平时很少用手机，他的手机还是十年前的老式翻盖机，除了打电话，只能发个短信。同事们也早就习惯了，除非是十万火急的事，都懒得给他打电话，不是“暂时无法接通”，就是“不在服务区”，下班后更是“您拨打的电话已关机”。领导和同事都知道他的脾气，见怪不怪，实在有打紧的事，就打他家里的座机，反正他是个宅家的人，平常也不在外面瞎逛。

凌云今年三十好几了，按说应该有自己的圈子，比如说老同学、单位里聊得来的同事，还有社会上结识的朋友，没事时大家出去喝个小酒、唱个歌，丰富一下生活，愉悦一下心情，偶尔再放飞一下自我。

结果呢，他就像是一个六根清净的老和尚，除了吃点粗茶淡饭不把自己饿死，什么“今朝有酒今朝醉，明天无酒喝开水”的人生洒脱，在他看来就是没事找事，闲得发慌，花了钱不说，喝多了还容易招事。同事们从没见他喝过酒，劝也没用，就是不喝，后来就没人再劝，有饭局也不叫他了。

他不抽烟，就是爱喝茶，还喝出了点名堂。什么茶史、茶道，遇到懂行的人能切磋上大半天。这个时候他像是变了个人，意气风发、神采飞扬，颇有他乡遇故知的兴奋劲儿，甚至幻想自己穿越到了大唐，成了“茶圣”陆羽。

喜欢喝茶，就要有茶，茶从哪里来呢？自己买。就这个嗜好，想有所造诣，也花费不菲。好在单位在区里头还算实权部门，凌云虽然不是领导，但手里多少还有点小权力。每年清明、早秋前后他也能收到几斤茶叶，虽然不全是明前、白露的上品，至少是新茶。有人托同事找他办事，知道他好茶，送上斤把龙井、铁观音，他平时不舍得喝，闲下来泡上一杯，自品其中的滋味。

凌云离婚了。妻子是个女强人，早年看好他的前程嫁给了他。结果不知道是上天不想给他机会，还是自己不够努力，十几年过去了，他还是一个办事的，就多了个副科的级别。而妻子的生意却做得不错，虽说谈不上赚大钱，进出也是一身名牌，也挎上高档包包了。

时间一长，夫妻俩自然有了隔阂和矛盾，吵架便成了家常便饭。在妻子看来，凌云已经没了斗志，年纪不大，却过上了“半退休的生活”，还美其名曰“淡泊名利”，其实就是找个借口罢了。而她追求的，是理想、是梦想，是有钱人的生活、成功人士的名利。

凌云并不想离婚，他知道妻子对他有意见，不说别的，就换手机这事两个人就争了好几回。他认为手机虽说方便，但让人更多地依赖它，好像随时被人监视，没了自己的隐私。妻子的手机基本上一年一换，永远都是最新款的，她的说法是“潮流也是竞争力”。

要命的是，两个人的价值观和处世方式也开始产生冲突。经过几番冷战、妥协、再冷战，夫妻俩最后选择了好聚好散。凌云什么都没要——房子、车子、票子——只有一个要求，那就是女儿凌雪跟他。

凌雪十一岁，正在上小学五年级，活泼可爱、聪明伶俐，是个小人精。小姑娘从不把凌云叫“爸爸”，整天“老凌、老凌”地嚷着，他也不计较，还乐在其中。妻子一开始说他没个正经样儿，把孩子教坏了，说白了就是不赞成他的做法。她坚持孩子就是孩子，父母就是父母，对专家说的“要和孩子做朋友”之类的话总是嗤之以鼻，结果把凌雪夹在了中间，表面上屈服于妈妈的威严，心里头和爸爸更亲。

妻子也想带着凌雪，结果这次凌云的态度非常坚决，没有任何妥协，他反问道："你有没有想过，女儿现在和你在一起不是不可以，但等你有了新的家庭，让女儿和一个没有任何血缘关系的男人住在一起，你觉得合适吗？"一句话就把妻子的话给彻底堵死了。

时间过得很快，眨眼一年过去了，凌云带着女儿安安静静地过着自己的小日子。孩子的学习不错，成绩在班里排前几名，让他很欣慰。他一直认为只要孩子健健康康、开开心心的，比什么都好。对那些动不动就离家出走，一言不合就一哭二喊三上吊的任性孩子来说，心智远比成绩重要。远的不说，单位里就有一个同事的孩子，十岁不到的小男孩，平时挺开朗的，就因为期末考试语文没考好，被他妈妈说了两句，从二十楼的家里跳了下去。

这件事在单位被传得沸沸扬扬，夫妻俩不久就离了婚，同事辞了职，独自一人离开县城，走上了浪迹天涯的旅程。正如他在朋友圈里写的：人生不过瞬间，真的不必太纠结。

凌云挺认同对方的观点，但当他看到深夜在灯下埋头赶作业的女儿，他的心里又有一个声音在说：人生不过瞬间，不要虚度，不要退缩！不为自己，也要为孩子！

眼下他就面临着一件必须做出决定的事，这件事将影响孩子的一生。凌雪快小学毕业了，面临择校。虽说小升初是义务教育，但现在有了公办和民办两种。公办有好学校，不收费，条件是孩子的户口必须在施教区里，这就是让大家谈起来既兴奋又无语的"学区房"。就是这个"学区房"，不仅让房地产老板榨干了老百姓的血汗钱，也让那些名校附近的老房子——十来个平方米，像鸽子笼一般的大小，只能放下一张桌子、一张床——动辄就卖出一个平方米几万甚至十几万的天价。

民办学校没有学区的概念，但有名气的，也不是想上就能上的，要考试，成绩必须要好。那些学习好的孩子，在毕业的前一年就奔波在面试的路上。生源学校前十名的学霸更是早早地就被这些民办学校盯上了，各种费用减免、精英班预定名额，搞得那些望子成龙、望女成凤的家长冲锋陷阵、趋之若鹜。每学期几万元的学费，在他们看来不是钱，而是孩子的未来；相比孩子的金

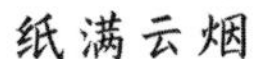

榜题名、功成名就，这样的投资是必要的。至于孩子的未来到底会怎样，谁也无法预料，更不是父母想想就行的。

凌雪不是那种被大家挂在嘴边的“别人家的孩子”，也没有哪个名校主动联系他们。她想上的那所外国语学校，也在一次模拟面试时用几道奥数题把她给难住了。

凌云知道女儿还是有点失落的。她从小梦想做个时尚设计师，也想出国深造。外国语学校的确是实现目标的最佳选择，也可以说是一条能直达目的地的“高速专线”。按家长们的说法，只要进去了，就是提前拿到了走向世界的通行证。这对任何一个有理想、有目标的孩子来说，都是有吸引力的。而对父母来说，也是面子上的荣耀，腰杆子都能挺直了。

“老凌，你家孩子准备上什么学校啊？”“还没考虑好呢！再说，也不是我想上什么就能上什么的啊！”

工作之余，同事和他闲聊，两家的孩子都是小升初，这样的话题正合适。

“还没找关系吗？我可听说了，今年的竞争很激烈，不是公民同招了嘛，都在提前找人打招呼呢！”“都说公民同招了，那还打什么招呼啊！”“老凌啊，你想得真简单！再怎么说好学校还是抢手的，提前把名额占了，摇号就是个形式嘛！你懂的！”同事压低了声音，脸上的表情好像在告诉凌云，他已经预定了名额。

凌云倒不意外，这个同事还是有路子的，听说他有个亲戚是区里的领导，他的孩子就是通过这层关系上了全区最好的公办小学。

“我又不像你，有这个关系那个关系的！我一普通老百姓，可没那么大的能耐！”凌云嘴上自嘲，心里也琢磨起来。

局长？副局长？科长？他把单位的领导排了排，才发现这么多年自己与世无争，和领导真没多少交流。平时见面点个头，说的也多是工作上的事，私人关系更是应了那句古话——君子之交淡如水。

现在不要说请他们帮忙了，恐怕刚说上一句，就会被客气地挡回来，凌云想。

周总？王总？张总？他翻开通讯录，不多的联系人里，这几个生意场上的人是在工作中认识的。早前这些老板主动请他喝酒吃饭，被他婉言谢绝了。大家都说他清高，不是领导，也没什么权，为了好办事才巴结他，结果他还不领情。

现在想让人家帮忙，连自己都不好意思开口，凌云又想。

这就是凌云，似乎对和别人交往有一种天生的排斥，按流行的说法，叫“社恐”。这样的人为人处事或许是看透了世事，但显然也是不识时务了。

“我说凌云，你也真是可以的！你以为你是隐世高人啊！要钱没钱、要权没权，还装清高！你以为你是谁啊，让别人来找你，巴结你！”他想起前妻说过的话。

那是结婚不久，单位提拔干部。妻子的想法很简单，赶紧找关系。他嘴上答应，实际上却没有去找。他觉得自己年轻、专业又对口，在单位做了不少事，讲情讲理，轮也要轮到他了。

结果自然不是凌云想的，美好的愿望有时候只是镜中花、水中月。被提拔的新领导，有比他更年轻，工作才短短三四年的；有在单位成天闲逛不干活，却左右逢源的老油条。

在梦想与现实中，凌云始终很被动。随后的十年，他又错过了两次升官的机会，到头来还是一介平民，仿佛成了单位里的隐形人。同事对他还是客客气气的，但多多少少流露出掩饰不住的轻视。他却好像乐于这样，不争不抢，完全把自己置于事外，冷眼旁观，看钩心斗角，阅世事百态，不亦乐乎！

“你不为自己着想，也要为孩子想想吧！”这是孩子上小学前前妻让凌云找人把孩子送到名校时说的话。他认为孩子小，离家近是最好的，夫妻俩为这事吵了很长时间。好在妻子不知道是自己想通的，还是有人说服了她，最后也同意了。

“让你当干部，不仅仅是为了你，还为这个家，更是为了孩子！”

凌云现在终于明白了妻子当年所说的，当官不仅是为了那点名利，还可以为孩子做些事。孩子的成长要靠自己，但总有那么几个重要的时刻需要父母下功夫。他后悔了，但已无法改变。当他拉下老脸和领导提起孩子上学的事，对方客客气气地说了句："我会尽力的，不过不能保证，你也想想其他办法。"

招生政策终于出台了。让凌家父女俩高兴的是，政策明文规定所有的民办学校都不准提前招生，不准"掐尖"，全部摇号。也就是说能不能上，完全靠运气。政策一出台，高兴的人有，担心的人有。说法无非两个：一个说民办学校的门槛低了，不再可望不可即；另一个说民办学校将不再吃香，理由很简单，生源不全是尖子生了，原来的高升学率也成了未知数。

凌云对新政策是既高兴又担心。高兴的自然是孩子有机会去搏一把，或许上天有意成全；担心的和大家一样，学生有了好坏，会影响到孩子，搞不好还误了孩子。

他犹豫了，不知道该怎么选。这时他才意识到，替孩子做选择远比给自己做选择更难，谁也不知道是对是错。而无论是什么样的选择，都将让孩子走上完全不同的人生道路。

就在凌云左右为难的时候，凌雪给她自己做出了选择。

"老凌，我要去试试！这是我的机会！"她望着父亲，一本正经地说，脸上的神情像个小大人，黑溜溜的大眼睛闪着自信的目光。

"好！那我们就试试！我相信上天会给你机会的！"凌云望着女儿，用手轻轻地抚摸着她的头发，眼神里透着疼爱，还有鼓励，脑海里浮现出孩子梦想成真的喜悦。

手机"嘀"了一下，凌云抓起手机，点开信息，睁大眼睛……紧张的表情瞬间烟消云散，仿佛风雨后的彩虹，映红了已有皱纹的脸庞。

"凌雪同学，恭喜你被我校录取！请你于 7 月 23 日上午持相关资料，到我校现场办理入学手续……"

（本文荣获青年作家网珠三角文学 2023 年征文一等奖）

村口的老槐树

白云强

萧乐天站在村口。村口有棵老槐树。

萧乐天问村支书："支书，这棵树有多少年了？"村支书萧喜田说："我也不知道，这要去问村里的三太爷爷。"

萧乐天跑到村西头的三太爷爷家，三太爷爷一个人住。没人知道三太爷爷有多少岁了，有人说三太爷爷的年纪比村里的老槐树大，也有人说老槐树比三太爷爷大，大家争了很多年。

三太爷爷的身体还好，这些年他的生活都是由村里负责，每天有人给他送饭，每周有志愿者上门打扫卫生，给他洗澡、洗衣服，陪他晒太阳、聊天。

这是萧喜田十年前当村支书时答应村里人的。当时，在村口的老槐树下，村民问萧喜田："三太爷爷是全村人的大恩人，村里要给他养老送终，你能不能做到？"萧喜田爽快地答应了，还说："三太爷爷不仅是我们全村人的大恩人，也是老槐树的大恩人。"村民连连点头赞同。

那是六十年前的事了。当年村里大炼钢铁，有人提出把村口的大槐树砍了当柴火烧，被当时是生产队副队长的三太爷爷骂了个狗血喷头，说他是败家子。

"三太爷爷，村口的老槐树有多少年了？"萧乐天蹲在三太爷爷的跟前大声地问。

三太爷爷坐在暖椅里，身上穿着洗得干干净净的棉衣棉裤，脸上的皱纹就像村口外的沟沟渠渠，但气色不错。

“三太爷爷，村口的老槐树有多少年了？”萧乐天又问了一遍，见三太爷爷动了动没了牙齿的嘴巴，慢慢地抬起手，指了指身边的老式木柜子。

萧乐天疑惑地起身走到柜子前，拉开了抽屉，看见里面放着一张老照片。他拿起照片，眼前不由得一亮——照片上，年轻时的三太爷爷站在大槐树下，精神抖擞。他身边的大槐树枝繁叶茂，其中的一根枝杈上挂着一小截铁轨，这曾经是中国农村最常见的敲钟。

老槐树比三太爷爷大，萧乐天肯定地想。

“那三太爷爷怎么成了全村人的大恩人呢？”萧乐天问村支书。

“说起来还是和老槐树有关，”萧喜田的脸上露出由衷的敬佩之情，“那是包产到户的前一年……”

村里人的日子实在是过不下去了，作为生产队长的三太爷爷下定决心搞分田到户，这在当时是要坐牢的大事。三太爷爷召集村民偷偷地写了个决心书，大家都在上面摁了手印。

为了保护好这张决心书，三太爷爷把它藏在了老槐树的树洞里。

老槐树长在村口，村口便成了村里的情报中心，也是全村人的院子。

萧乐天记得小时候整天待在老槐树那里，和小伙伴们一起玩耍，听村里的老人讲故事，他们讲的最多的还是老槐树的故事。

村里的五叔说：“我家二爷爷是在抗日战争中牺牲的，当时二爷爷在村子附近打鬼子。有一天，他听到日本鬼子进村扫荡，要把老槐树砍了，二爷爷急了，和鬼子拼了命。”

老槐树活了下来，五叔的二爷爷却走了。

萧乐天长大了，考上了大学。日子过好了，家里在村口摆了酒席，他家的喜事就成了全村人的喜事。三太爷爷、老支书和村里的老人坐在老槐树下的主桌上，他们精神矍铄，不停地拉着话，话里有说现在的好日子，也有说贫困交加的过去。

村支书的爹是老支书。他说："那年我们村就是在大槐树下成立的党支部，过了几年我当了支书。我是亲眼看着我们村从一个破烂村发展到现在的富裕村、生态村的。这是党的好政策，村里人努力的结果。"

他还说："村口的老槐树是我们村几十年风风雨雨的最好见证者。"

"那这棵老槐树有多大了？"萧乐天问老支书。

老支书看了看三太爷爷，想了想，说道："我记得我爹说过，我爷爷那年离开家去干革命，我奶奶把他送到村口，站在槐树下，两眼泪汪汪的。"

"那至少有一百年的时间了！"萧乐天说。

"一百年了，我们的国家已经有了翻天覆地的变化……"老支书感叹道。

村支书被他爹的话感动了，他端着酒杯走到老槐树下，站在主桌前，望着热热闹闹的人群，清了清嗓子，大声地说："乡亲们，告诉大家一个好消息……"

"什么好消息啊？这两年年年都有好消息，还是听不够！"一个中年村民咧着嘴喊道。

萧乐天回过头一看，是自己的二伯。

"老弟，这两年就数你忙得最欢！又是草莓园，又是葡萄园的，还搞了两个鱼池，成了远近最火的农家乐。听说你女儿还给你弄了个直播，你一把年纪还成了明星了！"村支书打趣道。村民们跟着笑起来，带着佩服的神情。

"村支书，村里比我强的人多了去了……"萧乐天的二伯仰着红通通的脸，谦虚地说道，"村东头的萧喜云家，农家乐都开到山里去了……""那还不是因为党的政策好，绿水青山就是金山银山嘛！"萧喜云接过话赞叹道。

"好啦，好啦！都知道你们现在的小日子过得红火，都不关心村里的大事了……"村支书假装生气道。

"不敢，不敢！支书你快说，村里又有什么好消息啊？"萧喜云和萧乐天的二伯齐声问道。

“好消息就是我们村的这棵老槐树，”村支书端着酒，敬重地望着跟前的老槐树，高声地说，“县里说要把我们的这棵老槐树保护起来。他们说，这棵树不光是棵老树，更重要的是它见证了我们村的历史。”

“老槐树的每一片枝叶都是我们国家农村发展的美丽缩影。”萧乐天在心中默默地念道。

（本文荣获青年作家网 2023 年度优秀作品奖）

作者简介：白云强，南京江宁人。文学创作爱好者，摄影爱好者。青年作家网签约作家。有作品见于纯文学创作平台和部分纸刊。出版有短篇作品集《执笔》。荣获青年作家网 2023 年度优秀作家。

“好说话”的无奈

薄文元

又一个“小长假”来临，在这小县城里，凡是要结婚的，总是喜欢选择在“小长假”的日子里办婚礼。这个“小长假”前夕，郝硕桦心里忐忑不安，几次想把手机关闭，但一考虑自己的工作需要每天二十四小时保持通信畅通，只好作罢。

忽然，手机响了起来：“是老郝吗？”

“哦，你是——”

“哎哟妈呀，刚才打错了好几个电话，这下终于打对了！我是老艾啊，艾前进，想起来没？二十八年前咱俩都在‘余味食品公司’上班……”

“是艾前进啊！你咋知道我的电话号码呢？”

“看你说的，你又不是保密部门的，咱县就巴掌这么大的地儿，想找一个人的电话号码还不容易嘛！长话短说，我想请你喝喜酒，‘小长假’第一天我儿子结婚，在街里‘幸福大酒店’举办婚礼庆典。别忘了啊，咱哥俩到时候好好喝喝，好好唠唠，这些年我可想你了！你可一定要来啊！”

“是呢，这时间也太快了，一晃都快三十年了，都快把你长的啥模样给忘记了，哈哈哈哈……”

“嗯嗯，老郝啊，咱哥俩虽然很长时间没见面了，但时间冲淡不了哥们儿感情，当年咱们可是老伙计啊，不管是八百年还是一万年，你永远都是我的哥，我的哥！俗话说，生命在于运动，关系在于走动，咱哥俩今后要常来常往。对了，那个，你几个孩子？”

“就那一个。”

“结婚了没？”

“早结了，我孙子都四岁了。”

“那不妨事，等你孙子结婚时，我一定去喝喜酒。我跟你们公司的经理是老乡，他的父母现在还在我们邻村居住呢，关系都不错；还有你们公司的刁主任，是我的一个表外甥的亲叔。我日后给他们打个电话，让他们照顾照顾你，涨个工资什么的都优先考虑考虑你……那暂时就先这样吧，婚礼庆典那天咱哥俩不见不散啊！”

撂下手机，老郝犯难了，本月发的工资基本都参加婚礼花费掉了，这回到哪儿去筹钱呢？

说起老郝啊，据知情人介绍，他还有一个雅称，就是“好说话”。主要是因为老郝是个十足的厚道人，对别人总是有求必应，于是人们把老郝的名字“郝硕桦”叫成“好说话”。老郝在县城一家企业做临时工，负责门卫工作，月工资不足两千元。他年轻时曾在县城的一家较稳定的企业工作，也曾拥有被当时的人们认为是“铁饭碗”的职业。后来失去了这个优越的“铁饭碗”，他又在县城打了几年工，不怎么如意，甚至感到难以维持生计。多亏老伴在农村有六亩多地，他才有了退路，就回到农村老家侍弄那几亩地。虽然基本都是旱地，广种薄收，但他感到很踏实。农活都是重体力活，开始时，他的身体有些吃不消，但为了生存，不干不行，干就必须干好，结果十几年下来，患上了腰椎间盘突出，再也干不了农活了，就又托人在县城给他找了这份在一家公司当门卫的工作。他老伴的身体状况也不太好，还有糖尿病，长年不断药。为了便于彼此照料，他几年前在县城租了两间平房，把家从农村搬到了县城。

在县城生活的开销要比在农村大得多，幸亏老伴几年前被评上了低保，生活还算有保障。困难日子过惯了，老郝似乎像孔子学生颜回一样，“人不堪其忧，回也不改其乐”，什么住平房冬天需自己取暖啊、粗茶淡饭啊……这些困难他都能克服，而最让他为难的是，无论他在哪里打工，认识的人一有婚丧嫁娶的事，总是通知他去参加。也不管平常关系亲疏远近，反正是到了“关键时刻”，总落不下他。

有一次，公司市场研究室主任刁荣的姑娘结婚，先在公司里请了几个帮忙的到婚礼预定的酒店品菜、吃饭。酒过三巡、菜过五味，开始合计一下这次婚礼需要预订多少桌。按每桌十个人来核算，大约有十一桌零九个人，还缺一人就凑够十二桌。可是，刁荣屈指一算，公司和社会上的人，该请的都通知到了，怎么合计都再没有一个人可请了。这时，帮忙的人当中有一位叫晁仁的说道：“有了，可以找一下‘好说话’凑数嘛！”

刁荣顿时舒展了眉头：“对呀，我咋忘记‘好说话’了呢！哎，你们谁有‘好说话’的电话号码，我给他致个电。”

大家翻了一下手机里的电话簿，都没有“好说话”的电话号码。有一位叫郑铮的说：“可拉倒吧，老郝他——老郝他人倒不错，只是他那日子过得紧巴巴的，不参加婚礼庆典都够呛，要我说，就别把他算上了！”

有一位叫古鸣的立马反驳道：“老郑，你咋这样呢？你是那个什么眼看人低啊！‘好说话’在咱公司挣一份工资，他老伴还有低保，听说他在老家还有几十亩地，都是水浇地，种啥收啥，小日子肥着呢，滋润得很，你咋就说人家日子过得紧巴巴了呢？再说了，别人有喜事都请‘好说话’，凭啥就不允许刁哥请他呢？不请‘好说话’参加，人家‘好说话’肯定有意见，瞧不起谁呀，对吧？”

晁仁随声附和：“就是嘛，‘好说话’这人向来喜欢凑热闹，刁哥请他参加婚礼庆典，那是给他面子，他岂能不识抬举？”

刁荣哈哈大笑道：“嗯嗯，‘好说话’挺能干的，日子过得不错，只是大家都没有他的电话号码！”

晁仁一拍脑袋，说：“有了，‘好说话’归办公室管，办公室的蒋秘书那里肯定有，我给蒋秘书打个电话，提着瓜根找瓜蛋，我就不信找不到‘好说话’！”

晁仁还真通过这个途径找到了老郝的电话。刁荣高兴地说：“只要思想不滑坡，办法总比困难多！”说着，就给老郝拨通了电话。

“老郝，郝哥，我是刁荣，你吃饭了没？”

“刁主任啊，我刚吃完，你有事吗？”

“那个啥，我正与几位哥们儿在‘站前大酒店’聚餐，也是刚吃上不大会儿，忽然想起了你。郝哥的工作其实很重要，门卫是负责安全的，哪个单位都离不开安全，安全第一嘛！可以这样说吧，如果咱公司的担子有千斤重，那么郝哥你就独挑八百斤啊！挺辛苦的，不容易啊，快过来喝两杯，解解乏！没外人，都是咱们公司的弟兄们。”

“岂敢岂敢，刁主任都把我说晕了！我就是个看大门的，公司不丢东西，不失火，平平安安的，我就知足了！谢谢刁主任呀，我已经吃过饭了；今天我值班，门卫这里不能脱岗啊！”

“看看，我就说郝哥敬业嘛！那行，以后有机会再聚。哎，还有一个小事，就是后天我姑娘结婚，想请郝哥喝喜酒，地点就是站前大酒店。咱们在一起搭伙也不少年了，郝哥这人是个大好人，不然我也不请你，是不是？还有一个事，最近咱公司要清理临时工，你听说了没？”

“刁主任，我还没有听说呢，咋个清理法呀？”

“啊呀，这么大的事你都不知道，这还了得！我跟你说啊，这事直接涉及老哥你的个人利益！酒店里的人太多，在这里说话不方便，一会儿我回家给你打电话啊。”

那刁荣与帮忙的喝完酒回到家后，还没忘记给老郝打电话:“老……老……老郝哥啊，前几天我与咱公司经理，在……在一起喝酒，经理说……说现在咱公司……公司经济效益不太好，打算精简临时工。你们现在门卫有四个临时工，轮流上班，这不行，人太多了，打算留两人，辞退两人。我跟咱们经理说呢，要留就留郝哥，留郝哥这样的人，人厚道，又勤快，每逢郝哥值班时，值班室的地板，拖得干干净净，窗户也擦得明光锃亮，这样的人，可不能辞退！”

“啊呀，太谢谢刁主任关照啦！”

“哎哟，郝哥啊，谢什么啊，都是好哥们儿，帮点忙是应该的。”

老郝撂下电话，心里犯了嘀咕，本地目前参加婚礼的礼金最低得四百元钱，手中就剩四百元钱了，离发下个月的工资还有半个月的时间，花掉这四百元，这半个月手里连个应急的钱都没了！不去参加吧，这个刁荣是公司里人人皆知的刁钻古怪的人，别指望他在经理面前给人美言几句，只要他不使坏就感激不尽了！这种人口蜜腹剑，做糖不甜而做醋是酸的……然而，为了保住工作，小不忍则乱大谋，这婚礼还是参加吧！

由于老郝面子薄，只要认识他的人，每逢需要拉人凑数、献礼金的事，总是难以遗忘他，仿佛没有老郝就不成礼仪，乃至都闹出了笑话。有一次老郝接电话问："喂，你好，哪位啊？"

"我是你的老邻居，老韦啊，就是七年前，咱两家都在县城老窦家租房，后来我搬回农村了。我老家就在街边子，离县城五里地，韦家窝铺村，想起来没？"

"啊呀，是老韦啊，久违了！"

"谁说不是呢！有这么一件事，就是请你明天中午来街里'喜来顺大酒店'吃满月宴，也没多少外人，都是咱们的亲戚朋友。当年咱两家是邻居，常言说，远亲不如近邻嘛，明天你可准时参加啊！"

"嗯，那谁满月了？"

"啊，那个啥，我家回农村这些年不是一直养殖柴犬嘛，一个月前，有一只母犬一胎生了七个犬崽崽，这不明天就出满月了嘛，找亲朋好友们聚一聚，什么礼金不礼金的，都没事，主要是大家借此机会聚一聚……"

还头一次听说，母犬出满月还请人吃满月宴的！如果参加这满月宴，也不能白吃呀！弄得老郝哭笑不得。

言归正传，却说老郝接到二十八年前的同事艾前进约他参加婚礼庆典的电话，可愁坏了，家里连一百块钱都没有了，跟谁借都不好意思开口。老伴对他说，实在不行，跟他们公司会计说说，提前把下个月的工资借出来。老郝琢磨再三，没有其他好办法，就只好到公司财会室向会计请求借下个月的工资。会计说，这不成啊，不符合公司的财会制度，除非有经理签字批条。老郝又硬着头皮找经理，经理说，这事确实不符合公司财会制度，老郝急需

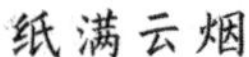

钱用，他个人可以借给他钱先用着。经理问老郝借多少，老郝说借四百元。经理问老郝借四百元钱干什么急用呢，老郝说给老伴治病用。经理说，如果是给嫂子治病用的话，那么四百元钱哪里够用，是不是又去参加什么庆典啊？老郝的脸红到了脖子根。

不久，公司开职工大会，凡是在职在编的人员都参加了会议。会议快结束时，经理说："下面我再说点题外话，就是关于员工操办婚丧嫁娶这事，咱公司一再倡导员工要文明、节约办家庭庆典，不要大操大办。你办庆典请人参加，礼尚往来的也就罢了，像咱们公司有些岁数大的临时工，工资没几个钱，他们挺不容易的，如果不欠你的礼，你就别给人家出难题，行不？今天几位临时工没参加会议，公司责成办公室秘书会后告诉他们，就不要打肿脸充胖子啦，就不要太在乎自己的面子啦，无论别人给你在虚荣上'加冕'还是贬损，都无所谓啦，关键是你把自己的人做好，把自己的事做好，遇到婚礼庆典这种场面上的事要量力而行，这才是硬道理！如果你是只大气球，别人硬说你是只小气球，那就由他说去，大气球怎么缩也缩不到小气球那么小；如果你是只小气球，别人硬说你是只大气球，那也没啥用，把小气球怎么膨胀，也胀不到大气球那么大！"

（本文荣获"新时代·新青年"第二届全国青年作家文学大赛小说组一等奖）

作者简介：薄文元，内蒙古赤峰市人。赤峰市作家协会会员，中国作家网会员，青年作家网签约作家。媒体记者、编辑。有小说、散文等作品散发于《内蒙古日报》《内蒙古林业》《内蒙古晨报赤峰版》《赤峰日报》《红山晚报》《百柳》《乡村作家》，内蒙古闪小说专委会微刊、《赤峰文学》微刊、《故乡文学》微刊、中国作家网、晋江文学网、快乐草原网等报刊与网络平台。

竞　　标

潮　涌

中标了！可是我一点都高兴不起来。

招投标会结束，我出了二楼招投标会议室，右转下楼梯，出大楼门，精神恍惚地上了停在门口的车。

我的身体和脸上一阵燥热，我的内心就像今天天空中的黑云，有种“压城城欲摧”的感觉，天刚下过雨，冰冷的风吹在脸上，让我不禁打了一个寒战。

我仿佛看到两个竞标对手脸上蔑视的表情，耳边仿佛响起她们边走边议论我的声音：“看这个中标的男人多虚伪！刚才还在跟我们说：‘我们工程管理咨询行业竞争惨烈，内卷严重，竞相无底线地压价，并且得不到客户的尊重。’现在可好，他自己却以异常低的报价中标，好虚伪啊！好无耻呀！”

十月九日，过完“十一”的第一天上班时间，我大学同学媳妇(注册会计师，做审计和欲上市公司前期辅导)打电话给我：“我认识的一个同行，她手头有个项目需要编制可研报告，到时候让她打电话联系你？”

我连声说了几声谢谢，又寒暄了几句就迫不及待地挂了电话，静静等待介绍人打电话给我。

今年已经过去大半年了，我公司这边的业务零零星星的，很不好，听到有项目可做，我心里很是激动。

不一会儿介绍人打来电话：“我给一所大学下属企业做过财务审计，企业想做一个项目可研报告，企业财务总监问我是否认识这方面的公司，项目情况大概是这样的……”

我说：“没问题！我们公司从事工程管理咨询行业已经近十年了……事情成了，我们一定会给你佣金的。”

她又进一步问我：“你们编制项目可研报告是如何收费的？你们这个项目的成本价是多少？超出成本价的部分是否要上所得税？若上所得税，所得税是多少？”

听到这，我就知道这个介绍人不简单，她的胃口不小，她想要的不仅仅是佣金，她还想要成本价以上的差价部分。

我想：“挣比不挣好，这个项目只要能挣回人员工资就行。”无奈，我给她说了我们的收费标准和这个项目的大概底价。

最后，她说：“我相信你！有钱我们大家一起挣！我们共赢，是吧！”

随后我们加了微信好友，她通过微信把王总监的电话发给了我。

我挂了电话立即给王总监打电话，她说：“你现在是否可以过来面谈？我们公司在……”看来她还挺着急的。

我说：“可以！”

我开车花了大约半个小时到了王总监单位，在她办公室里，她简要地给我介绍了她们企业的情况和欲编制可研报告的项目情况。

原来她们单位是一所大学下属的国有企业，主要负责大学所需物资的采购业务，采购业务都要进行招投标，她们企业的业务受大学的照顾，前几年增长量很大，但是，当前国家加强了集中采购的规模和监管力度，她们企业的销售收入和利润均在快速下滑。

而大学建了一所分校，又在分校对面建了一个教职员工小区，该小区建的商业配套设施远远超出小区的需求，使得这些商业配套设施面临不好出租的困境。为了解决这个难题，大学领导想让她们企业收购该商业配套设施。可能是该商业配套实施造价高，或者其他原因，给出的收购价远高于该区域的市场价。

企业领导考虑，若收购此项目，企业不仅面临巨大的风险，而且还会影响企业的正常经营。但是企业不收购此项目，自己也不方便拒绝上级领导。

于是企业领导想到一个折中的办法：找工程管理咨询公司给该项目编制可行性研究报告，以此规避企业的收购风险，同时也减轻了他们决策的责任风险。

在我们交流过程中，我能明显感觉到她想从我们这儿得到一个项目不可行的结论，同时，我也不失时机地向她介绍了我们公司的优势、多年的从业经验以及做过类似的项目，可以看出她还是认可我们公司的。

我本以为这次是竞争性谈判，这样便于操作，自己中标的可能性会大些，但是她说是邀请招标，具体至少找三家，先是投标书，后两次是现场报价，最终以最低价中标。

我临走时，她打电话叫来李会计，让李会计与我具体对接业务。

我与李会计互加了微信好友，李会计说："什么时候招投标，具体需要你们提供什么资料，等我通知你。"

出了企业办公楼，我立马给介绍人打电话，告诉她相关情况，并问她在招投标过程中能否帮上忙，她说帮不了。

我心里想：这个介绍人虽然给该企业做过财务审计，但是，她与该企业的关系肯定很一般。

为了这次投标，我做了充分的准备，把不在可研报告所需要的资料清单发给李会计，然后，根据李会计提供的项目租赁，仔细编制投标文件，仅投标书我就准备了三个报价标书。

过了约一周的时间，我仍未接到招投标信息，于是给介绍人打电话想让她过问一下，她说她也不方便过问。这也更加印证了我的判断：她与该企业的关系很一般。看来以后招投标的事只能靠我自己了。

于是，我给李会计打电话，她告诉了我招投标具体的时间和地点。

投标的前一天，我到理发店理了个发。招投标那天，我起了个大早，用剃须刀把脸刮得干干净净，又将好久没有穿过的黑皮鞋擦得锃亮，吃完早餐又刷了一遍牙，临走时检查了碳素笔有没有墨，投标文件带了没，又换了一个新的记事本，一切准备妥当，我才出门。

对于我这个久经沙场的人，好久没有这样了，到底是紧张，还是兴奋？我自己也搞不清楚。

我驱车行驶在路上，满脑子里不断出现昨晚的梦：一个梦是在一个类似赌场的地方，几个服务员请我吃了两次火锅，她们老板不高兴了；另一个梦是我们本地的一家世界五百强企业在城南边建了一个办公楼，周边都是丘陵，秋天了，农民把黄色的玉米秆割倒摊在地上晾晒，丘陵的小山坡上都是黄色的草。我不知道这两个梦对我今天的投标意味着什么，确切地说对我意味着什么。是中标？还是……

我提前到了企业办公楼，上到二楼，右手第一个办公室的房门开着，里边的工作人员知道我是来投标的，就主动出来给我指了招投标的会议室并说："公司正在会议室里开会，招投标可能要延时，你可以到它对面的会议室休息等候。"

我没有直接进休息的会议室，而是先去了一趟洗手间，不知道是天冷还是紧张的缘故，我突然感到有点尿急。

上完洗手间，我就向休息会议室走去，整个楼道很寂静，只听见我脚踩在木地板上发出的嘎吱嘎吱声。

休息会议室有三个门，都是双扇门，前门虚掩着，推开前门，右手中间是主席台，左边是观众席，观众席已经坐着六个人，一看就是来自四个公司的，因为他们彼此的距离都很远，生怕坐得近泄露了自己的投标信息。

靠近前门第一排并排坐着一男一女，应该是一个公司的，男的大约六十岁，女的近五十岁，穿得都很朴素；中间并排坐着两个四十岁左右的女士；最里边中间坐着一个三十岁左右的男士，瘦、长发、脸色较黑；最里边前排坐着一个二十多岁的女士。他们面部表情平淡，都各自埋头看手机，即使进来一个人，他们也不抬头看一下。

我蹑手蹑脚往里走，选了一个中间第三排靠近过道的位子坐下，也掏出手机，看一些自己感兴趣的信息。

没多久，一个戴眼镜留长发二十几岁的男士走进来，要了我们的投标资料，然后就坐在中间第一排的座位上，和我们一样等待对面会议室的会议结束。其间，我走到他跟前低声问他："投标是不是要报三次价格？"他说："我也不清楚！"我真无语！他居然连这个都不知道，我怀疑他是不是临时过来给企业帮忙的。

时间在一分一秒地过去，大约十二点，听到对面凌乱密集的脚步声，会议终于结束了。

这名男工作人员将我们的投标资料送到对面会议室，不一会儿，他过来让我们都过去。

招投标会议室共有六人，其中有我见过的王总监和李会计，一个领导模样的男士坐在王总监旁边，他应该是企业负责人，还有他们单位的其他三位工作人员，他们应该也是这次招投标的评审人员。

企业负责人宣读了招投标的流程和规则，唯独忘了说投标可以报几次价格。于是我赶紧举手问："领导！请问这次投标可以报几次价格？"

他说："可以报三次价格，第一次是你们刚才提交的投标文件里的价格，后边你们可以再报两次价格。首先，我们进行资产评估的招投标，过后再进行项目可研报告编制的招投标。现在资产评估公司的人留下，工程管理咨询公司的人先到对面会议室等候。"

我和那个二十多岁的女士离开了招投标会议室，回到休息的会议室。我在想，难道就我们两家公司投标项目可研报告编制？

参加资产评估投标公司的人员来回进休息的会议室两次，很快资产评估招投标结束了，其他人都进来了，唯独那个三十岁左右、瘦、长发、脸色较黑的男士没有进来，估计他中标了，我看到同一家公司的那两个女士正在议论刚才投标的事，于是，我就凑上去听，只见其中的一个女士说："这个中标价格报得也太低了，简直是不可思议。"

我也不管自己认不认识她们，她们介不介意我的插话，就追问道："多少钱中的标？"

“一万五！”其中的一个女士回答道。

虽然我不懂资产评估的取费标准，但是从她俩义愤填膺的表情来看，这家中标的资产评估公司的中标报价一定很低，甚至突破了该行业的底线。

我在她俩面前也抱怨道：“我们工程管理咨询行业内卷得很厉害。现在许多项目可研报告编制的业务都被下游的设计院抢去了，我们编制可研报告的费用就几万元，而项目一旦立项了就需要设计，设计费高，低则几十万元，高则上百万元，所以，这些设计院为了拿到项目设计，不惜以很低的价格或者免费给甲方编制可研报告，使我们这些只做可研报告编制的公司很难拿到业务。

“虽然这些设计院既有设计资质，又有工程管理咨询资质，但是许多设计院编制的可研报告与行业标准要求相去甚远，有的甚至连基本的目录格式都不对，更别说编制的内容和水平了，加上项目核准或者审批单位把关不严，使得这些设计院有恃无恐。为了生存，我们这些仅做可研报告编制的公司就开始了竞相压价。另外，甲方还极为不尊重我们这些从事可研报告编制的从业人员，在许多甲方的眼里，我们这些工程管理咨询公司就是一间办公室、几个人和几台电脑，在网上搜索搜索就可以编制可研报告了。”从她们频频点头可以看出，她们也认可我的看法。

我又问她们是否还要参加下面的项目可研报告编制的投标，她们说参加。

我说：“你们公司有工程管理咨询的资质吗？”

她们中的一位回答道：“有！我们既有资产评估资质，又有工程管理咨询的资质。”

真不可思议，我只知道国家现在正倡导工程管理咨询行业全过程咨询服务，如对项目的工程管理咨询、勘察、设计、造价咨询、招标代理、监理等工程建设项目各阶段进行一条龙的全程专业咨询服务，即使有这样全过程咨询服务的公司，但是很少有实际开展全过程咨询服务业务的公司。这又冒出一家“资产评估＋投资咨询”的公司，简直就是跨界经营，跨界竞争！你说让我们这些只做可研报告编制的公司如何生存？

很快就到项目可研报告编制的投标。第一轮宣读报价开始了，我们走进招投标会议室就座，听企业负责人宣读各咨询公司的报价，第一轮各家公司报价都较高，均在五万元和七万元之间。

我的第一轮报价是五万二，其实大家都知道最关键的报价是最后一轮。

这时，我才知道，这次来投标的公司共五家，资产评估的三家；工程管理咨询的五家，其中两家既有资产评估资质又有工程管理咨询资质，包括我刚才与她们聊天的那家公司和中标资产评估的公司。

企业负责人宣读完我们第一轮报价后，让我们回到休息会议室填写第二轮报价，我的第二轮报价是三万五。

很快进入第三轮报价，这时，休息会议室的气氛顿时紧张起来，大家都放慢了节奏，在心里盘算着如何报价。这最后一轮报价既要考虑公司盈利，又要比其他公司低才能中标。

我从事可研报告编制行业近十年，起初几年生意还不错，但是近几年呈快速下降趋势，行业市场低迷，竞争激烈，内卷严重。今年经历了几次投标，均以自己报价过高而失败，十月底了，还有两个月，今年就结束了，看着账面上稀稀拉拉的几笔小额进账，马上就要进入寒冷的冬天，我心里不免有些慌张和失落，对于这次投标机会，我就不顾一切地……

我将填好的报价单小心翼翼地递给了工作人员，又有三家公司陆陆续续地递交了报价单，还剩下一家公司，就是最早坐在休息会议室前门的那家公司。他们还是坐在原先的位置，他们还没有报价，企业工作人员远远地站在他们旁边，焦急地等待他们填写报价单，只听见那个男士对旁边的女士低声说："唉！这个价格很难报呀！我们就报这个价格吧？可是我们从来没有报过这么低的价格！"虽然他们说话的声音很低，但是，在这鸦雀无声的会议室里，我们还是能清楚地听到他们的谈话。终于他们填完了报价单，并递交给工作人员，工作人员拿着我们的报价单迅速走进对面招投标会议室。

不一会儿，工作人员进到休息的会议室，通知我们再到对面会议室。

我们紧随工作人员走进招投标会议室，我有意坐在刚才一起聊天的那两位女士旁边，大家落座后，都紧盯着企业负责人，屏住呼吸听他公布第三轮报价，也是最后一轮报价。

企业负责人说：“我就报排名前三位公司的报价：甲公司一万八，乙公司三万五，丙公司三万六，恭喜甲公司中标！再次感谢各投标公司！请中标的资产评估公司和工程管理咨询公司的人留下，其他公司的人可以退场了。”

“我中标了！与排名第二的差一万七，其实当时，我是想报三万元的，如果我报三万元也是可以中标的，可我这报价足足比三万元少了一万二。我主要是受资产评估一万五中标价格的影响，如果不和那两个女士聊天就好了，若这次中标价格让认识我的同行知道了，他们一定会骂死我的……”我不知道此时的我是高兴，还是后悔？

我呆呆地坐在座位上，用余光看着刚才与我聊天的那两个女士起身、离开、渐渐走远，我不敢看她们的眼睛，更不敢与她们打招呼，我害怕她们说我虚伪！害怕看到她们蔑视我的眼光！

我问中标资产评估企业的人：“为什么你资产评估报这么低的价格？以至于我可研报告编制也跟着你报了这么低的价格。”

他说：“你们编制可研报告复杂，我们资产评估相对简单些。”

王总监也好奇地对我说：“没想到你报这么低的价格，我们企业这边原先估计这次中标价格应该在三万元左右，没想到竟是这么低的价格！你们不会牺牲可研报告的编制质量吧？”

我说：“领导，不会的！即使这么低的中标价，我们公司也一定会保质保量完成可研报告的编制，这一单就当我们公司的敲门砖。”

进到车里，我拨通介绍人的电话沮丧地说:“这次竞争太惨烈，我们中标了，但价格是一万八。”

她说：“哎哟！这么低的价格，我的佣金就不要了！”

我心里想：即使价格再低，等这单业务完成回款了，她的佣金是一定要给的，没有她，我就不会有这笔业务，人越是在低谷，越要学会感恩帮助过你的人。

（本文荣获“新时代·新青年”第二届全国青年作家文学大赛小说组一等奖）

作者简介：潮涌，本名曾朝勇，出生于新疆石河子。青年作家网签约作家，其诗歌、散文和小说等作品散见于中国诗歌网、青年作家网、中国作家网等，青年作家网二〇二一年度优秀作家，其中篇小说荣获二〇二二·全国青年作家文学大赛小说组二等奖。

安而不忘危

刘慧明

“呜！呜！呜！”一阵急促的警笛声由远及近地传来，正在出租房楼顶全神贯注抄水表的我不由一惊，循声望去，只见两辆消防车正沿着大亚湾西区的爱群路呼啸而来。

哪里着火了？我不由得纳闷起来。

正当我准备转过身去抄另一边的水表时，却闻楼下人声鼎沸，我迅速趴在护栏往下看，但见距我这栋楼不远处的公寓下围着黑压压的人群，而楼中间的几处窗户正窜出浓浓的黑烟，“啊！那不是老陈的公寓吗？”我急匆匆往楼下赶。

等我赶到时，大亚湾区消防队的消防车已展开了救援的架势。只几分钟，消防员们就有条不紊、快速地疏散了楼上楼下的人员，而消防云梯也已开始向上舒展。

随后，老陈火急火燎地赶过来了。

“老陈，咋回事呀？”我满脸狐疑，“哎，我还不知道具体情况呢？只是刚接到一租户电话说我公寓四楼有一户爆炸起火了。”急忙中，老陈脖子上鼓起的青筋像极了一条条蠕动的青色蚯蚓。

就在众人七嘴八舌的谈论之际，浓烟已渐渐消退。从楼上下来的消防员找到了业主老陈，并告知他：“是你们304房的小伙子使用了非原装充电器为自己的电瓶充电，结果发生了爆炸，酿成了火灾，所幸没有造成人员伤亡。你以后要督促租户统一在下面充电。”

“同志，你看我们都设有集中充电桩的，还在楼梯处贴有‘禁止电动车入内’的消防宣传提示语。”老陈满脸委屈地领着消防员四处查看自己的落实措施，生怕要背负责任似的。

“没事了，你上去料理一下吧！”消防员卷起了消防水带，收起了云梯。随着一声长鸣，让人安心的一抹中国红沿着来时的路呼啸而去。

刹那间，我意识到了“安全贵在深入，重在行动”的硬道理，便快速返回自己的出租房。正好赶在下班时间，我站在大门口，对每一个回家的租户再次反复叮嘱要注意安全用水用电。之后，我再次爬上楼顶抄完水表，便决定步行回家。

时值五月，已是华灯初上，爱群路旁的凤凰木发出一阵阵窸窣的声响。一位我认识的退休老干部躺在自家铺面门口的摇椅上，正在为牙牙学语的孙女讲述着上甘岭的战斗故事，爷孙俩不时发出“保家卫国”的口号，和着习习夏风。

见状，我不由想起了一句发人深省的话：“爱国主义教育应从娃娃抓起。”在历史长河中，爱国之所以成为永不枯竭的主流，是因为我们代代相传，也是华夏儿女的心之所系、情之所归。

就这样边走边想，我来到了夜市。初夏的夜市渲泄着年轻的奔放，各种方言此起彼伏，掺杂着烟火气，袅袅地飘向夜空。间隔耸立的路灯，不仅减缓了熙熙攘攘的人流与车流，也折射出一派欣欣向荣。

无论我如何左穿右转，似乎都有人、车如影随形，耳边还不停地掠过啤酒瓶、酒杯的碰撞声。

路过老杨的烧烤摊，见火星子“噼噼啪啪”地到处飞舞，我不由眉头一紧，“山河虽安，但我们心中不能没有狼烟。”哑然失笑中，我朝手忙脚乱的老杨打个招呼：“老杨，生意好呀，但也要注意安全呀！”

“嗯，谢谢老刘提醒！你步行回家呀？”老杨露出了标志性的咧嘴一笑，我点点头，没有停步。

沿着夜市直走，再穿过西区第一小学的步行立交桥，我到了翡翠山益田假日。随着令人亢奋的《光辉岁月》响起，我瞅见从商场、写字楼倾涌出来

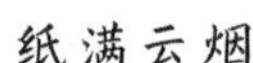

的人群围绕在一品牌宣传台下，主持人热情洋溢的话语掀起了阵阵躁动。

我不由驻足观望，身边几个中奖的观众发出了爽朗的笑声，其中一个当面拆开了礼盒，见是朱古力，便剥开锡纸，塞入口中，“嗯，又甜又脆。”她脸上荡起了一圈会心的笑容，不仅羡煞了旁人，就连刚爬上树梢的月亮也笑弯了腰。

随后，主持人一首《祝你平安》响彻全场。

之后，我从地库进入了小区。满池绽放的荷花，如撑开的花伞，倒也添了几分美意。胆小的夜莺，或许被流淌的广场舞吸引，在影影绰绰的灌木丛中跳跃，而富有情趣的蛐蛐们也在绿油油的草坪里开起了派对，更有那不知疲倦的知了趴在树梢颇有起伏地弹奏着。

回到家，待我沏上一壶茶后，已是繁星点点。极目远眺，重重的高楼灯火通明，与星空交相辉映，勾勒出一幅璀璨灵动的水墨画，而流淌的车水马龙，和着悠扬的歌声，似在诉说着社会的安宁。

这一路，我虽看到祥和的盛景，但一次可算是人为的火灾却也发人深省，让我深深懂得了“君子安而不忘危”的古训。

当前，世界百年未有之大变局正加速演变，各种可预见和难预见的风险明显增多，而国家安全的内涵也变得更丰富。所以，每一位华夏儿女都必须做到“安而不忘危”，并把个人选择与国家安全紧密地联结起来，如此，则中华民族的伟大复兴一定能够早日实现！

（本文荣获青年作家网2023年度优秀作品奖）

作者简介：刘慧明，中国散文学会、湖南省网协及惠州作协会员，百度签约专栏作家。已出版十本酒店管理书，在各大报刊、杂志发表散文、小说数十篇，先后获得过广东省供销及应急管理征文二等奖三次，惠州市国防安全及生态健康旅游征文二等奖各二次。